Die Frau in der Literatur

Marie von Ebner-Eschenbach

# *Božena*

Roman

Mit einem Nachwort
von Ingrid Cella

Ullstein Taschenbuch

Ullstein Buch Nr. 30155
im Verlag Ullstein GmbH,
Frankfurt/M – Berlin – Wien

Umschlagentwurf: Hannes Jähn
unter Verwendung einer
Lithographie von A. Diethe
aus Töchter-Album, 1892

Taschenbuchausgabe mit
freundlicher Genehmigung
des Winkler-Verlages, München

Printed in Germany 1984
Druck und Verarbeitung:
Ebner Ulm
ISBN 3 548 30155 X

Februar 1984

CIP-Kurztitelaufnahme der Deutschen Bibliothek

**Ebner-Eschenbach, Marie von:**
Božena / Marie von Ebner-Eschenbach.
Mit e. Nachw. von Ingrid Cella. –
Frankfurt/M; Berlin; Wien: Ullstein, 1984.
(Ullstein-Buch; Nr. 30155: Die Frau in d. Literatur)
ISBN 3-548-30155-X
NE: GT

# I.

Leopold Heißenstein war der reichste und einer der geachtetsten Bürger des mährischen Landstädtchens Weinberg. Ob auch einer der beliebtesten, das stand dahin und machte die geringste seiner Sorgen aus. Witzbolde unter den Eingeborenen meinten, ein Mann von Geist und Geschmack sei er jedenfalls, das bringe schon sein Geschäft mit sich — das ansehnliche Weingeschäft nämlich, das sich seit Generationen in seiner Familie forterbte, und das er zu unerhörter Blüte gebracht hatte.

Wie Leopold der einzige Sohn seines Vaters gewesen war, so wurde auch ihm nur ein männlicher Sprosse, aber ein prächtiger Junge beschert, der den Ruhm des alten Hauses glorreich fortzusetzen versprach.

Ein Töchterchen, das seine Frau ihm in den späteren Jahren der Ehe gebar, betrachtete Heißenstein als ziemlich unwillkommene Zugabe zu seinem Glücke: «Denn», pflegte er zu sagen, «der Sohn trägt Geld in das Haus, die Tochter trägt Geld aus dem Haus.»

Auf eine Mitgift übrigens, wenn auch auf eine sehr anständige, kommt es einem Manne wie Heißenstein nicht an, und damit fertigt er dereinst das Mädchen ab.

Die Existenz dieses Kindes, dem Vater so gleichgültig, wurde für die Mutter eine Quelle unsäglicher Freude; der letzten, welche die kränkliche Frau auf Erden genießen sollte. Der Sohn war ihrer Sorgfalt, sobald dies nur halbwegs anging, entzogen und nach Wien in eine Erziehungsanstalt gebracht worden. Heißenstein hatte geglaubt, ihn nicht früh genug aus der Kinderstube und den Händen der «Weibsleute» befreien zu können. Wie recht er daran getan, das wurde ihm täglich durch den unheilvollen Einfluß bestätigt, den die abgöttische Liebe der Mutter auf die kleine Rosa ausübte. Die Unarten des Kindes erfüllten ihn mit einer Art von spöttischer Befriedigung. Ihm selbst war die Unerbittlichkeit, mit welcher er Mutter und Sohn einander entfremdete, manchmal grausam erschienen — jetzt fand er sie auf das glänzendste gerechtfertigt.

Daß die arme Frau sich eben mit allen Kräften ihres entschwindenden Lebens an das einzige klammerte, das man ihr ließ, daran dachte er nicht. Er war nicht gewohnt, auf die Empfindungen andrer Rücksicht zu nehmen, am wenigsten auf die seiner stillen Lebensgefährtin. Was er tat, war wohlgetan, und der Eindruck, den es hervorbrachte, gleichgültig. In sicherer Ruhe schritt er dahin, seiner selbst gewiß, nichts fürchtend, nichts bereuend. Und so, in der Fülle der Zufriedenheit, traf ihn der schwerste Schlag, der ihn treffen konnte: er verlor seinen Sohn. Der Knabe wurde so rasch hinweggerafft, daß seine Eltern, die bei der ersten Nachricht seiner Erkrankung herbeigeeilt kamen, ihn nicht mehr am Leben trafen.

Es dauerte lange, bis Heißenstein an seinen Verlust glauben lernte. Die Wirkung des ersten großen Unglücks, das der zuversichtliche Mann erfuhr, war vernichtend.
«Für wen habe ich gearbeitet? — Ich habe keinen Erben!» — in dieser Klage gipfelte sein Schmerz. Seine Hoffnungen waren zerstört, seine Erinnerungen vergällt. Wer blickt gern auf ein Leben voll Mühen zurück, wenn ihm die Früchte derselben geraubt worden sind? Heißenstein konnte, was sein Fleiß erworben, nicht einem Namensträger hinterlassen, demnach war der Lohn seines Fleißes dahin.
Mit wunderbarer Standhaftigkeit hingegen benahm sich die Mutter bei dem Tode ihres Erstgeborenen. Keiner hatte es gehörte, wie sie mit dem letzten Kusse auf seine Lippen ihm die Worte zugehaucht: «Ich komme bald zu dir!»
Und von dem bleichen Toten hinweg wandte sie sich mit verdoppelter Zärtlichkeit ihrem rosigen, lebensfreudigen Liebling zu. Beständig von der Ahnung naher Trennung erfüllt, geizte sie mit jedem Augenblicke, den sie bei dem Kinde zubringen, frohlockte über jedes Lächeln, das sie ihm abgewinnen konnte, warb um seine Liebkosungen, und zagte und zitterte vor seinen Tränen.
Röschen war schon zu dem vollen Bewußtsein ihrer Wichtigkeit und der Unverletzlichkeit ihres Willens gelangt, als sich plötzlich die Augen schlossen, die mit verwöhnender Liebe über ihr gewacht hatten. Frau Heißenstein entschwand eines Morgens wie ein Schatten von der Wand; ohne vorhergegangene sichtbare Krankheit, ohne die geringste Pflege in Anspruch, ohne Abschied genommen zu haben von dem ge-

fürchteten Mann und von dem geliebten Kinde. Bevor Herr Leopold ahnte, daß auch dieser Verlust ihn bedrohe, erfuhr er ihn.

Und seltsam! Die demütige Frau, welcher er, solange sie lebte, nur eine sehr oberflächliche Beachtung gegönnt hatte, wurde von ihm jetzt so bitter vermißt, als ob sie der Mittelpunkt all seiner Interessen gewesen wäre. Das Gefühl des Verlassenseins ergriff ihn, das keinen Menschen mit solcher Trostlosigkeit überfällt wie den Egoisten, wenn die von ihm scheiden, deren Existenz er zu seinen Gunsten ausbeutete. Nun machte er den Versuch, das einzige Geschöpf, das er auf Erden noch sein nannte, an sich heranzuziehen. Allein zwischen dem an Widerspruch nicht gewöhnten Vater und seinem eigensinnigen Töchterlein wollte kein Band sich knüpfen lassen. Der Trotz und der Ungehorsam des Kindes setzten die Geduld Herrn Leopolds gar bald auf harte Proben. Er bestand sie nicht. Nach einigen stürmischen Auftritten, aus denen Rosa zwar hart mißhandelt, aber als Siegerin hervorging, erschrak ihr Vater vor seiner eigenen Heftigkeit und überließ die fernere Erziehung des Wildfangs der Magd des Hauses, einer derben und verläßlichen Person von zweiundzwanzig Jahren, mit Namen Božena. Für diese äußerte das Kind schon zu Lebzeiten seiner Mutter eine zärtliche Liebe, welche die arme Verstorbene oft eifersüchtig gemacht hatte. Rosa nannte die Dienerin, wie sie es wohl von andern gehört hatte, «die schöne Božena» und ertrug die rauhe Behandlung, die sie zeitweise von ihr erfuhr, mit fröhlicher Standhaftigkeit.

Die schöne Božena hätte sich an Größe und Stärke kühnlich mit einem Flügelmanne des Garderegiments

Friedrich Wilhelms I. messen können. Dabei besaß sie ein ausdrucksvolles und gescheites Gesicht, in dem ein Paar rabenschwarze Augen funkelten, die auch der mutigste Mann nicht ohne leises Grauen in Ungnaden auf sich gerichtet sah. Das Schönste jedoch an der schönen Božena war die Röte ihrer Wangen und das blendende Weiß ihrer Zähne. Allerdings konnten die Lippen, hinter denen das prächtige Gebiß zum Vorschein kam, etwas schwellend genannt werden, und was die Nase betraf, so geschah ihr kein Unrecht, wenn man sie — wie ein launiges Mitglied der Paßbehörde «ex officio» getan – «landesüblich» nannte. Gegen alles Schmucke und Zierliche empfand Božena Verachtung, aber mit der Reinlichkeit nahm sie es genau; die Arbeit flog unter ihren Händen, und so blitzblankes Hausgerät, einen so nett gedeckten Tisch, so sauber gehaltene Stuben wie im Hause Heißenstein fand man auf Meilen in der Runde nicht wieder.

Mit dem Kinde, das ihr nun ausschließlich anvertraut war, ging sie um, wie eine Bärin mit einem jungen Hündchen umgegangen wäre, für das sie eine mütterliche Zuneigung gefaßt hätte. Wenn sie ihre Riesenfaust gegen die Kleine ballte und sie mit einer Stimme anschrie, die aus der Brust eines Ogers zu kommen schien, dann lachte das verwegene Ding, aber es gehorchte.

Božena war sich wohl bewußt, das Kind und der Haushalt ihres Herrn könnten schwerlich besser betreut werden, als es durch sie geschah, und lebte in tätiger Ruhe dahin; sehr zufrieden mit ihrem Lose, ohne Furcht, daß jemals eine Veränderung eintreten könnte.

Indessen wurde sie, noch vor Verlauf eines Jahres nach dem Tode der Frau, welche sie so vollständig ersetzen zu können meinte, aus ihrer Sicherheit aufgeschreckt. Das Gerücht, Herr Heißenstein stehe im Begriffe, sich zum zweitenmal zu verheiraten, verbreitete sich, und Neugierige, die durch Božena Bestimmteres darüber zu erfahren hofften, trugen es ihr zu. Sie wurden zwar mit ihrer Nachricht nicht viel besser empfangen, als ein Zündfaden von einer Rakete, aber so fest überzeugt, als Božena zu sein vorgab, ihr Herr werde «keine solche Dummheit» begehen, war sie doch nicht.

Von Stunde an begann sie den Gebieter unter scharfer Aufsicht zu halten. Trotz der größten Aufmerksamkeit vermochte sie jedoch nicht die geringste Veränderung, weder in seiner Lebensweise noch in seiner Stimmung wahrzunehmen. Höchstens daß sich die letztere in der jüngsten Zeit noch um etwas verschlechtert hatte. Und Božena, deren Weise es sonst war, wenn sich eine Wolke auf dem Gesichte ihrer Herrschaft zeigte, auf dem ihren sofort ein ganzes Gewitter aufsteigen zu lassen, lächelte jetzt um so freundlicher, je finsterer der Kaufmann erschien. Als dieser eines Abends mit ganz besonders verdrossener Miene heimkam und, nachdem er Befehl gegeben, das für ihn bereitstehende Abendessen wieder abzutragen, sich in sein Zimmer begab, hatte Božena Mühe, ihren Jubel zu unterdrücken.

«Gute Nacht!» rief sie Herrn Leopold mit ihrer süßesten Stimme nach und setzte für sich triumphierend hinzu: «Er hat ihn, den Korb!»

Sie schlief sehr gut in dieser Nacht und begab sich mit ausgezeichnetem Frohmut am nächsten Morgen an die Arbeit. Es war Sonntag, und da gestern besonders gründlich gescheuert worden war, genügte heute eine leichte Nachhilfe. Božena beschäftigte sich eben mit Besen und Wischtüchern im Speisezimmer, da trat ihr Herr Heißenstein entgegen, glatt rasiert und stattlich, das Gebetbuch in der Hand.

«Mach fertig», sprach er, «kleide Rosa an. Ich werde nach der Messe meine Braut hierherbringen, damit sie das Haus und das Kind kennenlerne.»

Nur ein König, dem Krone und Zepter plötzlich entrissen wurden, weiß, was Božena bei diesen Worten empfand. Ihr Blick zuckte an Heißenstein wie ein Blitz vom Wirbel bis zur Sohle hinab, und unter der Fülle von Geringschätzung, die sich auf ihre Lippen gelagert hatte, erschienen dieselben noch dicker als sonst.

«Braut?» rief sie. «Sie wollen wieder heiraten? ... Wozu denn?»

Herr Heißenstein richtete sich, so hoch er konnte, der Riesin gegenüber auf, knöpfte mit stolzer Entschlossenheit seinen neuen dunkelbraunen Winterrock zusammen und erwiderte: «Meine Tochter braucht eine Mutter und ich brauche einen Sohn.»

Damit verließ er wuchtigen Schrittes das Zimmer.

## 2.

Die Braut, die der angehende Greis sich erkoren hatte, war die Tochter eines Professors am städtischen Gymnasium. Nach dem Tode ihres Vaters hatte sie sich in die Landeshauptstadt begeben, um dort eine Stelle als Erzieherin des Grafen Karl von Rondsperg anzutreten. Zehn Jahre hindurch wurde diese Position unter mancherlei Kämpfen siegreich von ihr behauptet. Nach dem Verlaufe jener Zeit war — wie die Gouvernante auf das bestimmteste erklärte — die Erziehung der Zöglinge vollendet. Aller Schmuck der Bildung setzte die angeborenen Vorzüge der jungen Komtessen in das hellste Lichte.

Fräulein Nannette hielt in Gegenwart der gräflichen Eltern und einiger hochgeborener Angehörigen eine kleine Rede, in der sie den Satz verfocht, daß: sagen zu sollen, was hier noch zu lehren sei, ihr die größte Verlegenheit bereiten würde. Helle Freudentränen, welche über die männlichen Wangen des Vaters und über die zarten Wangen der Mutter liefen, belohnten die Spenderin einer so ehrenhaften Anerkennung. Durch den Anblick der hervorgebrachten Wirkung berauscht, ließ sich die Rednerin zu einem uneingeschränkten Lobe der opferfreudigen Unterstützung, welche ihren pädagogischen Bestrebungen von seiten des edlen Elternhauses stets zuteil geworden sei, hinreißen. Die Erschütterung aller Gemüter wurde dadurch noch erhöht; und als Fräulein Nannette mit den Worten schloß, es bleibe ihr nun nichts mehr zu tun übrig, als zu scheiden und die Erinnerung an all das genossene Gute mit sich zu nehmen, baten der Graf und die Gräfin, sie möge ihnen das Herz nicht zerreißen.

O schöne Stunde! Unvergeßlicher Anblick! Alle Anwesenden umschlangen Fräulein Nannette in *einer* Umarmung und küßten sie auf ihren Mausmund.

Der Herr Graf aber begab sich stracks in sein Zimmer

und ließ aus der Kanzlei Tinte und Papier holen. Er setzte unter dem Beistande seiner Gemahlin und des Gutsverwalters ein Diplom in die Welt, das ein Wunder war an Auffassung, Stil und pompöser Sprache. Es ließ sich kein einziger Schlußpunkt darin erblikken, die Sätze flossen ineinander und auseinander, ein Redestrom so breit, wie die Aufzählung der Tugenden, Verdienste, Vorzüge und Talente Fräulein Nannettens ihn erforderte.

Und so gestaltete sich die Abreise der plötzlich allen teuer gewordenen Hausgenossin zu einem wahren Familienfeste. Die heiligsten Schwüre ewiger Liebe und Dankbarkeit wurden ausgetauscht, und Vater, Mutter und Töchter einerseits, Fräulein Nannette andrerseits brachten es im Taumel ihrer Gefühle so weit, nicht nur zu sagen, nein, auch zu glauben, die Zeit ihres Zusammenlebens sei eine schöne und glückliche gewesen.

Die Erzieherin hatte beschlossen, ehe sie daran ging sich einen neuen Wirkungskreis zu schaffen, einige alte Verwandte zu besuchen, die ihr im heimatlichen Städtchen noch lebten. Sie kehrte denn nach Weinberg zurück an der Spitze ihres großen Ruhmes, ihrer kleinen Pension und einiger Ersparnisse. Der Nimbus, den der jahrelang gepflogene Umgang mit vornehmen Leuten ihr verlieh, umstrahlte sie mit schier unheimlichem Glanze, und imponierte besonders denen unter ihren Mitbürgern, die sich für eingefleischte Demokraten hielten.

Schon einige Tage nach Nannettens Ankunft — und etwa drei Vierteljahre nach Frau Heißensteins Tode — begegneten einander auf der Promenade der reichste Sohn und die gebildetste Tochter der Stadt.

Sie drückte ihm ihre Teilnahme an seinem Verluste in Worten aus, die man, so geschmackvoll gewählt, noch nie vernommen hatte unter den Kastanienbäumen der städtischen Anlagen. Sie gedachte auch mit Wehmut der freundschaftlichen Beziehungen, in welchen sie in schönen Jugendtagen zu der edlen Verklärten gestanden. Ihr größtes Mitgefühl jedoch erregte die Sorge, die dem «alleinstehenden Witwer» aus dem Dasein einer Tochter erwuchs.

«O Herr Heißenstein, welche Aufgabe für Sie, dieses Dasein! Eine Aufgabe, deshalb so groß für einen Mann, weil sie eigentlich zu klein für ihn ist. Wie soll er dem erziehlichen Momente gerecht werden, das alles ist, Herr Heißenstein, *al—les*!»

Sie legte auf dieses letzte Wort ein Gewicht, das zusammengeballt schien aus der Überzeugungskraft von tausend fanatischen Seelen, empfahl sich mit bescheidener Würde und enteilte mit so gleichmäßigen kleinen Schritten, daß es war, als rolle sie auf unsichtbaren Rädern über den Kies des Weges dahin.

Herr Heißenstein blickte ihr eine geraume Weile nach und dachte: «Das erziehliche Moment, ja ja — das erziehliche Moment!» Er wußte freilich nicht, was sie darunter gemeint hatte, aber die Worte prägten sich seinem Gedächtnis ein, und zugleich erwachte in ihm ein gewisser Respekt vor dem erstaunlichen Frauenzimmer, das solche Ausdrücke mir nichts, dir nichts gebrauchte, wie gewöhnliche Menschen Wasser oder Brot sagen.

Er sah sie wieder, er besuchte sie ab und zu bei ihren alten Verwandten. Die Ehrfurcht, welche von diesen dem Fräulein gezollt wurde, und die demütige Liebenswürdigkeit, mit der die Verehrte ihn behandelte, taten seinem stolzen Herzen wohl. Er gewann die Überzeugung, daß er sich im Notfalle an Nannettens spitzes Gesicht würde gewöhnen können. Leicht wurde ihm der Entschluß, sich ein zweites Mal zu verheiraten, nicht, aber er faßte ihn doch, dem Hause, dem anzuhoffenden Erben zu Ehren, dessen Mutter zu werden die über alles Lob erhabene Dame Nannette ihm gerade gut genug schien.

Feierlich trug er ihr denn eines Tages seine breite Rechte an, und sie legte ihr Pfötchen mit einer Eile hinein, die ihn fast bestürzt machte ob seines raschen Glückes. Sein Wort war kaum verpfändet, als er sich von der Ahnung ergriffen fühlte, er habe der Erhaltung seines Stammes ein schweres Opfer gebracht. Die nächste Zukunft rechtfertigte diese Befürchtung; es war ein unseliger Ehebund, den Herr Leopold mit Frau Heißenstein II. schloß. Der Mann, starr, unbeugsam, von dem Glauben an sich selbst durchdrungen; die Frau, von dem Teufel der Hofmeisterei besessen, hätte leichter auf das Atemholen als auf das Spenden guter Lehren verzichtet. Sie unterzog das Benehmen ihres Gatten, seine Art zu gehen, zu grüßen, zu sprechen, zu essen, einer beständigen Kritik, und suchte ihn in allen diesen Beziehungen durch ihre Ratschläge auf das gründlichste zu reformieren.

Der erstaunte Herr Heißenstein ließ sich dies alles eine Zeitlang ruhig gefallen, er begriff nach und nach, was sie damals gemeint haben mochte, als sie von dem «erziehlichen Momente» sprach, das «alles» sei.

Er schwieg lange, plötzlich jedoch fuhr er empor, und

war im Zorne so fürchterlich, daß Frau Nannette sich von dem Schrecken, den er ihr in diesem Augenblicke einflößte, nie mehr ganz erholte. Er erklärte, er sei, ohne jemals «erzogen» worden zu sein, zu Vermögen, Ansehen und hohen Jahren gekommen. Er denke nicht daran, jetzt nachzuholen, was er, ohne den geringsten Schaden davon zu verspüren, in seiner Jugend versäumt habe. Der Mensch lebe nicht, dem zuliebe er auch nur eine seiner Gewohnheiten, möge sie gut oder übel sein, aufgeben wolle. Er wies sie übrigens an, ihre Erziehungskünste an seiner Tochter zu üben, dazu habe er die Gouvernante geheiratet, dazu sei sie da.

Dieser Befehl gehörte freilich zu der großen Menge derer, die leichter gegeben als befolgt werden. In ihrer Art war Rosa ebensowenig danach angetan wie ihr Herr Papa, sich einem fremden Willen zu unterwerfen. Das Kind, heimlich von Božena unterstützt, leistete Unglaubliches an Widerstand gegen die stiefmütterliche Autorität und brachte es wirklich dahin, daß Frau Nannette gestand, es sei doch etwas an der Behauptung gewisser Materialisten und Nihilisten, die sie bisher auf Tod und Leben bekämpft hatte, es *gäbe* Kinder, deren unbändigem Naturell gegenüber selbst die bewährtesten, von pädagogischen Autoritäten ersten Ranges als unübertrefflich anerkannten Erziehungsmethoden sich ohnmächtig erwiesen.

Am kläglichsten jedoch scheiterten Frau Heißensteins Bemühungen, doch wenigstens in den Augen der Magd Božena einiges Ansehen zu gewinnen. Waren Herr Leopold und seine Tochter naive Gegner, die sich nur kräftig wehrten, wenn sie angegriffen wurden, so galt es bei Božena auf der Hut zu sein vor einer stets kampfbereiten, hartnäckigen Plänklerin, die auf jede Gelegenheit lauerte, die Feindseligkeiten selbst zu eröffnen. Frau Nannette war in allem, was die Leitung eines Hauswesens betrifft, unerfahren wie ein Säugling, und es gab für Božena Veranlassungen genug, ihre Überlegenheit fühlen zu lassen, ob sie nun genau das Gegenteil einer erhaltenen Weisung mit Erfolg ins Werk setzte, oder eine ungeschickte Anordnung wörtlich befolgte und dadurch die Gebieterin grausam bloßstellte.

So hatte sich die Existenz Frau Heißensteins II. recht bedauerlich gestaltet, und nicht wenig moralischer Mut gehörte dazu, um doch, wie sie es tat, vor Verwandten und Nachbarn den Schein der Zufriedenheit zu retten und an ihre ehemaligen Zöglinge regelmäßig alle Vierteljahre Briefe zu entsenden, in denen nur von Liebe zu Mann und Kind und von «Gesang der Sphären in Haus und Gemüt» die Rede war.

Endlich jedoch trat ein Umstand ein, der die Stellung Dame Nannettens in dem alten Heißensteinschen Familienneste völlig und günstig veränderte.

Božena bemerkte mit schwer gebändigter Entrüstung, daß Herr Leopold seine Gemahlin mit Rücksicht und Aufmerksamkeit zu behandeln begann. Dinge, die bisher für ihn zu den gleichgültigsten gehört hatten, ihre Stimmung und ihr Befinden schienen ihm wichtig geworden. «Wie geht's der Frau?» fragte er beim Kommen: «Gebt acht auf die Frau», sagte er beim Gehen. Nur an seinem Arme durfte sie das Haus verlassen. Der mürrische Kaufmann fand Koseworte für seine Nannette, er nannte sie «seine liebwerte Oberhofmeistern» und «seine alte graue Maus»; er empfahl Božena und Rosa die unbedingteste Unterwerfung der geringsten Laune der Gebieterin und Mutter gegenüber, und drohte, jeden Widerstandsversuch auf das unbarmherzigste zu bestrafen.

Božena rang mit der Verzweiflung; sie verlor den Schlaf und einen Teil ihres Appetits und fegte in ihrer Küche herum wie ein Wirbelwind. Die Anzahl der Koch- und Speisegeschirre, die damals im Heißensteinschen Hause in Trümmer verwandelt wurden, erreichte eine erstaunliche Höhe. Es versteht sich von selbst, daß ein rauchender Vulkan leichter dahin zu bringen gewesen wäre, seine glühende Lava still hinabzuschlucken anstatt sie auszuwerfen, als Božena, den Ausbruch ihres gärenden Grolls zu unterdrücken.

Nicht lange und Herr Leopold fand eines Morgens seine Gattin und seine Magd, die erste zornesblaß, die zweite zornesrot, in einem Wortwechsel begriffen, der nur seines Sängers bedurft hätte, um unsterblich zu werden wie jener der Königinnen vor dem Dome zu Worms, oder wie jener der gekrönten Schwestern im Parke zu Fotheringhay.

Der Kaufherr warf einen Blick voll Besorgnis auf seine Frau und einen ingrimmigen auf die kecke Dienerin.

«Was unterstehst du dich?!» rief er dieser zu und stürzte ihr mit erhobener Hand entgegen. Sie aber, hochaufgerichtet, den Kopf zurückgeworfen, die Arme in die Seiten gestemmt, stand wie ein Fels. Herausfordernd blickte sie ihren Herrn an, dessen stattliche Gestalt sich neben ihrer hünenhaften fast klein ausnahm, und schleuderte der Gebieterin über seinen Kopf hinweg eine niederschmetternde, in kurze Sätze zusammengefaßte und mit Kraftworten gewürzte Kritik ihrer Tätigkeit als Stiefmutter und Hausfrau zu.

Jeder Versuch, den der Kaufmann machte, Božena derber Beredsamkeit Einhalt zu tun, verlieh derselben nur einen höheren Schwung, der Zorn der Riesin wuchs, indem er tobte wie die flammende Lohe vom selbsterzeugten Sturme angefacht.

Endlich raffte Heißenstein alle seine Kraft zusammen: «Hinaus, Kanaille! Aus dem Zimmer — aus dem Hause — du bist entlassen!» schrie er, bei jedem Satze neu Atem holend.

Ein wildes Gelächter antwortete ihm.

«Entlassen?!» wiederholte Božena mit grimmigem Hohne: «Nicht entlassen! ... Oh – ich gehe selbst! Und gehe heut und gehe gleich!»

Der ungebändigte Hochmut der echten Plebejerin brach aus diesen Worten hervor und verkündigte jubelnd, was sie nicht aussprachen: ich gehe, und das Behagen, die Ordnung, die Wohlfahrt des Hauses nehm ich mit!

Von vorahnender Wollust der Rache berauscht, stürmte Božena dem Ausgange zu. Sie hatte schon die Schwelle betreten, schon die Klinke erfaßt, als sie sich plötzlich am Kleide ergriffen und zurückgehalten fühlte. Ohne sich umzusehen, versuchte sie von sich zu schieben, was sie hinderte in ihrer triumphierenden Flucht. Da berührten ihre Finger seidenweiche Locken, da lag ihre Hand auf dem Haupt eines Kindes. Schmerzdurchzuckt, als hätte sie ein glühendes Eisen berührt, fuhr sie zusammen. Ein

Laut, nicht Schrei, nicht Schluchzen, ein qualerpreßtes Stöhnen entrang sich den halbgeöffneten Lippen der Riesin.

«Fort du Range!» rief sie dann, und die mächtig erwachte, zornig bekämpfte Rührung gab ihrer Stimme einen heiseren, unheimlichen Klang. Aber der hartgewöhnte Zögling Boženas ließ sich so leicht nicht einschüchtern. Nur heftiger zerrte Rosa ihre rauhe Freundin am Gewande und wiederholte ohne Aufhören und in allen Tonarten: «Bleib! Bleib doch! Bleib bei mir!»

Und Božena, wie ein plötzlich ohnmächtig gewordener Simson, biß die Lippen und rang die Hände. Doch gärte in ihr die aufrichtigste Wut gegen den Unband, der sich zwischen sie und ihren Sieg drängte; gegen das undankbare Geschöpf, das sich an ihr Kleid hängte und sagte: «Bleib!» anstatt zu sagen: «Geh, befreie dich!» Oh, sie gibt nicht nach, die Rosa. Aber die Božena noch weniger, das ist gewiß; sie reißt sich los, sie geht, ohne einen Blick auf das eigensinnige Ding zu werfen. — Täte sie's, — wer weiß, was noch geschähe? Sie tut es nicht! Sie will nicht! . . . Und indem sie sagt: ich will nicht — ist es geschehen.

Du grundgütiger Gott! Da steht das Kind vor ihr im Nachthemdchen mit ganz zerzausten Haaren, in denen noch ein Flaum aus dem Kissen wie eine Schneeflocke liegt, und sieht dem Bilde des Christkindleins so ähnlich, das Božena auf dem letzten Jahrmarkte gekauft hat. — Aus dem Bette ist die Kleine gesprungen, um ihr nachzueilen, und stampft jetzt völlig ungeduldig den Boden mit ihren kleinen nackten Füßen und fragt zugleich schmollend und

schmeichelnd: «Wer gibt mir heut mein Frühstück? Wer kleidet mich heut an?»
Nun war's vorbei mit Božena's Herrlichkeit.
«Wer heut? Wer morgen? Wer je?» ruft sie mit einem Ausbruch leidenschaftlicher Klage, — ihr Zorn, ihr Trotz, ihre Stärke — alles dahin! Sie hebt den Schützling empor und preßt ihn mit inbrünstiger Liebe an ihre Brust. Ein letzter Kampf und die Gewaltige beugte sich, das Kind immer in den Armen, vor der Herrin, die sie verabscheute, beinahe bis zur Erde. Zum erstenmal im Leben kam ein Wort der Versöhnung aus ihrem Munde: «Verzeihen Sie mir, Frau, verzeihen Sie mir, Herr! — Behalten Sie mich!» bettelte demütig, die sich unentbehrlich und unersetzlich wußte.
Und man behielt sie. Aber Božena mußte das Eingeständnis, daß sie sich vom Hause Heißenstein nicht trennen konnte, teuer bezahlen. «Macht besitzen, und nicht mißbrauchen ist Tugend.» — Frau Nannette besaß diese Tugend nicht. Sie ersparte der überwundenen Löwin keinen Fußtritt und keinen Nadelstich. Ihre kleinlichen Nörgeleien wurden von Božena mit Größe ertragen. Einmal zum Bewußtsein gekommen, daß sie in unzerreißbaren Fesseln lag, nahm sie die Konsequenzen ihrer Schwäche mit hochherziger Ergebung hin. Nur sehr scharfsichtige Augen merkten, daß sie leide. Ein alter Kommis des Kaufherrn, der Božena immer mit Auszeichnung behandelte und zum Lohne dafür ein Wohlwollen genoß, welches die Schöne sonst nicht an das Männervolk verschwendete, fragte sie um diese Zeit: «Wie leben Sie?» Und sie antwortete ohne Anmut, aber

mit Kraft: «Wie soll ich leben? Ich fresse Galle und saufe Tränen.»

Es kam der Tag, an dem Herr Heißenstein der Magd befahl, die Wiege vom Bodenraum herabzuholen. Božena gehorchte schweigend, aber nachts stand sie auf, trat an das Bettchen, in dem ihr Liebling schlief und jammerte: «O du armer Wurm! Du armer Wurm du!»

Und ein andrer Tag kam, an dem Herr Heißenstein, steif wie eine Bildsäule, im Fenster des dunkel getäfelten Speisezimmers lehnte und mit rotunterlaufenen Augen auf den großen Platz hinausstarrte. Trotz der äußeren Bewegungslosigkeit war sein ganzes Wesen im Aufruhr, er murmelte unverständliche Worte vor sich hin, und sein fahles Angesicht trug den Ausdruck der größten Spannung. Zusammengekauert auf einem der hochlehnigen Holzstühle saß Rosa. Sie hatte mehrmals versucht, sich leise aus dem Zimmer zu schleichen, und war daran ebenso oft durch ein gebieterisches «Du bleibst!», das ihr der Vater zurief, verhindert worden. Sie begann sich zu fürchten vor ihm, vor der Stille, vor der hereinbrechenden Dunkelheit; sie regte sich nicht mehr, sie zählte, um sich die Angst zu vertreiben, die Gläser und Tassen auf dem altertümlichen Kredenzkasten, erst stumm, dann halbflüsternd, endlich halblaut singend nach einer selbsterfundenen Melodie.

Da wurde ein Geräusch vernehmbar, die Tür öffnete sich, und auf der Schwelle stand Božena, ein Licht in der Hand, das ihre Züge grell beleuchtete. Ein sonderbares Gemisch von Empfindungen, von Freude und Sorge drückte sich in ihnen aus. Heißenstein war aus der Fenstervertiefung hervorgetreten an den

großen Speisetisch, auf den er seine beiden flachen Hände legte. Die Knie zitterten ihm und pfeifend entrang der Atem sich seiner Brust.
Božena rief: «Kommen Sie, Herr! kommen Sie!»
Er sah die Botin unverwandt und mit fragenden, erwartungsvollen Blicken an, und keuchte endlich, ohne seine Stellung zu verändern: «Es ist ein Sohn — rede! — Es ist ein Sohn!»
«Was — Sohn!» erwiderte Božena — «Sie sollen kommen, der Frau geht es schlecht.»
Heißenstein richtete sich mit Gewalt empor und ging mit heftigen und doch müden Schritten auf die Magd zu.
«Aber das Kind . . .», rief er, «das Kind ist da — lebt?»
«Ist da — — lebt», wiederholte sie.
«Ist ein Knabe?!» setzte er hinzu, fast schreiend in bangender Qual.
«Ist ein Mädchen», sagte Božena. Sie sagte es ruhig und beschwichtigend. Er jedoch außer sich, sinnverwirrt, meinte Hohn und Schadenfreude aus ihrer Stimme klingen zu hören. Mit einer Verwünschung stürzte er auf die Verkünderin der unwillkommenen Botschaft los, stieß sie vor die Brust, daß sie taumelte, und ging — nicht zu seiner schwer kranken Frau, nicht zu dem neugeborenen Kinde, sondern zurück in sein Gemach, dessen Tür er hinter sich zuwarf und verriegelte.
Božena war von dem unerwartet erhaltenen Schlage einen Augenblick wie betäubt; der Leuchter entsank ihr. Aber schon in der nächsten Minute hatte sie sich aufgerafft. Sie sandte ihrem Herrn ein boshaftes Gelächter nach und streckte ihrer kleinen Rosa, die auf

sie zuflog, die Arme entgegen. Sie hob ihren Liebling hoch empor auf ihren mächtigen Händen und rief jauchzend: «Er hat keinen Sohn — er wird keine Tochter haben als dich — du bleibst die einzige ... Die dort — sterben!» — flüsterte sie liebkosend in des Kindes Ohr, — «du lebst, du wirst leben — und schön und reich und glücklich sein!»

3.

Den Befürchtungen der Ärzte und den Hoffnungen Boženas zum Trotz, erholte sich Frau Heißenstein; und ihr Sprößling, dem bei seinem Erscheinen die Möglichkeit abgesprochen wurde, die Nacht zu überdauern, blieb am Leben. Ja, er bekundete bei Überwindung der Fährlichkeiten, die jede Säuglingsexistenz bedrohen, eine Zähigkeit und Kraft, die alle Sachverständigen in Erstaunen setzte. Die Neugeborene erhielt in der Taufe den Namen Regula, und während ihre Mutter wochenlang hilflos und ohnmächtig danieder lag, und ihr Vater sich grollend von ihrer Wiege abwendete, fand sie ein Herz am Eingang ihres Lebensweges, das sich ihr hingab mit stürmischem Entzücken. Die kleine Rosa begrüßte in dem plötzlich erschienenen Schwesterchen ein Geschenk, das der gute Storch für sie, und ganz allein für sie gebracht hatte. Sie faßte Posto an der Seite des gelben, winzigen Geschöpfes, das jämmerlich kreischend in seinen Kissen lag, und so erbärmliche Gesichter schnitt, und die mageren Händchen so sonderbar ballte und ausstreckte.

«Es stirbt! es stirbt!» rief sie, wenn sich die kleinen alten Züge veränderten und verzerrten. Und wenn es die Augen aufschlug, sang sie ihm vor und bewunderte es, und wollte ihm beständig etwas zu essen geben.

Als Frau Heißenstein wieder auf die Beine kam, war es ihre erste Sorge, ihre Tochter in Schutz zu nehmen vor Rosas aufdringlicher und äußerungsbedürftiger Liebe. «Durch *die* wird ihr nichts Gutes», meinte sie, und blieb immer darauf bedacht, die beiden Kinder voneinander fernzuhalten.

Stets hinweggewiesen und fortgedrängt, kam Rosa dennoch wieder. Das wilde, ungestüme Ding saß oft stundenlang an der Tür des Zimmers, in dem Regula zunahm an Häßlichkeit und Wohlbefinden vor Gott und den Menschen, still wartend, bis ihr endlich gestattet wurde, einzutreten. «Aber nur für einen Augenblick — du hörst? Und nur, um sie zu sehen — du verstehst? Zum Sehen sind uns die Augen gegeben, nicht die Hände. Keine Umarmung!» — Derlei ganz unnötige Kundgebungen waren Frau Nannetten besonders verhaßt.

Das gelbe Töchterchen hingegen wuchs unter dringenden Warnungen vor der Schwester heran: «Mache es nicht wie die! Danke Gott, daß du nicht bist wie die!» Das Entgegengesetzte von allem, was Rosa tat, das war das Rechte.

Der Glaube Nannettens an sich selbst konnte von jeher zu den starken Dingen gezählt werden, seitdem sie aber ein Kind geboren, kam sie sich so merkwürdig und wichtig vor, als ob sie die erste gewesen sei, der eine solche Tat überhaupt gelungen war. Früher gehörte zu ihren stehenden Redensarten auch der

Satz: «Kinder in die Welt setzen ist leicht, sie erziehen ist schwer.» Jetzt geriet sie in Zweifel, welcher von beiden Wirksamkeiten die Palme zu reichen sei. Abwechselnd beugte sich die Gouvernante vor der Mutter, die ihr ein solches Erziehungsmaterial geliefert wie dieses Wunder: Regula, und die Mutter vor der Gouvernante, die es so glänzend auszunützen verstand. Schon in der Wiege hatte das Kind die ersten dunklen Begriffe von Schicklichkeit in sich aufgenommen. Mit drei Jahren gab es bereits Beweise von ernstem Wissensdrang. Einer Strafe bedurfte es nie, mit Lob und Bewunderung wurde es geführt; diese beständig hervorzurufen war sein unablässiges Bemühen. Kein Kind war jemals so bestrebt, seinen eigenen Willen durchzusetzen, wie Regula einen mütterlichen Befehl zu erfüllen; keines haschte jemals so gierig nach guten Bissen, wie sie nach guten Lehren, und die Resultate derselben blühten als ausgesucht feine Manieren, überraschend höfliche Redewendungen aus ihrem wohlgeschulten Benehmen hervor.

Im fünften Jahre trug sie schon einen Schnürleib, und sagte mit echtem Pariser Akzente: «Oui monsieur» und «non madame». Mit dem Widerspiel ihrer eigenen Vollkommenheit, der unartigen Rosa, wollte sie natürlich nichts zu tun haben, und diese gab es endlich auf, sich um ihre Liebe zu bewerben; sie kehrte wieder zu ihrer schönen Božena zurück, die sie mit offenen Armen aufnahm.

So war das Gleichgewicht von neuem hergestellt, und die beiden Parteien standen einander im offenen und verdeckten Kampfe gegenüber. Einen scheinbaren Mittelpunkt bildete der Hausvater. Nur einen scheinbaren; in der Tat vereinsamte er immer mehr, die ganze «Weiberwirtschaft» war ihm im Grunde gleichgültig. Empfand er überhaupt eine sympathische Regung für eines seiner Kinder, so war es für die stille Regula. Wenn ihm ein oder das andere Mal das Lob, das ihre Mutter ihrer Musterhaftigkeit spendete, gar zu übertrieben schien, so sagte er nur: «Brav — zu brav! Was nicht gegoren hat, ist, solange die Welt steht, noch nicht Wein geworden.» Worauf Frau Nannette die Ellbogen fest an die Rippen drückte, sich steif aufrichtete und dem Blicke des immer noch gefürchteten Mannes ausweichend, erwiderte, sie sei bisher des Glaubens gewesen, «des Rebensaftes Klärung» vollziehe sich nach andern Gesetzen als diejenigen, welche der Erziehung einer jungen Dame vorstünden.

Herr Heißenstein war sehr alt geworden seit seiner letzten Enttäuschung, und Regula wurde die Vermittlerin des Einflusses, den Nannette allmählich auf ihren Gatten zu üben begann. Einen gewissen Grad von Bewunderung vermochte er seinem wohlerzogenen Kind nicht zu versagen. Sie verneigte sich so ehrerbietig vor ihm, brachte ihm fortwährend stumme Ovationen dar; ihre Haare waren immer so glatt gekämmt, ihre Kleider immer so nett; sie saß und stand immer so gerade, fiel niemals einem andern ins Wort, widersprach nie. Und dann — ihre Kenntnisse! Ihr Wissen! Die Gelehrsamkeit seiner Frau hatte Herrn Leopolds Eitelkeit oft verletzt, die Gelehrsamkeit seiner Tochter schmeichelte ihm. Es war doch hübsch, wenn sie sich an seinem Geburtstage vor ihn hinpflanzte, als Esther gekleidet; eine Verbeugung machte, so tief, daß man im Zweifel sein konnte, ob sie sich auf den Estrich niederlassen oder wieder aufrichten werde, und dann begann:

„Peut-être on t'a conté la fameuse disgrâce
De l'altière Vasthi dont j'occupe la place ..."

Oder wenn sie als Schwester der Pallantiden erschien, und ohne auch nur einen Augenblick zu stocken, die famose Tirade deklamierte:

„Que mon cœur, chère Ismène, écoute avidement
Un discours qui peut-être a peu de fondement ..."

— Und so weiter!

*Mußte* Herr Heißenstein da nicht sagen: «Bravo, meine Regel! Bravo!» Und *mußte* sein Blick sich nicht fragend und mißbilligend auf die große Tochter richten, die von der Sprache, in der die Kleine sich so geläufig ausdrückte, nicht mehr verstand als eine Kuh vom Spanischen, das heißt soviel wie ihr eigener Vater? *Mußte* da nicht Frau Nannettens heuchlerisch bekümmertest: «An der erlebst du keine Freude» Eindruck auf ihn machen?

Freilich bewahrte Rosa ihre Unabhängigkeit, aber dies geschah auf Kosten der Familiengemeinschaft und der Zusammengehörigkeit. Sie war gleichsam außerhalb des Gesetzes erklärt, und man ließ ihr diejenige Nachsicht zuteil werden, welche aus dem Verzweifeln an einem Menschen entspringt. Und Rosa, die bisher lachend getrotzt und die indirekten Ermahnungen der Stiefmutter, die heftigen Rügen des Vaters mit einem Scherzworte erwidert hatte, begann nachdenklich zu werden. Ihre Heiterkeit verschwand, ihr froher Gesang erscholl nicht mehr in den Gängen des düsteren alten Hauses, man sah die liebliche Gestalt des Fräuleins Augentrost, wie der Kommis sie nannte, nicht mehr treppauf treppab hüpfen zur Wette mit Hündchen und Kätzlein. Sie saß eingeschlossen in ihrer Stube, pflegte die Blumen und Vögel, die sonst ohne Boženas Beihilfe verdurstet und verhungert wären, oder las Romane aus der Leihbibliothek des Städtchens, in der sie sich im geheimen abonniert hatte.

Und gerade damals, wo sie einer Stütze am bedürftigsten gewesen wäre, wurde ihr von ihrer einzigen Beschützerin keine geboten.

Die schöne Božena war um diese Zeit, in der ihr Herzensliebling in die Mädchenjahre, sie selbst aber in die Jahre der reiferen Weiblichkeit trat, eine lahmgelegte Kraft. Sie verbrauchte all ihre Seelenstärke für sich, konnte an andre nichts davon abgeben. Mit gewohnter Pünklichkeit verrichtete sie zwar ihren Dienst, sie hatte ihn ja im kleinen Finger, aber das Herz war nicht mehr dabei. Ihr Feuereifer brannte hell wie je, aber als eine stille Flamme, nicht mehr Funken sprühend nach allen Richtungen. Man sah sie jetzt nach beendeter Arbeit müßig dasitzen, die Hände im Schoß. Plötzlich angerufen, fuhr sie auf, wie aus einem Traume. Das seltsamste war, daß sie begann ihrer äußeren Erscheinung mehr Aufmerksamkeit zu widmen und sogar Freude am Putz zu finden. Die haushälterische Božena verwendete so manchen Gulden für Schmuck und Tand. Ihr lebhaftes Interesse für die Ereignisse in Haus und Stadt war erloschen. Etwas Großes ging vor in ihrem Innern, und auf die ganz erfüllte Seele besaßen von außen kommende Eindrücke keine Macht.

Worin die Ursache der merkwürdigen Umwandlung in Božena's Wesen zu suchen war, das ahnte nur *ein* Mensch: Mansuet Weberlein, der Kommis. Ein stummes Verständnis, das allezeit tiefer ist als eines, das Worte braucht, um sich zu offenbaren, herrschte zwischen den beiden. Božena wußte dem Alten Dank für sein einsichtsvolles Begreifen und für sein rücksichtsvolles Schweigen; die Gesellschaft des einzigen, der sie durchblickte, tat ihr wohl und wurde von ihr aufgesucht. Dem Alten hingegen war Božena viel lieber, als sie und er selbst es ahnte.

Die Woche hindurch war Herr Mansuet außerhalb seines Glasverschlages in den ebenerdigen Geschäftslokalitäten nicht zu erblicken, aber «am Namenstage der Faulenzer», wie er den Sonntag nannte, gönnte auch er sich eine kleine Erholung. Da kam er gegen Abend staubig, wie eine Ofenfigur, aus seiner Höhle hervorgekrochen und nahm Platz in einer der Mauernischen des Torweges, die wohl ursprünglich zur Aufnahme einer Statue oder einer Blumenvase bestimmt sein mochte. Er zündete seine Pfeife an und meinte nun, er schmauche im Freien. Regelmäßig stellte sich Božena bei ihm ein, er nickte ihr zu und sagte: «Muß mir ein bißchen die Bummler ansehen.» — «Muß Ihnen ein bißchen helfen», erwiderte sie. In Wahrheit aber machten sich beide aus den Bummlern nichts.

Gewöhnlich erschien Božena in ihren Hauskleidern, die Festgewänder legte sie nach dem Kirchenbesuch ab, und sich nach beendetem Tagewerk noch einmal in Staat zu werfen, war ihr nicht der Mühe wert. Auch in ihrer Einfachheit gefiel sie ihren zahlreichen Anbetern nur zu wohl und hatte ohnedies genug zu tun, die Zudringlichen in respektvoller Entfernung zu halten.

Herr Weberlein war nicht wenig erstaunt, als sich Božena eines Sonntags prächtig angetan zum Nachmittagsgeplauder einfand. Sie kam langsam, in Gedanken versunken die Treppe herab. Ihre rechte Hand glitt das Geländer entlang, den Rücken der linken hielt sie fest an den Mund gedrückt. Das runde Häubchen mit den flatternden Bändern saß wundergut auf dem reichen Haar mit seinem schwarzblauen Glanze. Eine Korallenschnur umfaßte den kräftigen und geschmeidigen Hals, über die Brust war ein schneeweißes Tuch gekreuzt. Kurze, bauschige Ärmel ließen die wohlgeformten Arme frei. Ein Rock von broschiertem, dunkelgrünem Damast fiel in schweren Falten bis zu den Knöcheln nieder, eine seidene Schürze, bunt gestickte Strümpfe und glänzende Schnallenschuhe vervollständigten den halb städtischen, halb ländlichen, nagelneuen Anzug.

Der Tausend! Sie war schön und majestätisch anzusehen in dieser Pracht, die mächtige Gestalt. Weberlein betrachtete sie vergnügt, kauerte sich tiefer in seine Nische und murmelte: «Sauber! Sauber!»

Božena stand nun vor ihm und grüßte mit einem Anfluge von Verlegenheit. «Sapperlot», sprach der Alte, «das ist ja schön von Ihnen, daß Sie sich auch einmal mir zu Ehren in Parade versetzt haben.»

«Ihnen zu Ehren doch nicht», antwortete sie.

Er schlug ein Schnippchen, als wollt er sagen: Sie haben gut leugnen, ich weiß, was ich weiß. Boženas Gesicht bedeckte sich mit hoher Röte, und sie sprach leise, aber resolut: «Es ist heut Tanz beim ‹Grünen Baum›, da geh ich hin.»

Der Blick, den Weberlein jetzt auf sie warf, bewies, daß es möglich sei, zugleich Mitleid und Verachtung auszudrücken. Sein unproportioniert großes Kinn bewegte sich ein paarmal hin und her in der hohen, halbmilitärischen Krawatte, in der es endlich zur Hälfte verschwand, und er rief: «Sie sind, scheint mir — närrisch!»

Božena erwiderte nichts. Sie hatte die Arme gekreuzt, lehnte sich an die Wand und blickte stumm und trotzig vor sich nieder.

Auf dem Platze wurde es immer lebendiger. Dem heißen Sommertage war ein erquickender Abend gefolgt; ihn zu genießen strömte die schöne Welt der Stadt der Promenade zu. Unter denen, die am Hause vorüberkamen, dünkten sich nur wenige zu vornehm, um dem Vertrauensmanne Herrn Heißensteins einen Gruß zuzurufen; so mancher blieb stehen und wechselte mit ihm einige Worte. Auch Bekannte Boženas kamen — stille Verehrer, die es nicht auszusprechen wagten, wie begehrenswert ihnen die rüstige Jungfrau mit ihrem Fleiß und Geschick und mit ihren, wie man wußte, ansehnlichen Sparpfennigen erschien; kühne Bewerber, die sie heimzuführen hofften, wenn nicht gleich, so doch sicherlich dann, wenn einmal Fräulein Rosa wegheiraten würde aus dem väterlichen Hause. Auch einige hübsche Mädchen, bestens geschmückt zum heutigen Tanze, fanden sich ein und vergrößerten den Halbkreis, der sich um Božena gebildet hatte, wie um eine Audienz erteilende Königin.

So war schon eine ziemlich zahlreiche Gesellschaft im Torwege versammelt. Und jetzt trat aus dem gegenüberliegenden, vom Kreishauptmann Grafen

Kühnwald bewohnten Hause ein junger Mann, auf den sich sofort die allgemeine Aufmerksamkeit richtete. Die Mädchen stießen einander an und kicherten, die Männer zuckten die Achseln; ein Schreiberlein in einem schäbigen Rock, den nur der Umstand zum Sonntagsrocke stempelte, daß er einst schwarz gewesen war, sagte mit einem Ausdruck von schlecht verhehltem Neide: «Da kommt Bernhard der Pfau!»

«Dann wird auch die ‹Gräfin› nicht weit sein», ließ eine Mädchenstimme sich vernehmen.

Und wirklich, die sogenannte Gräfin schritt eben über den Platz. Sie war eine stattliche Bauerntochter, die reichste und umworbenste aus dem nahen Dorfe, das gleichsam die Vorstadt Weinbergs bildete. Begleitet von ihrer Sippe begab sie sich zum Tanze. Der junge Mann näherte sich ihr und schien eine Frage an sie zu stellen. Die Dorfgräfin nickte gnädig und setzte ihren Weg fort, indessen er auf das Haus Heißenstein zuschritt.

Ein schlanker Bursche war's, in der kleidsamen Montur eines herrschaftlichen Büchsenspanners, im dunkelgrünen Rock mit Aufschlägen von Samt, silbernen Wappenknöpfen und Achselschnüren, ein schmuckes Mützchen auf den braunen, dichten, kurzgehaltenen Locken. Seine Haltung war vornehm und frei, das Gesicht fein geschnitten; Siegesgewißheit in jeder Miene und Bewegung, kam der Bursche heran und kindische Freude an sich selbst leuchtete ihm aus den Augen. Er grüßte die Gesellschaft mit der herablassenden Freundlichkeit eines gutsituierten Mannes gegen geringe Leute. Dem Kommis gegenüber äußerte er einigen Respekt, die übrigen neckte er, wußte aber auch jedem etwas Angenehmes zu sagen und jeden in das Gespräch zu ziehen. Nur eine Person in dem Kreise sah er nicht, bemerkte er nicht — die ansehnlichste und auffallendste von allen: Božena.

Und die war plötzlich verstummt. Sie hatte den Kopf an die Wand zurückgelehnt und die Augen halb geschlossen. Von ihren Schläfen herab, die Wangen entlang zog sich ein weißer Streifen — das Erbleichen sehr rot gefärbter Menschen. Verstohlen warf der Jäger manchmal einen Blick nach ihr hin, und je gequälter ihm der Ausdruck ihres Gesichtes erschien, desto lustiger wurde er, desto übermütiger seine Laune. Mansuet Weberlein kämpfte mit einem nervösen Zucken im Arme, verdrehte die Beine so, daß seine einwärts gebogenen Fußspitzen einander auf dem vorspringenden Mauersockel begegneten, und schoß gegen Bernhard den Pfau eine bissige Bemerkung nach der andern ab. Endlich rief er giftig: «Schad' um Sie! Indessen Sie uns hier Späße vormachen, tanzt Ihnen ein Tölpelpeter oder ein Lümmelhans Ihre Gräfin weg!»

Der Jäger wollte antworten, aber ein stämmiger Bursche kam ihm zuvor: «Seine Gräfin?» spöttelte er — «dem Büchsenspanner seine? ... Warum nicht gar?»

Ein hochmütiges Lächeln kräuselte Bernhards Lippen: «Oho, du Gescheiter, nicht mehr lange Büchsenspanner. Im Herbst gibt mir mein Graf ein Revier», sprach er.

«Die Bäuerin schiert sich was um dein Revier», entgegnete der Bursche; und zu einem der Mädchen gewendet, fügte er rasch hinzu: «Wollen wir sie fragen,

Toni?» — Und Toni antwortete eiligst «Ja», und dem sich entfernenden Pärchen folgten andere Tanzlustige nach, und bald war die ganze Versammlung auseinander gestoben. Auch der Jäger empfahl sich jetzt auf das höflichste bei Weberlein, nach einigen Schritten aber blieb er, als besänne er sich plötzlich, stehen, wandte sich gegen Božena und fragte wie jemand, der innerlich widerstrebend eine Pflicht der Artigkeit erfüllt: «Kommen Sie nicht auch?» Dann eilte er den übrigen nach mit großen Schritten und schlecht verhehlter Besorgnis, daß sie sich ihm vielleicht anschließen könnte.

«Prosit!» zischelte der Kommis zwischen den Zähnen, «sonst haben Sie keine Schmerzen?»

Aber wie ward ihm, als Božena nun vor ihm stand, und mit gepreßtem Tone und niedergeschlagenen Augen sagte: «Alsdann Adje, Herr Weberlein.»

Nein! das kann nicht sein ... Das ist ja die bare Unmöglichkeit! — In Scharen waren sie oft gekommen, die allerbesten Tänzer der Stadt und des Dorfes und hatten gesagt: «Erweisen Sie mir die Ehre» und «Machen Sie mir die Freude» ... Und sie hatte geantwortet: «Ich geh zu keinem Tanz.» Und jetzt warf ihr ein Laffe, ein Geck von oben herab eine Aufforderung hin, so leer, so gar nichtssagend als höchstens: Ein ganzer Bengel will ich doch nicht sein; und sie lachte ihm nicht ins Gesicht, sie schwieg — sie folgte ihm, dem Laffen, dem Gecken, demütig wie ein Hund seinem Herrn?! Donner und Wetter! Wenn der liebe Gott vom Himmel gestiegen wäre und es dem Kommis Weberlein erzählt hätte, dieser würde geantwortet haben: «Verzeih mir's — Gott! Aber das kann ich nicht glauben.» ... Und nun sah

er's, nun mußte er es sehen mit seinen eigenen Augen und konnte seine eigenen Finger legen in die Wunden, die dem Stolze Boženas geschlagen worden. Er blickte völlig verstört zu ihr empor und brachte nur ein Wort heraus, nur das einzige Wort: «Was?»
Sie schien ein Weilchen zu zögern, dann sprach sie mühsam und mit trockenen Lippen: «Ich muß wissen, wie es steht mit ihm und der Eva», und wandte sich, und von weitem, in wohlberechneter Entfernung, folgte sie dem Jäger.
Herr Weberlein nahm eine boshafte und wegwerfende Miene an, mit abscheulich menschenfeindlichen Blicken stierte er auf den Platz hinaus und kehrte ihm und dem Treiben da draußen endlich ganz und gar den Rücken. Wie ein Alräunchen hockte er in seiner Nische und zog in kurzen, raschen Zügen den Rauch aus seiner Pfeife. Er schmauchte nicht mehr, er tobakelte und umgab sich mit kleinen dichten Wolken, die ihn dräuend und unheilverkündend, als Zeichen seiner großen inneren Erregtheit, umflogen.

4.

Beim «Grünen Baum» hatte die Unterhaltung schon begonnen, aber noch war wenig Wein getrunken worden, noch gab es keine ausgelassene Lustigkeit, noch hatte kein Streit stattgefunden. Die Paare drehten sich langsam und mit bewunderungswürdiger Ausdauer. Von Zeit zu Zeit ertönte ein lauter Jubelruf, ein Bursche klatschte in die Hände, hob seine Tänzerin hoch empor, ließ sie dann sich ein Weil-

chen allein neben ihm herschwenken, umfaßte sie von neuem und ruhig tanzten sie weiter mit denselben schläfrigen Gesichtern, mit denen sie ihre Fronarbeit verrichteten.
Bernhard trat oft in die Mitte der Stube, sah mit Wohlgefallen, wie viele Mädchenaugen sich erwartungsvoll auf ihn richteten, winkte jedoch keine der Anwesenden nach Bauernsitte zu sich herbei. Eva war für diesen Walzer versagt und mit einer Geringeren trat er nicht in den Reigen.
Božena stand, alle Frauen und die meisten Männer, die sie umgaben, überragend, finster und grollend in einer Ecke und wies alle Aufforderungen, sich an dem Tanze zu beteiligen, kurz ab. Sie sei nur gekommen, ein wenig zuzusehen, müsse gleich wieder heim.
Die Musik schwieg, ein Tanz war zu Ende, nach kurzer Pause wurde wieder aufgespielt, und jetzt hatte Bernhard die «Gräfin» erfaßt und wirbelte mit ihr durch die Stube. Nicht langsam und mattherzig, wie ihr früherer Partner, frisch, mit fröhlicher Anmut und Leichtigkeit schwenkte er sie im Takte. Wie zwei Vögel schwebten sie, flogen sie, als ob die Lüfte sie trügen, jetzt im engen Kreise wie die Lerchen, jetzt wie die Schwalben — dahingleitend in weitem Bogen. Er flüsterte ihr etwas zu und die kokette Dorfschöne blinzelte ihn herausfordernd an; fester drückte er sie an sich, warf den Kopf zurück und schien zu fragen: wer widerstände mir? Sie, nicht minder selbstbewußt, aber weniger naiv, schlug die Augen nieder und schien zu antworten: Ich — vielleicht!
Božena verwandte von den beiden keinen Blick, ihr Herz klopfte zum Zerspringen, schmerzliche Eifer-

sucht zerschnitt ihr die Brust. Oh, jung sein und begehrenswert wie jene dort! Im Angesichte aller mit Stolz von ihm umfangen werden wie sie, nur einmal, nur einen einzigen seligen Augenblick! Tu ein Wunder, Gott, der du alles kannst! Befriedige diese dürstende Sehnsucht, erlöse diese arme, ringende Seele, lasse sie einmal unschuldig sein ohne Reue und Scham! . . .

Zu so unerfüllbaren Wünschen hatte Božena sich verstiegen, als eine Stimme sie anrief: «Grüß Gott!» Evas Vater, ein alter schöner Mann, war zu ihr getreten, er deutete mit dem Mundstück seiner Pfeife auf seine Tochter und fuhr fort: «Das tanzt! Das tanzt!» Wohlgefällig betrachtete er sein Kind und sah dann wieder die Angeredete an, als wollte er sie zur Bewunderung auffordern. Schon drängte sich ein hartes Wort auf Boženas Lippen, aber sie sprach es nicht aus, vielmehr sprach sie, den Greis forschend ins Auge fassend: «Ein schönes Paar!» Der Bauer verzog den Mund: «Paar?» wiederholte er «Paar? die zwei? — Je nun, auf dem Tanzboden — ja.» Und Božena atmete auf. Derselbe Ausdruck des engherzigen Hochmuts, der in den welken Zügen des Alten wie versteinert lag — das blühende Gesicht seiner Eva trug ihn auch. Die wird ihr nicht im Ernste eine Nebenbuhlerin, der ist der Jäger trotz aller seiner Vorzüge zu gering! — Božena verließ die Wirtsstube, sie schritt über den Hof einem kleinen Obstgarten zu, von dem aus der Fußsteig, der bis an die Stadtmauer führte, leicht zu erreichen war. Auf eine Bank unter einem Apfelbaum ließ sie sich nieder und versank in ihre düsteren Gedanken. Eine kurze Zeit nur, und lebhafte, eilende Schritte näherten sich. Sie blickte nicht zurück, sie wußte, er ist es, er sucht sie auf. Im nächsten Augenblick war er bei ihr, setzte sich neben sie auf die Bank und sprach schmeichelnd: «Božena! Läßt sich die Böse endlich finden?»

Sie antwortet ihm nicht. Er suchte, jedoch vergeblich, ihre Hand zu fassen. «Was hast du wieder? So sag doch ein Wort! — Was ist dir?» sagte Bernhard mit dem leicht erregten Unwillen verwöhnter Menschen.

Nun fuhr sie auf: «Er fragt! Er fragt noch! ... Wie? Jetzt kann er kommen, weil ich allein bin! Vor den Leuten kennt er mich nicht! ... Weißt du was? Wie du mit mir spielst, so spielt die Eva mit dir!»

Das hatte sie nicht sagen wollen, nicht gleich, nicht so, aber der Ingrimm, der in ihr kochte, sprudelte die Worte heraus. Keuchend lehnte sie sich zurück an den Stamm des Baumes, biß die Zähne übereinander und kreuzte die Arme über der gequälten Brust.

Bernhard lachte gezwungen.

«Mit mir spielt niemand», entgegnete er. «Die Eva weiß recht gut, daß mir's nicht im Ernst zu tun ist um sie. — Und du solltest wissen, daß ich dich lieb habe!» rief er mit plötzlich ausbrechender Zärtlichkeit und wollte sie umfassen.

Sie stieß ihn zurück und sprach, an allen Gliedern bebend: »Seit einem Jahr vergällt er mir mein Leben. Küßt mich im geheimen und verleugnet mich vor den Leuten ... Fort von mir!» herrschte sie, als er statt aller Antwort die Zürnende an sein Herz zu ziehen strebte: «Es muß sein — hörst du? — ich verstelle und verstecke mich nicht mehr. Laß mich in Frieden, wenn du dich meiner schämst!«

Božena stemmte die Hand gegen seine Brust und hielt ihn von sich mit ausgestrecktem Arme. Und mit diesem stählernen Arme, das wußte Bernhard wohl, hätte er vergeblich gerungen. So senkte er den Kopf auf ihn nieder, lehnte seine Wange daran und sprach: «Ich mag das Gerede der Klatschmäuler nicht — es könnte meinem Grafen zugetragen werden. Und der, du weißt ja, meint, am besten wär's für mich, wenn ich die Kammerjungfer der Frau Gräfin nähme. Aber ich mag sie nicht!» rief er, sich aufrichtend. «Sie ist mir zuwider — ich hab nur *eine* gern... Laß mich nur einmal Förster sein, — und die ganze Welt soll schon sehen — wen?!» Es war ein Klang von warmer, überzeugender Empfindung in seinen Worten. Er hatte sie lieb, die Božena, gewiß; er war stolz auf den uneingeschränkten Besitz dieses bisher unbesiegten Herzens. Er freute sich der Gewalt, die ihm über die Gewaltige gegeben war. Sein unsicheres Wesen wurde von ihrem starken, sein schwankender Wille von ihrem festen mächtig angezogen. Im Bewußtsein ihrer unbegrenzten Liebe ruhte er wie in einer goldenen Wolke, er fühlte sich durch ihre Hingebung gehoben und verklärt. Schützend umhüllte sie ihn, ohne ihn je gedemütigt zu haben, denn immer war sie bereit, sich ihm zu unterwerfen, und alle Lust und alles Weh kam ihr von ihm. Ein Wort, und die Unbezwingliche lag zu seinen Füßen, die größere Seele beugte sich vor seiner Kleinheit, denn kraft ihrer Liebe war er ihr Herr.

Božena hatte den Arm sinken lassen, der Jäger schlang den seinen um ihren Hals und preßte seine Lippen auf die ihren. Ihr Zorn zerschmolz unter seinen Küssen. Heiße Tränen traten ihr ins Auge und

sie sprach wehmütig: «Ich werde niemals deine Frau! Du wirst dich niemals zu mir bekennen. Schweig!» fiel sie ihm ins Wort, da er widersprechen wollte. «Dazu hast du nie den Mut! ... Ich bin nur eine arme Magd, und du willst höher hinaus — wir sind nicht füreinander ...»
«Ich will *dich*», beteuerte Bernhard mit Ungestüm, «keine andere, weil sich keine mit dir vergleichen kann. Meinst du, ich bin blind und seh das nicht? ... Hab Geduld! ... Wirf mir nichts vor ... Wir kommen doch zusammen, aber jetzt will ich nichts wissen, nichts hören, nichts fragen als nur: hast mich lieb?»
Božena legte die gerungenen Hände in ihren Schoß und seufzte schmerzlich auf: «Fragst nicht auch, ob Gott im Himmel lebt? ... O Jesus, ob ich ihn lieb habe? Ich wollt, ich könnte sagen, nein, oder ich wollt, ich könnte sagen, warum?»
Trotzig richtete sie sich auf und sprach, als trachte sie sich selbst zu beruhigen über die Natur ihrer Liebe: «In dein hübsches Gesicht habe ich mich nicht vergafft!»
Der Jäger lachte und küßte sie, und Božena erduldete seine Liebkosungen, aber sie erwiderte sie nicht.
«So bist du heute», grollte sie, «und morgen ist alles wieder wie früher, und morgen trittst du mir wieder aufs Herz. O könnt ich frei sein! ... Könnt ich mich losmachen von dir!»
Er erschrak über die Verzweiflung, die aus ihrer Stimme klang; zum erstenmale tauchte die Möglichkeit, sie zu verlieren, vor ihm auf und erfüllte ihn mit tiefster Besorgnis, mit bitterstem Weh: «Dich losmachen von mir?» fragte er vorwurfsvoll, «das möchtest du?»

«Wohl möcht ich's!» antwortete sie, «aber was hilft mir das? ... Bin ich nicht wie verfangen im Dorngestrüpp, es zerfleischt mich, — und läßt mich nicht los ... Bernhard! Bernhard!» Sie beugte sich vor, mit beiden Händen griff sie in sein Haar, zog seinen Kopf an ihre Brust und schaute in die Augen, die sich bittend und voll heißer Zärtlichkeit zu ihr erhoben. «Bist mir denn treu?» schrie sie plötzlich auf.

Das rief wieder die alte Božena! Das war wieder die echte alte Leidenschaft! — Sie zitterte um ihn, er hatte sie wieder! Der funkelnde Blick des Jägers ruhte fest in dem ihren und seine Seele frohlockte. Übermütig strich er mit Daumen und Zeigefinger den Schnurrbart in die Höhe und sprach schmollend, wie ein berechnender, kluger, vollendeter Don Juan:

«Bist du denn mein?»

«Schäm dich!» erwiderte sie, und barg ihr Gesicht in ihre Schürze und schluchzte laut.

Er aber flehte, tröstete, beteuerte. Kein Liebesschwur, den er nicht tat, kein Schmeichelwort, das er nicht sagte. Und Božena lauschte seiner süßen Rede, von neuem überwunden, von neuem überzeugt. Er wolle ein Ende machen! Das gelobte er, und sollt es ihn die Stelle kosten und seines Grafen Gnade! Von der Božena läßt er nicht, er kennt ihren Wert, ihr gehört er an in Glück und Not, im Leben und im Tode. Nur sie vermag — — da fährt er zusammen, hält inne ... hinter den Büschen des Zauns hat sich's geregt. Der Teufel! haben seine Worte einen Zeugen gehabt? War ein Lauscher da? Bernhard springt empor und auf die Stelle los, von der aus das Geräusch gekommen. Er ruft laut: «Wer da?» — keine Antwort und ringsum niemand zu erblicken. Sie sind allein.

Etwas verlegen über die Bestürzung, die er unwillkürlich hatte erblicken lassen, kehrt der Jäger zurück. In einen andern Menschen verwandelt, gleichgültig und kalt stand er vor seiner Geliebten und sagte: «Es ist spät — ich muß fort.»

Sie biß die Zähne übereinander und maß ihn mit verachtungsvollen Blicken.

«O du!» rief sie »wenn einer dort gestanden hätt, und wär's der Stallbub gewesen aus eurem Hause ... Und hätte der gespaßt: Unser Jäger geht mit der Magd des Weinhändlers — vor dem Stallbuben hättest du mich verleugnet! Jetzt hättest du's getan! ... Und wenn dich heut abends beim Tische der Hausoffiziere jemand nach mir fragt, wirst du antworten: Ich kenne sie nicht! Gelt?» schrie Božena mit vernichtendem Hohne und richtete sich hoch auf vor ihm, der mit finsterem Gesichte zur Erde starrte und — schwieg.

«Ich Narr! Ich Narr!» stöhnte sie und wandte sich und rannte davon. Sie schaute nicht — er rief sie nicht zurück, und dennoch hemmte sie bald die Raschheit ihrer Schritte. Sie blieb stehen — sie lauschte — sie wartete und setzte dann immer langsamer ihren Weg fort. Wie oft hatten sie sich schon getrennt, aber niemals hatte ein Abschied ihr das Herz zerrissen wie dieser. Hatte sie doch noch nie so harte Worte zu ihm gesprochen, war ihm doch niemals so weh durch sie geschehen. Wird er ihr je verzeihen? — Schon denkt sie nichts andres mehr als: wird er mir je verzeihen? ...

Das macht: sie ist gefangen, ein Spielball in eines Knaben Hand — die große Božena!

5.

Während Božena in so schweren Herzenskämpfen rang, wurde auch ihr Schützling von seinem Schicksal ereilt. Zugleich glücklicher und unglücklicher als ihre Getreue, hatte Rosa eine Neigung eingeflößt, die sich nicht verbarg, die nur allzu eifrig zur Schau getragen wurde, die aber so gut wie keine Hoffnung bot, zu ihrem Ziele, dem Frieden einer erwünschten Ehe zu gelangen.

Seit einigen Monaten war in der Umgebung Weinbergs ein Ulanenregiment einquartiert, dessen hübschester Leutnant den großen, sehr mittelmäßig gepflasterten Platz des Städtchens für den geeignetsten Ort zu halten schien, wo seinen Pferden die letzte, höchste Dressur beizubringen wäre. Er kam heut auf dem Mohrenkopf und morgen auf dem Schwarzbraun; er umkreiste den steinernen Marktbrunnen im Jagdgalopp, im spanischen Schritt, im kurzen und im langen Trabe. Er jagte, die Hand am Schirme seines Käppchens, im Fluge wie ein Kosak, oder er ritt feierlich und langsam wie der Cid unter Ximenens Altan, an dem alten Hause vorüber. Und am Fenster stand Rosa voll Bewunderung und lächelte ihm zu. Seit dem Augenblicke, da sie ihn zum erstenmale gesehen, hatte ein neues Leben für sie begonnen. Seltsam, seltsam war ihr's damals ergangen. So, meinte sie, so rasch, so plötzlich und unwiederbringlich hätte noch keine ihr Herz verloren, nein, verschenkt — gern, glückselig verschenkt.

Mit klingendem Spiele und flatternden Fähnlein war das Regiment auf einem Marsche nach der neuen Garnison durch die Stadt geritten. Und Rosa, von dem Schalle der lustigen Musik an das Fenster gelockt, hatte sich ergötzt an dem bunten Schauspiel zu ihren Füßen; Zug um Zug marschierte vorüber und manches Auge richtete sich mit Wohlgefallen auf das Mädchen, das so übermütig auf die staubbedeckten Reiter herabsah, als defilierten sie nur ihr zu Ehren und zum Spaße da vorbei.

Endlich kam er herangeritten, nachlässig, mit schlaffen Zügeln, und träumte vor sich hin. Nun schien das alte Haus seine Aufmerksamkeit zu erregen. Wie ein verwitterter Aristokrat inmitten geschniegelter Emporkömmlinge nahm es sich mit seinen etwas abgebröckelten Stukkaturen, seinen schweren Strebepfeilern und tiefen Fensterbogen aus, neben den blanken, charakterlosen Nachbarn. Der Offizier sah an dem grauen Gemäuer empor, wie überrascht von seiner altertümlichen Schönheit. Als wecke es in ihm eine wehmütige Erinnerung, betrachtete er es ernsthaft, ja traurig und doch fast liebevoll. Und jetzt begegnete sein Blick dem der Rose am Fenster, dieser holden, trotzigen Rose, so schön, so frisch in ihrer düsteren Umrahmung. Vier junge Augen ruhten ineinander mit unschuldigem Erstaunen, mit selbstvergessenem Entzücken. Und das alte, ewig neue Wunder vollzog sich; in zwei von Schmerz und Glück noch unberührten Seelen erwachte die Sehnsucht und mit Bangen die Ahnung all der Wonnen und all des Wehs, die sie bestimmt waren einander zu bereiten, die Ahnung des großen Lebensgeheimnisses, das Aufgehen des eigenen in einem fremden Dasein.

Unwillkürlich hielt der Jüngling sein Pferd an, und stand regungslos mit emporgewandtem Haupte, mit dem Ausdruck der seligsten Bewunderung auf seinem Gesichte. Eine Hand, die sich auf seine Schulter legte, eine Stimme, die ihn anrief: «Schläfst du, Fehse?» weckte ihn aus seiner Versunkenheit. Er errötete über und über und setzte sich wieder in Bewegung. Der Kamerad aber war der Richtung, welche die Augen des Freundes genommen, mit den seinen gefolgt, er lächelte und machte eine Bewegung, als wollte er sagen: «Ja so — jetzt verstehe ich!»

Und Rosa, bestürzt, beschämt, eilte vom Fenster hinweg, mit dem Gefühl einer ertappten Sünderin. Wie peinlich war der Augenblick! Und doch — sie hätte ihn nicht tauschen mögen gegen alle frohe Stunden, die sie bisher erlebt.

Das kindische Pärchen flog in sein erstes Liebesabenteuer hinein wie junge Vögel in das Feuer. Damals hatte ein österreichischer Offizier alle mögliche Zeit, seine Privatangelegenheiten zu besorgen. Wenn er, wie Fehse es tat, auch täglich drei Meilen weit ritt, um an der Wand den Schatten seiner Angebeteten oder am Fenster den Schimmer ihres Nachtlämpchens zu erblicken, der Dienst, der ihm oblag, brauchte nicht darunter zu leiden.

Später wurde der Leutnant in ein dem Städtchen näher gelegenes Dorf versetzt, und nun begannen jene Fensterparaden auf dem Platze, die sehr bald Rosas Freude ausmachten und Herrn Heißenstein ein Ärgernis gaben.

Frau Nannette nahm von alledem keine Notiz.

Eine Sache, von der man sich nur Kenntnis verschaffen konnte, indem man aus dem Fenster sah, fand sie für angemessen zu ignorieren. Sie predigte nicht etwa mit Worten allein, sie predigte durch ihr Beispiel. Sie pflegte zu unterlassen, was Regula bleiben lassen sollte.

Jawohl, bleiben lassen! Oder hat man jemals gehört, daß ein wohlerzogenes Mädchen Lust und Zeit hätte, aus dem Fenster zu sehen? Wenn dies der Fall, dann muß Frau Nannette sich schämen und ihre Unwissenheit bekennen. Denn wahrlich, ihr ist dergleichen niemals zur Kenntnis gekommen.

Einen stillen, aber heißen Bewunderer fanden die equestrischen Übungen des Leutnants an Mansuet Weberlein. Von seinem Kasten aus, in dem er hockte wie der Frosch im Wetterglase, begleitete der Kommis die Versuche des Ulanen, Fräulein Augentrosts Aufmerksamkeit zu erwecken, mit seinen innigsten Sympathien. Er war ein so begeisterter Anhänger des Militärs, daß er jedem Unternehmen, gleichviel ob es von dem ganzen Stande oder von einem einzelnen seiner Mitglieder in das Werk gesetzt wurde, das beste Gedeihen wünschte.

Wie es kam, daß sich in Weberleins Seele kriegerische Neigungen entwickelten, ist unerklärt geblieben. Er stammte aus einem friedfertigen Geschlechte. Seine Ahnherren hatten als Kommis im Geschäfte Heißenstein gedient, solange dasselbe überhaupt bestand, und sein Vater hatte ihn auferzogen in der Furcht Gottes und der Militärpflicht. Und trotzdem! Als er achtzehn Jahre alt und noch nicht viel über drei Schuh in der vertikalen, aber schon bedenklich in der schrägen Richtung gewachsen war, da kamen Werber aus Ungarn herüber in die Stadt. Mansuet entlief seinem väterlichen Hause und stellte sich.

Er wurde ausgelacht und heimgeschickt. Aber von diesem Tage an galt er in seiner Familie für einen

Haudegen, und fühlte sich in einem gewissen Grade mit dem Soldatenwesen verbunden.
In gemütlichen Stunden sagte er zu seinen Vertrauten: «Sehen Sie, jetzt wäre ich Hauptmann, wenn ich nämlich gedient, ich wäre sogar Major, wenn man mich nämlich dazu gemacht hätte.»
Er wußte den Militärschematismus auswendig und avancierte mit seinen eingebildeten Kameraden, in seinem eingebildeten Range. Wenn der hübsche Leutnant Fehse am Hause vorüberritt, da verfehlte Mansuet niemals, dem zweiten Kommis zuzuflüstern: «Sehen Sie, der wäre jetzt mein Subordinierter, wenn ich nämlich gedient hätte, bei den Ulanen nämlich, und zwar im zweiten Regimente.»
Die unschwer zu erratenden Absichten seines «Subordinierten» aus allen Kräften zu fördern, empfand Weberlein den lebhaftesten Drang. Und eines schönen Morgens, als Fehse wieder sein Pferd auf dem Platze tummelte, bemerkte sein stiller Gönner, mit einer Hand auf den Schützling deutend und mit der andern dem Prinzipal einen Brief zur Unterschrift vorlegend: «Ansprechendes Exterieur, das des Herrn Leutnants. Scheinen hier einen Punkt der Anziehung gefunden zu haben.»
Und als Heißenstein schwieg, fuhr der Kommis mit einem diplomatischen Lächeln fort: «So frei gewesen, über den Herrn Leutnant Erkundigungen einzuziehen. Bei Großhändler Heller. Sind dort täglicher Gast. Gute Referenzen. Sehr estimiert im Regimente, höchst anständig.»
«Kümmert das Sie?» fragte Herr Heißenstein in wegwerfendem Tone und schob dem Kommis den unterzeichneten Brief hin.

Weberlein legte einen zweiten vor und erwiderte: «Sehr viel. Die Anständigkeit des Nebenmenschen kümmert mich immer sehr viel.»
«Sie wollen sich vermutlich mit ihm in Verbindung setzen», bemerkte der Prinzipal spöttisch. Weberlein war einmal entschlossen kühn zu sein; er ließ sich nicht irremachen durch die majestätische Ironie Heißensteins. Er dachte: «Wetter! man muß etwas tun für seine Freunde. Ein gutes Wort kann Wunder wirken; es kann Möglichkeiten ins Auge fassen lassen, die sonst nicht erwogen worden wären.»
Und so sprach er: «In Verbindung — ich? — Nur insofern, als ich vermöchte, eine Verbindung mit anderen Personen zu vermitteln, die ihm warscheinlich erwünschter wäre.»
Während dieser letzten Rede hatte der Haudegen seine Augen recht fest auf das Blatt in seiner Hand gerichtet. Jetzt wandte er sie seinem Chef zu. Der saß kerzengerade aufgerichtet und machte eine so eisige Miene, daß Mansuet sich von ihrem Anblick durch und durch erkältet fühlte und hüstelnd, als fröre ihn, seinen Rock zuknöpfte. Heißenstein sah den Kommis von der Seite an, und jede Falte auf seinem Gesichte, jedes Haar seiner emporgezogenen Augenbrauen schien zu sagen: «Dieser Mensch wird mich niemals verstehen!»
Der Tag verging. Herr Heißenstein ging auffallend früh und in auffallend schlechter Laune zum Abendessen. Die letztere wurde noch vermehrt, als er Rosas Platz am Tische unbesetzt fand. Ein unerquickliches Gespräch entspann sich zwischen dem Herrn und der Frau vom Hause.
«Wo ist Rosa?»

«Wie allabendlich bei Heller.»
«Wer gab ihr die Erlaubnis . . .»
«Die nimmt sie wohl selbst. Wer hätte der etwas zu erlauben?»
«Ich!» schrie Heißenstein.
«Du hast doch bis jetzt gegen diese Besuche nichts einzuwenden gehabt», meinte Frau Nannette.
«Von nun an *hab* ich dagegen einzuwenden», war des Hausvaters kategorische Antwort, und Božena erhielt den Befehl, Rosa sofort abzuholen und nach Hause zu bringen. Die Magd gehorchte, und Regel, die inzwischen ihre Suppe ausgelöffelt und ohne das leiseste Geräusch geschluckt hatte, küßte ihren Eltern die Hände, verbeugte sich ehrfurchtsvoll und verließ das Zimmer.
Das Ehepaar war allein.
Er hatte die «Brünner Zeitung», sie ihren Strickstrumpf zur Hand genommen. Vor ihm stand eine Flasche Weines, vor ihr ein kleiner Arbeitskorb, in dem das Knäuelchen, infolge der unglaublichen Geschwindigkeit, mit der sie strickte, ruhelos umherhüpfte. Die Bewegung dieses Knäuelchens schien Herrn Heißenstein unangenehm zu sein, denn er sah es manchmal über die Zeitung hinweg grimmig an.
Eine Atmosphäre des Unbehagens umgab die beiden alten Leute, und Frau Nannette bemühte sich vergeblich, sie zu zerstreuen. Sie lächelte, nickte mit dem Kopfe, sagte von Zeit zu Zeit: «Ja, ja» und: »Du lieber Gott, schon ein Viertel nach neun!» Oder: «Wie doch ein Tag so rasch vergeht!» Sie versuchte sogar durch ein kleines, gemütliches Gähnen die gezwungene Stimmung in eine bequeme zu verwandeln. Alles umsonst!

Endlich hielt sie im Stricken inne, und indem sie mit der Nadel einige Brotkrümchen auf dem Tische in eine gerade Linie schob, teilte sie ihrem Manne mit, als besänne sie sich dessen plötzlich — daß sich ihr heute vormittags auf der Promenade Leutnant von Fehse habe vorstellen lassen.

Herr Heißenstein äußerte den Anteil, den er an dieser Nachricht nahm, dadurch, daß er halblaut zu lesen begann: «Versteigerung der kärntnerischen Kammerfondsherrschaft Friesach, samt der Fronleichnamsbruderschaft Metnitz . . .«

Frau Nannette fuhr fort: «Ein sehr gebildeter, sehr wohlerzogener junger Mann . . .»

«An Gebäuden, an Grundstücken, an Untertanen, an Zehenten», murmelte Heißenstein.

«Du hörst nicht, Lieber», sprach seine Gemahlin, und setzte mit größerem Nachdrucke hinzu: «von altem Adel, aus Hannover.»

In einem Tone, der deutlich sagte: «Ich will auch nicht hören», und mit, wie es schien, gesteigertem Interesse an seiner Zeitung, las Heißenstein: «An Untertansgiebigkeit, an unsteigerlichem Gelddienste 609 Gulden 23³/₄ Kreuzer . . .»

«Die Fehse sind so alt wie die Montmorency», rief nun Frau Nannette etwas gereizt dazwischen, und vergaß in der Aufregung, ihrer Rede die logische Gliederung zu geben, die sie ihr sonst so gern verlieh. — »So alt wie die Montmorency, und er spricht das schönste Deutsch, das ich jemals hörte.»

«An Kleinrechten», las Heißenstein weiter: «Ein Paar Filzstiefel, ein Stück Hechten, siebenundzwanzig Hendeln, zwei Faschingshühner — — einhundertundfünf Pfund Harreisten . . .»

Jetzt riß der Faden von Frau Nannettens Geduld. Mühsam, mit großer Selbstüberwindung knüpfte sie ihn wieder zusammen.
Sie beugte sich vor, tippte mit der Stricknadel auf den Ärmel ihres Mannes und sprach: «Es wäre mir angenehm, wenn meine Regula öfters Gelegenheit hätte, dieses ganz vortreffliche Deutsch sprechen zu hören. Das Kind ist so bildungsfähig! Man sollte es nicht glauben, aber heute vormittags wechselte Herr von Fehse einige Worte mit ihr, und schon nachmittags überraschte sie mich mit der Anwendung einiger Imparfaits und Subjonctifs, und mit einer weichen Aussprache der Zischlaute, die mich entzückte. Gestatte demnach, lieber Mann . . .»
Die Stricknadel fuhr schmeichelnd über den Rockärmel, und bittende Augen ruhten auf dem hartnäckigen Leser. Dieser erhob den Kopf und lächelte seine Ehehälfte an, spöttisch, geringschätzig, herausfordernd.
Frau Nannette fühlte augenblicklich ihre Lippen trocken werden und ihren Hals sich zusammenschnüren. Sie dachte, nicht ohne einen kleinen Schauder, daß es möglich sei, einen Menschen inständigst zu hassen durch ein ganzes Leben hindurch, wegen eines einzigen Lächelns, wenn es so viel Verachtung, so viel Hohn ausdrücke wie dieses.
«Du wünschest also», sprach Herr Heißenstein, «wenn ich recht verstehe, einen Montmorency — Gott, wie sprach der Mann diesen edlen Namen aus! — als Sprachlehrer für unsere Regel. Ich zweifle, ob diese Art in solcher Eigenschaft zu fungieren pflegt, bei Weinhändlerstöchtern.»
Jetzt wurde die Türe des Vorzimmers geöffnet; die

Stimme Rosas ließ sich vernehmen. Herr Leopold stand auf: «Genug gescherzt!» rief er, während seine Tochter eintrat. Er wandte sich gegen sie und schleuderte ihr in drohendem Tone die Worte zu: «Herr Leutnant Fehse wird mein Haus niemals betreten!»

Das Mädchen erbleichte und fragte ganz verwirrt über diesen sonderbaren Empfang: «Warum, Vater? — Warum? — Was hast du gegen ihn?»

«Nichts gegen ihn, nichts für ihn», erwiderte Heißenstein, «und dabei soll's sein Bewenden haben.»

«Warum?» wiederholte sie, «er ist brav und gut, alle Welt liebt ihn.»

«Du wohl auch?» fuhr er sie mit grausamem Spotte an.

«Ja!» antwortete Rosa hochaufatmend.

Er sah sie an und eine leise Regung des Erbarmens mit dem Kinde wurde lebendig in seiner Seele. Streng, aber ohne Härte sprach er: «Schlag dir die Löffelei aus dem Kopfe! Ich will nichts wissen von einem Herrn von Fehse. Du hast gehört, mein Haus betritt er nie.«

«Doch Vater!» war die kühne Antwort des Mädchens, «er kommt morgen. Er will bei dir um mich werben.»

«Werben?!» schrie Heißenstein in aufloderndem Zorne. «Werben?!» Mit flammendem Gesicht schritt er auf seine Tochter zu ...

Frau Nannette lief es kalt über den Rücken und mit einem kleinen Schrei sprang sie auf, floh in die Fensterecke und wünschte zu sein, was ihr Mann sie einst genannt: eine Maus — um sich verkriechen zu können.

Anders empfand die Tochter, die Schuldige, auf deren Haupt das Ungewitter sich zu entladen drohte, das die funkelnden Augen des Vaters, seine zuckenden Lippen, sein röchelnder Atem verkündeten. Furchtlos kreuzte sie die Arme und sah ihn mit trotziger Entschlossenheit an. Sie war schön, und Božena hatte doch recht: sie glich ihrer Mutter. Selbst jetzt noch, in ihrem Zorne mahnte sie an die sanfte Frau. — Jene hätte das Haupt gebeugt, sie erhob's — jene hätte den Kampf vermieden, sie nahm ihn auf — und dennoch! und dennoch! . . .

Mitten in seiner Wut, in seiner Empörung über den Widerstand, den sie zu leisten wagte, kam es ihm: Ich hab das Mädchen lieb! — Und wie Ekel an all der Kriecherei und Heuchelei um ihn her, erfaßte es ihn und zog ihn mit Macht zu der einzigen, die seinem Willen ihren Willen entgegensetzte.

Es war totenstill im Zimmer. Frau Nannette zitterte unhörbar, und Vater und Tochter standen einander lautlos gegenüber. Endlich sprach Heißenstein: «Er will kommen? Gut denn.»

«Vater!» rief Rosa, jubelnd über diese unerwartete Antwort. Sie ergriff seine Hand und wollte sie küssen. Er entzog sie ihr mit den Worten: «Mache dir keine Hoffnung, du Törin.»

*

Heißenstein empfing den Herrn Leutnant von Fehse mit aller möglichen Steifheit. Als der Offizier von Božena geleitet eintrat, erhob sich der Herr des Hauses, ging ihm aber nicht entgegen. Er ließ ihn herankommen, erwiderte seinen militärischen Gruß mit einem Kopfnicken, und als Fehse sich nannte, wies er ihm schweigend einen großen Lehnstuhl an, der neben dem Schreibtische stand. Er selbst setzte sich wieder auf seinen kleinen unbehaglichen Strohsessel. Gerade aufgerichtet vor seinem Gaste, die Hände auf die Knie gelegt, jede einleitende Phrase verschmähend, erklärte er dem jungen Manne, er wisse, welch einen ehrenvollen Antrag zu stellen der Herr Leutnant gekommen sei und bedauere lebhaft, daß die obwaltenden Verhältnisse ihn zwängen, denselben abzulehnen.

Fehse wurde abwechselnd blaß und rot, richtete seine sanften blauen Augen voll Treuherzigkeit auf den Kaufmann und erklärte seinerseits, daß er Fräulein Rosa innigst liebe.

Herr Heißenstein schenkte dieser Versicherung unbedingten Glauben und der Offizier fühlte seine Hoffnung, daß der Vater seiner Geliebten nicht unerbittlich sein könne, wachsen. Er rief, er sei zwar noch sehr jung, bekleide noch keine hohe Charge, habe kein Vermögen, aber er stamme aus einer geachteten Familie, trage einen ehrenwerten Namen, besitze leidliche Fähigkeiten und hoffe Karriere zu machen. Über seinen Ruf bei Vorgesetzten und Kameraden möge Heißenstein Erkundigungen einziehen, sein Oberst sei bereit, sie zu erteilen.

Während er sprach, beobachtete der Geschäftsmann ihn scharf. — Eines großen Geistes Kind bist du nicht, dachte er, aber ein hübscher anständiger Bursche. Fehses offenes Wesen machte einen günstigen Eindruck auf den mißtrauischen und zurückhaltenden Kaufherrn, und der Gedanke an die Möglichkeit einer Vereinbarung flog ihm durch den Sinn. Aus Liebe hat schon mancher größere Opfer gebracht, als das wäre, das der junge Edelmann um Rosas willen bringen müßte, sagte sich Heißenstein.

Er begann umständlich und mit Bedacht dem Offizier zu erzählen, seit wie vielen Generationen das Geschäft, an dessen Spitze er stehe, sich in seiner Familie vom Vater auf den Sohn fortgeerbt habe. Ihm hätte der Himmel seinen Sohn genommen, aber seine ehrenwerte Firma müsse doch fortbestehen, und so sei es denn sein unabänderlicher Entschluß, die Hand seiner älteren Tochter nur demjenigen Manne zu gewähren, der sich herbeiließe, den Namen Heißenstein anzunehmen und dereinst das Handlungshaus weiterzuführen.

Das Gesicht Fehses verfinsterte sich, und als Heißenstein mit den Worten schloß: «Wollen Sie auf diese Bedingung eingehen?» antwortete er bebend vor Entrüstung: «Was berechtigt Sie zu glauben, daß ich meinen Namen weniger hochhalte, als Sie den Ihren? ... Ich bin übrigens Soldat mit Leib und Seele und will es bleiben mein Leben lang.»

Herr Heißenstein zollte der klaren und männlichen Sprache des Offiziers, die an Deutlichkeit nichts zu wünschen übrigließ und ihre Unterredung beendete, seine Anerkennung. Er fügte, sich erhebend, hinzu, daß er von einem Mann von so korrekter Gesinnung auch ein korrektes Benehmen erwarte. Er äußerte seine, aus seiner Hochachtung für Herrn von Fehse entspringende Überzeugung, daß dieser künftighin jede Gelegenheit, Rosa zu begegnen, meiden werde, und unter der soeben ausgesprochenen Verzichtleistung auf ihre Hand auch die Verzichtleistung auf ihre Neigung verstehe.

«Keine von beiden!» entgegnete der junge Offizier

flammend und glühend. «Ich liebe Ihre Tochter und werde von ihr geliebt, ich werde alles daran setzen, sie zu erringen!»
Und gleich darauf, seine Heftigkeit bereuend, flehte er: «Machen Sie uns nicht unglücklich!»
«Verlieren Sie keine Worte», sprach Heißenstein. «Es dürfte Sie später verdrießen, wenn Sie sich erinnern würden, Herr Leutnant von Fehse, daß Sie sich vor einem Weinhändler umsonst gedemütigt haben.» Er machte einige Schritte gegen die Tür.
«Ich werde», rief Fehse außer sich, «nie von Ihrer Tochter lassen! — Und seien Sie überzeugt: sie auch nicht von mir! ... Sie sollen bereuen, was Sie heute tun. Merken Sie wohl: Ich habe Ihnen nichts versprochen. Ich habe kein Wort zu halten als das Wort, das ich ihrer Tochter gab!»
Heißenstein stand eine Weile in Gedanken versunken und blickte dem Enteilenden nach. Dann setzte er sich an den Schreibtisch und verfaßte einen langen Brief, den er noch am selben Tage eigenhändig der Post übergab.
Rosa wurde fortan unter strenger Aufsicht gehalten. Zwei traurige Monate hindurch durfte sie das Haus nicht verlassen, und außer in Gegenwart Frau Nannettens keinen Besuch empfangen. Dennoch gelang es Fehse einmal, ihr Nachricht zu geben, und Božena, die im Zimmer neben dem ihren schlief, und der es war, als habe sie ihren Liebling schluchzen gehört, fand Rosa, als sie an ihr Bett trat, im Schlafe weinend, wie sie es als Kind oft getan. Und dabei hielt sie ein beschriebenes, von Tränen durchnäßtes Blättchen an ihre hochgerötete Wange gedrückt.
Am nächsten Morgen fragte Božena wohl: «Was war

das für ein Brief?» Aber sie bekam eine ausweichende Antwort, und begnügte sich damit.
«Wie mögen Sie Rosa quälen?» sagte sie zu ihrem Herrn. «So eine erste Liebelei, das ist wie Märzenschnee ...»
So rein, meinte sie, und so vergänglich.
Von Ahnungen und Träumen nährt sich die junge Liebe, ist fern von ihrem Gegenstand glücklich durch den Gedanken an ihn; wenn sie weint, so freut sie sich ihrer Tränen, und wenn sie leidet, ist sie stolz auf ihren Schmerz ... Was bedeutet die unschuldige Schwärmerei eines Kindes gegen die lodernde Höllenglut im Herzen Boženas.

## 6.

Heißenstein erschien eines Tages in ungewöhnlich guter Stimmung im Familienzimmer. Er hatte zwei angenehme Nachrichten erhalten. Die erste lautete, das Regiment des Leutnants von Fehse sei im Begriffe, in eine neue Garnison zu marschieren; die zweite hatte ein Brief gebracht, die Antwort auf das Schreiben, das er nach seiner Unterredung mit dem Offizier nach Wien geschickt.
Sie lautete:

«Wohledler Herr!

Euer Wohledlen zeige ich hiermit an, daß mein Sohn Joseph sich im Verlaufe der nächsten Woche die Ehre geben wird, Euer Wohledlen persönlich aufzuwarten. Derselbe ist vor wenigen Tagen aus

England hier eingetroffen, allwo er die ihm aufgetragenen Geschäftsangelegenheiten zu gedeihlichem Abschlusse gebracht hat. Meine angenehme Hoffnung ist es jetzo, daß es ihm auch reussieren möge, sich die Wohlgeneigtheit und die gute Gesinnung Euer Wohledlen und deren werter Familie zu erwerben, und kann keineswegs umhin, zu versichern, daß mein innigster Wunsch befriedigt wäre, wenn mir heut über ein Jahr die Gelegenheit geboten und die Satisfaktion gewährt würde, in großväterlichem Kometenwein (grünes Siegel) die Gesundheit des ersten Frohburg-Heißenstein ausbringen zu dürfen.

Der ich verharre, Euer Wohledlen dienstwilliger

Frohburg.»

Während der Mahlzeit sprach Heißenstein wiederholt von seinem ehemaligen Jugend- und jetzigen Geschäftsfreunde Frohburg. Er lobte dessen wohlgeratene Kinder, er lobte vor allem dessen zweitgeborenen Sohn Joseph, den er zum letztenmal vor fünf Jahren in Wien gesehen hatte. Der Jüngling war damals zwanzig Jahre alt und berechtigte zu den schönsten Hoffnungen. In gut bürgerlichen Verhältnissen erzogen, zur Arbeit und Pflichterfüllung angehalten, hatte er sich zu einem tüchtigen Manne herangebildet. Wohl dem Vater, der sich eines solchen Sohnes rühmen darf, wohl der Frau, die er einst mit seiner Hand beglückt! — Heißenstein kündigte den bevorstehenden Besuch Josephs an und trug Frau Nannette auf, das Gastzimmer zu seinem Empfange auf das beste herstellen zu lassen.

«Ich hoffe und wünsche, daß er sich heimisch fühle bei uns!« setzte er hinzu, und die Drohung: weh euch, wenn er sich nicht heimisch fühlt! klang aus seinem Tone.

Obwohl Frau Nannettens stummes Kopfnicken die einzige Antwort war, die er erhielt, obwohl sich nicht die leiseste Einwendung gegen seine Behauptungen und Befehle erhob, hatte er sich in eine Gereiztheit hineingeredet, die nur hartnäckiger Widerspruch erklärt haben würde.

Oder wurde sie vielleicht durch Rosas bleiches Gesicht hervorgerufen? — Durch den verhaltenen Schmerz, mit dem sie ihre Lippen biß? — Durch die Blicke, die sie ihm aus glühenden Augen zuwarf, die in der letzten Zeit dunkler geworden schienen und in jenem feuchten und feurigen Glanze leuchteten, den vieles Weinen jungen Augen verleiht? ... Las er die Gedanken von ihrer Stirn ab? Lag ihr Herz offen vor ihm?

Sie hatte ihn verstanden und schauderte. So wenig kannte sie der alte Mann? Er meinte sie zwingen zu können zu einer ihr widerstrebenden Ehe? Wäre ihr Herz auch frei gewesen, niemals hätte sie sich zwingen lassen. Und jetzt, da sie liebte, da er es wußte, glaubte er für sie wählen zu können? ... Welch ein Abgrund klaffte zwischen ihm und ihr, wie fremd stand sie mitten unter den Ihren, wie allein im Vaterhaus! Mit welcher bitteren Qual empfand sie die traurigste von allen Einsamkeiten, die unter Menschen, die uns die nächsten sein sollten.

Unzufrieden mit sich selbst verließ Heißenstein das Gemach. Er hatte sich übereilt. Er hätte noch schweigen, noch nichts verraten sollen von seinen Zukunftsplänen, hätte einen Monat oder zwei ins Land gehen lassen sollen, bevor er den Geschäftsfreund an die längst schon zwischen ihnen genommene Verabredung mahnte. Er machte einen Gang durch die Stadt und besann sich, daß im Kontor die Arbeit seiner warte. Er begab sich in das Kontor und sah bald ein, daß er unfähig war, auch nur zwei zusammenhängende Zeilen niederzuschreiben. Endlich versuchte er, sich mit Mansuet in ein Gespräch einzulassen. Aber der war schweigsam und niedergeschlagen und gab nur einsilbige Antworten.

«Wissen Sie schon? Die Ulanen marschieren?» fragte der Chef unter anderm.

«Weiß», brummte Mansuet und spitzte die Ohren, wie in die Ferne lauschend.

«Sie kommen schon hier vorbei!» rief der zweite Kommis und sprang auf, «man hört die Musik!»

Heißenstein verließ das Kontor und stieg zum Zimmer seiner Tochter empor.

Als er die Tür des weitläufigen Gemaches leise öffnete, sah er Rosa in der Fensternische halb sitzend, halb liegend hingestreckt. Sie hatte die Arme über ihren Arbeitstisch geworfen und das Gesicht in die Linnen vergraben, die ihn bedeckten. Ihr ganzer Körper bebte unter den Erschütterungen eines heftigen Schluchzens, das sich schmerzlich emporrang aus der Tiefe ihrer Brust.

Von einem flüchtigen Mitleid ergriffen, blieb ihr Vater, ohne ein Zeichen seiner Gegenwart zu geben, am Eingange stehen.

Er war gekommen, um sie zu verhindern, dem Geliebten ein letztes Lebewohl zuzuwinken, nun dachte er: «Mag sie doch! — Nachher ist ja ohnehin alles vorbei.»

Das Getrappel der Pferde ertönte auf dem Pflaster, die Klänge eines alten Reiterliedes schallten durch die Luft. «Lebewohl! Lebewohl, mein Lieb!» sprachen sie, riefen sie dem verstehenden, pochenden Herzen zu.

Langsam richtete Rosa sich auf, sie öffnete das Fenster nicht, beugte sich nicht hinaus. Mit dem Rücken an die Wand gelehnt, die Arme schlaff herabhängend, stand sie regungslos, atemlos und starrte hinunter.

Und jetzt stieg eine dunkle, heiße Blutwelle in ihr Gesicht ... Jetzt war er vorbeigekommen. — Und jetzt nickte sie ernsthaft und wiederholt, als hätte ihr jemand fragend zugewinkt und als antwortete sie: «Ja! — ja, gewiß!» Und wie beteuernd preßte sie beide Hände an ihre Brust.

Was soll's? War das eine Verabredung? ...

Geräuschvoll schloß Heißenstein die Türe, deren Klinke er noch in der Hand hielt.

Rosa wandte sich, erblickte ihren Vater und mit einem Schrei, mit ausgebreiteten Armen stürzte sie auf ihn zu. Sie warf sich vor ihm nieder und umklammerte seine Knie, sie drückte ihre Lippen auf seine abwehrenden Hände und beschwor ihn mit Tränen und mit Schluchzen: «Vater, Vater, gib mich ihm!»

Aber das bißchen Mitleid, das er mit einem Geschöpf empfinden konnte, das sich ihm widersetzte, war erloschen. Daß sie noch hoffte, daß sie noch meinte, ihren Willen durchzusetzen, daß sie es noch versuchte, das empörte ihn. Ist er der Mann, der seine Entschlüsse ändert? — Hat er nicht so manchen, den er übereilt gefaßt, zu seinem eigenen Nachteil ausgeführt, bloß deshalb, weil er ihn einmal gefaßt hatte? Und sie traute ihm zu, er werde jetzt nachgeben, da es sich um die Erfüllung eines Lebenswunsches handelte, um das Gelingen sorgsam vorbereiteter und lang gehegter Pläne? Er hatte ihr wohl zu wenig Strenge gezeigt, sie fürchtete ihn nicht genug.

Er ließ sich nicht zu einem Zornesausbruche hinreißen, er blieb nur dabei: sie muß sich fügen. Der Sinn von allem, was er sagte, war: «Mit dem Ungeliebten wirst du leben, den Geliebten wirst du vergessen.»

Auch in ihr waren die weichen und sanften Empfindungen nicht die vorherrschenden. In die Laune, zu bitten, kam sie selten. Heute galt es ihr ganzes Lebensglück, und das alte Wort: Not lehrt beten, bewahrheitete sich an ihr. Sie flehte demütig und inbrünstig; aber so wie er von seinem Entschlusse nicht wich, so blieb auch sie bei dem ihren: ich heirate keinen andern als meinen Geliebten.

«Ich hab ein trauriges Leben», klagte sie. «Du warst niemals gut gegen mich, und die andern sind bös und falsch gewesen. Endlich hab ich mein Herz an einen Fremden angehängt, kann ich dafür? Hat eure Gleichgültigkeit mich nicht dazu gestoßen? Sei du jetzt väterlich — verzeih mir — denke, wenn ich ein Unrecht getan habe, es ist zur Hälfte dein. Verzeih mir, Vater, und laß mich gewähren. Du weißt, ich war zeitlebens ein störrisches Geschöpf. Und den braven Joseph heiße warten; ein paar Jahre nur, dann heiratet er die brave Regula. Die sagt ‹Ja› zu allem, was du befiehlst, die ist nicht widerspenstig wie ich. Belohne sie für ihren Gehorsam mit deinem ganzen Hab und Gut. Ich will nichts, ich verzichte auf alles — nur deinen Segen gib — sag nur: Ziehe hin . . .»

«Ins Elend!» rief Heißenstein. «Weißt du, was du verlangst? Kennst du den Jammer einer armseligen Militärwirtschaft? Das Herumzigeunern von Dorf zu Dorf . . . Eine Ehe ohne eigenen Herd, einen Haushalt, den man nicht bestreiten, Kinder, die man nicht erziehen kann? Und er — glaubst du, daß er dich möchte, wenn du ihm kämst ohne einen Heller? Ein Narr wäre er, wenn er dich so nähme, und gewissenlos dazu. Also: nein! Und kein Wort mehr darüber: du gehorchst!»

Sie bewegte noch ihre Lippen, aber sie sprach nicht mehr. Ihre Tränen waren versiegt, finster blickte sie ihren Vater an, der schon an der Türe stand. Da schien ein plötzlich ausbrechendes Gefühl sie zu überwältigen. Sie eilte ihm nach und warf sich an seine Brust. Er fragte: «Bist vernünftig ... willst gehorchen?»

Sie gab keine Antwort, sie trat weg von ihm, nachdem sie ihn noch einmal innig geküßt hatte.

Eine Stunde später ließ sie ihn bitten, den Rest des Tages auf ihrem Zimmer zubringen zu dürfen, und die Erlaubnis dazu wurde ihr gewährt.

Frau Nannette lauerte und beobachtete, und schlich mehrmals an Rosas Türe vorbei und sah zufällig — sie wußte wenigstens selbst nicht, wie es geschah — durch das Schlüsselloch. Rosa saß an ihrem kleinen Pulte und ordnete die Gegenstände, die in der Lade aufbewahrt waren.

Im ganzen Hause herrschte einmal wieder dumpfe Gewitterschwüle. Der «Herr» grollte, Božena ging mit verstörter Miene umher, Mansuet war in bärbeißiger Laune und hatte auf offener Straße einen Streit gehabt mit Bernhard, dem Pfau. Einen Streit, den der kleine Kommis mutwillig heraufbeschwor.

Ohne allen Grund war er im Gespräch mit dem Jäger immer anzüglicher geworden und hatte endlich etwas gemurmelt von einem «erbärmlichen Wicht». Und Bernhard hatte erwidert: «Führen Sie keine solchen Stichelreden, Sie haben kein savoir-vivre.» Worauf Mansuet rief: «Das ist mir tuttegal! Wenn ich auch nicht sage, was Sie sind, deswegen bleiben Sie's doch.»

Der Streit würde sicherlich zu Tätlichkeiten geführt haben, wenn der gräfliche Kammerdiener, der demselben beiwohnte, den Jäger nicht fortgezogen und gesagt hätte: «Laß ihn, was kümmerst du dich um den alten Krakeeler!»

Früher als gewöhnlich wurde heute zur Ruhe gegangen. Jeder der Hausbewohner schien Eile zu haben, sich in seine Stube zurückzuziehen.

Frau Nannette schritt in der ihren auf und nieder, seltsame Gedanken und Hoffnungen bewegten sie.

Sie war kurzsichtig, ihr Ehrgeiz zu wenig hochfliegend gewesen. Sie hatte in dem Leutnant Fehse nur einen bildenden Umgang gesehen, nur einen Reformator für Regulas vom Dialekt etwas angehauchte Aussprache. Und nun zeigte sich, daß er sie hätte befreien, erlösen können von dem ewig störenden Einfluß der Stieftochter; er hätte, geschickt unterstützt, diese vielleicht sogar dahin bringen können, sich mit ihm zu verbinden, auch gegen den Willen ihres Vaters.

Ein unversöhnlicher Zwiespalt wäre daraus entstanden. Heißenstein hätte sich losgesagt von der

verlorenen Tochter, und in alle Rechte, die Rosa einbüßte, würde Regula getreten sein.
Frau Nannetten schwindelte, als alle diese Gedanken in ihr aufstiegen. So nahe war, so erreichbar die Erfüllung ihrer kühnsten, verwegensten Wünsche gewesen, und sie hatte nichts davon geahnt. Eine kostbare, einzige, nie wiederkehrende Gelegenheit war versäumt, ihrer Tochter die alleinige Herrschaft über das Haus und all seine reichen Güter für die Zukunft zu sichern.
Aufgeregt wie nie in ihrem Leben, bestieg sie ihr Lager und löschte das Licht. Aber an Schlaf war nicht zu denken. Sie lag sinnend und grübelnd, und ihre Pulse hämmerten fieberhaft.
Im Kamin heulte der Sturm, und draußen umraste er das Haus; warf Sand an die Scheiben, daß sie klirrten, prallte an das Tor, daß es dröhnte; riß Ziegel vom Dach und schleuderte sie mit Gepolter auf die Straße. Frau Nannette hüllte sich in ihre Decke und flüsterte mechanisch ihr Abendgebet.
Wie ist ihr? Wird ihre spröde Phantasie beweglich und gaukelt ihr die Verwirklichung ihrer Träume vor? ... Narrt sie die Einbildung, oder hört sie wirklich das Haustor knarren in seinen verrosteten Angeln? — Es ist geöffnet worden, mühsam, langsam — und alsbald schlägt der Sturm es wieder zu und schwer fällt es ins Schloß.
Nannette erhebt sich und eilt ans Fenster. Die Nacht ist dunkel, von keinem Stern erhellt. Die vier Öllampen, welche die Beleuchtung des Platzes zu besorgen haben, verbreiten ein gar spärliches Licht. Sie lauscht, sie späht in die Nacht hinaus, sie wünscht sich die Augen einer Eule, um die Finsternis durch-

dringen zu können. Jetzt, jetzt sieht sie in die Lichtscheibe, die eine der Lampen auf den Boden wirft, eine Gestalt treten — eine Gestalt im weißen Reitermantel — sie scheint eine zweite zu stützen, zu leiten ... Einen Augenblick sind die beiden klar und deutlich sichtbar, dann verschwinden sie im Dunkel. Nannette hat sie erkannt ... Und ihr Gewissen ruft ihr zu: Verhindere Unheil — rette das Haus vor Schmach. Auf! auf! Den Mann geweckt — ein Wort, ein Ruf von ihm führt das verirrte Kind zurück. Noch ist es Zeit — tu deine Pflicht!

Was Pflicht! ... Ihrer Tochter die Wege bereiten, das ist ihre Pflicht! ...

Minuten vergehen, schwerwiegende Minuten. Das Schicksal gönnt ihr noch eine Frist, um ihre Kraft zusammenzuraffen, zu einer guten Tat.

Sie läßt sie ungenützt vergehen.

Ein leichter Wagen fliegt über das Pflaster, Funken sprühen auf unter den Hufen der Rosse. — In den Lüften aber wird es still — still ringsumher — nichts laut als nur der Schall, den jenes Gefährte weckt und sein jagendes Gespann. Von Fieberfrost geschüttelt horcht Nannette. Sie möchte den Sturm beschwören, daß er das Gerassel der Räder übertöne, das den Vater wecken, ihre Hoffnungen noch jetzt vernichten kann ...

Grundlose Sorge! Der Sturm hat nur neuen Atem geschöpft; er erhebt sich stärker als zuvor und verschlingt in seinem Toben das ohnmächtige Geräusch, das die Erde ihm zusendet in sein luftiges Reich.

*

Am nächsten Morgen, als Božena ihm das Frühstück auf sein Zimmer brachte, war Heißensteins erste Frage: «Wie geht es Rosa?»

«Alles still bei ihr, sie schläft wohl noch», antwortete die Magd.

Er zürnte: «Schläft — um acht Uhr? Was für Gewohnheiten! ... Hat die Prinzessin so viel Zeit übrig? Wecke sie. Schicke sie hierher.»

Eine Viertelstunde verging. Rosa kam nicht, Božena brachte keinen Bescheid.

Ist das Kind krank? — Unsinn! Man wird nicht krank wegen einer bekämpften Laune. Das kommt in Romanen vor, nicht im Leben. Oder stellte sie sich vielleicht krank? Das wäre sehenswert!

Mit raschen Schritten geht er über den Gang, kleine Treppen auf und ab. Der Weg von seinem Zimmer zu dem der Tochter scheint ihm endlos. — «Ein rechtes Winkelwerk», denkt er, «dieses Haus.» Er würde den alten Kasten umgebaut haben, wenn ihm der Himmel einen Sohn gelassen hätte. Aber so! — Für einen Schwiegersohn unternimmt er dergleichen nicht. An die Stelle eines Kindes wird der niemals treten, wenn er auch noch so ehrenvoll den Namen der allgeschätzten Firma trägt.

Heißenstein biegt um die Ecke des schmalen Ganges, der zu Rosas Zimmer führt, und staunt, die Tür nur angelehnt zu finden. Er tritt ein; Rosa ist nicht da — das Bett ist unberührt — die Lade des Pultes, in dem sie ihre kleinen Reichtümer aufzubewahren pflegte, geöffnet, doch scheint nichts darin zu fehlen und der Schlüssel steckt. Heißenstein schließt die Lade, und zieht den Schlüssel ab. «Nachlässig und vergeßlich wie immer!» brummte er, dabei jedoch erfaßt ihn eine unerklärliche Angst.

Er eilte zu seiner Frau hinüber; sie saß am Klavier und gab ihrer Tochter Unterricht.

«Hast du Rosa schon gesehen?» fragte er, und bemühte sich, seinem Ausdruck den Anschein der Gleichgültigkeit zu geben.

«Heute noch nicht», antwortete Frau Nannette obenhin, ergrünte wie der Freiherr von Münchhausen, und wandte sich sofort wieder zu Regula, sie beschwörend, dis und es, trotz ihrer scheinbaren Ähnlichkeit, niemals zu verwechseln.

Heißenstein murmelte einen Fluch, und schritt hinaus. Er ist wohl verrückt, sich Gedanken zu machen. Wohin anders sollte Rosa gegangen sein als in die Kirche, die Frühmesse zu hören, zu beten um Ergebung, Sanftmut, Geduld, die ihr not tun, wahrlich! — Das ist's. Wie kam er nicht gleich darauf? . . . Daß man doch immer die einfachste, natürlichste Erklärung zuletzt findet.

Jetzt wird sie wohl zurückgekehrt sein, und wenn auch nicht, er will sie erwarten in ihrem Zimmer, und sie ohne Härte empfangen. Er nimmt sich überhaupt vor, in Zukunft milder gegen sie zu sein. Ihr Vorwurf gestern, so ungerecht er war, hat ihm weh getan und fordert zum mindesten eine Widerlegung, eine Zurechtweisung.

Auf dem Gange rennt Božena ihrem Herrn in den Weg; verstört — bleich wie der Tod.

«Fort!» keucht sie — «Das Kind ist fort!»

«Schweig, Närrin!» — ruft er ihr zu, «Rosa ist daheim — in ihrem Zimmer, muß daheim sein» — und zum zweitenmal tritt er in das Gemach.

Božena weiß: es ist nicht — er irrt! Und dennoch weckt die Zuversicht, die ihr Herr zur Schau trägt, in ihr einen Schimmer von Hoffnung; er ist trügerisch; wie bald, und er erlischt. Sie stehen in dem Gemache des Kindes und finden es leer.

Von neuem jammert Božena: «Sie ist fort!» Und den alten Mann überfällt plötzlich und mit Entsetzen die Gewißheit, daß er seine Tochter verloren hat.

Augenblicklich fordert seine Qual ein Opfer, an dem sie sich rächen kann. Schäumend, mit der blinden Wut eines Tieres dringt er auf Božena ein und schmettert sie zu Boden. Sie fällt hin wie ein Baum, sie wehrt sich nicht.

«So hast du sie gehütet?» schreit er halb von Sinnen, und wiederholt ohne Aufhören: «*So* hast du sie gehütet?»

Sie zuckt nicht unter seiner ehernen Faust, sie erhebt sich nicht, sie fühlt nichts, sie weiß nichts zu sagen als: «*So* hab ich sie gehütet!»

Er faßt ihre gerungenen Hände und reißt sie empor auf ihre Knie.

«Sie mußte durch dein Zimmer — mußte sie nicht?... Und du liegst auf dem Ohr — und hörst nichts, siehst nichts — hast geschlafen wie ein Klotz! ... Hast geschlafen, während sie davonging — du! du! Die sich ihre Pflegemutter nannte ... Eine saubere Pflegemutter! Eine saubere Wärterin! Eine brave Magd!»

Božena lag gebrochen und ohnmächtig vor ihm auf den Knien. Als er die Worte sprach: «Hast geschlafen ...» hatten ihre Augen ihn mit der Scheu des Wahnsinns angeblickt, und sich dann gesenkt in verzweiflungsvoller Scham.

Ein klägliches Wimmern und Stöhnen entrang sich ihrer Brust. — Geschlafen? Das glaubte er? ...
O der harte, rauhe Gebieter — der schonungslose Herr, vor dem alle zittern, den sie unbarmherzig nennen, der das geringste Versehen wie einen unverzeihlichen Fehler bestraft ... Nicht mit dem leisesten Verdacht streift er ihre Schuld! Was sie getan hat, das traute er ihr nicht zu. Er klagt sie an, doch er verunehrt sie nicht, wie er's sollte — wie sie es verdient, wie sie selbst sich verunehrt hat!
Was sie getan, er kann es nicht einmal im höchsten Zorn denken — sie ist schlechter, als ein Mensch denken kann! ...
Sorglosigkeit wirft er ihr vor. Einen Schlaf, den sie nicht mehr hat — den Schlaf der Unschuld, der Ehrlichkeit und eines ruhigen Gewissens!
Weh über Božena — sie hat sich selbst gerichtet — *den* Augenblick verschmerzt sie nie!
Angesichts ihrer maßlosen Verzweiflung gewann Heißenstein einige Fassung. Er öffnete Rosas Pult, er suchte nach einem Briefe, nach einem Abschiedswort, das sie vielleicht für ihn hinterlassen hatte. Er fand nur einen kleinen Zettel, den er vorhin übersehen, und darauf stand:
«Ich gehe zu ihm ohne einen Heller.»
Das war ihre Antwort auf des Vaters: «Glaubst du, er nähme dich ohne einen Heller?»
Er knitterte das Blatt zusammen und warf es zur Erde. Božena stürzte sich darauf — und las — und raffte sich empor, riß den Schrank auf und durchsuchte ihn mit brennender Hast: «Nichts!» rief sie schmerzlich — «o du guter Gott — nichts fehlt als die Kleider, die sie auf dem Leibe trug und ihr

leichtes Mäntelchen ... So geht sie aus dem Vaterhause — so geht mein Kind, mein Leben, mein alles hinaus in die weite Welt!»
Heißenstein gebot ihr Schweigen. Er hat sich ermannt. Zwei Stunden später saß er im Postwagen und fuhr denselben Weg, den die Ulanen genommen.
«Wenn jemand nach mir fragen sollte», hatte er beim Abschied gesagt — «ich bin mit» — wie schwer brachte er den Namen über die Lippen! — «mit Rosa nach Wien gefahren. Das ist alles, was ihr wißt. Ihr versteht?»
«Ihr versteht», sagte er, aber er sah dabei nur seine Frau an. Der Verschwiegenheit seiner Magd war er gewiß.

## 7.

An diesem Tage gönnte sich Božena keinen Augenblick der Ruhe. Kein Raum, vom Keller bis zum Dachboden, in dem sie nicht nachsah mit kundigem Auge, nicht ordnete mit flinker und geschickter Hand. Sie scheuerte und fegte, verfolgte ihren verhaßtesten Feind: den Staub, bis in seine verborgensten Schlupfwinkel, und blickte des Abends zufrieden auf ihr vollendetes Werk.
Es war ihr letztes Vermächtnis an das Haus, dem sie durch achtzehn Jahre treu gedient.
Sodann begab sie sich ins Kontor, zu Mansuet. Er war allein, die jüngeren Herren hatten schon Feierabend gemacht.
«Was steht zu Diensten?» fragte der Kommis mit

einer Gespreiztheit, die nach Würde aussehen sollte. Seit jenem Tanze beim «Grünen Baum» zeigte er sich etwas zurückhaltend gegen Božena.
«Ich habe Sie bitten wollen», antwortete die Magd, ihm ein Päckchen reichend, das in Papier gewickelt und mit einem Wollfaden zugebunden war, «mir mein Sparkassenbuch aufzuheben.»
Er bemühte sich, sein Erstaunen zu verbergen, und sprach nachlässig: «Wie komme ich zu der Ehre? Ist Ihr Geld bei Ihnen nicht mehr sicher?»
«Seien Sie schon so gut und heben Sie mir's halt auf», erwiderte sie und streckte ihm die Hand entgegen, in die er seine langen Finger zögernd legte.
«Ich danke Ihnen im voraus, Herr Mansuet. Ich danke Ihnen überhaupt für alles.»
Fort war sie. Hatte ihn verlassen, bevor er Zeit fand, sie zurückzuhalten und sich seine Bestürzung über den bewegten Ton ihrer Stimme recht zum Bewußtsein zu bringen. Und jetzt erst besann er sich, jetzt erst fiel es ihm mit banger Besorgnis auf das Herz, daß sie reisemäßig gekleidet war, ein Bündel trug und eine Geldtasche umgeschnallt hatte.
«Will auch die davongehen?» murmelte er mit schmerzlicher Ironie vor sich hin.
Da möchte er zuvor doch ein Wort mit ihr reden.
Er hatte ihre Stube niemals betreten, jetzt begab er sich dahin. Auf sein Pochen erfolgte keine Antwort, dennoch trat er ein. Inmitten des Zimmers stand ein gepackter Koffer; auf den Deckel hatte eine ungeübte Hand den Namen «Božena Ducha» mit weißer Ölfarbe gepinselt.
Der Kommis stellte sich davor hin und betrachtete ihn mit wehmütigen Blicken.

«Sie geht ihrem Kinde nach. Hat recht — ich versteh's», — dachte Weberlein. «Und mich freut's, daß sie's über das Herz bringt sich loszumachen von dem Hund, dem Bernhard. Mich freut's sehr.» Und eine heiße Träne stieg ihm ins Auge.

Er sah sich um in der hochgewölbten, weißgetünchten Stube, in der alles Reinlichkeit atmete. Hier also hat sie existiert, die Božena. Da steht ihr gewaltiges Bett mit seiner schneeigen Decke, daneben die buntbemalte Truhe, die ihr Eigentum war, die sie mitgebracht hatte aus dem heimatlichen Dorfe. Im Fenster ihr Arbeitstisch, auf dem Gesimse der Rosmarinstock, den sie aus einem kleinen Zweige gezogen; über der Tür das geschnitzte Christusbild, auf dessen Haupt sie über die Dornenkrone ein Blumenkränzlein gelegt hat. Oh — die Božena! — Wenn sie das einem Menschen getan hätte statt einem Gotte.. Wenn sie einem Menschen die Dornen des Lebens in Blumen verwandelt hätte... Einen Gott hätte der sich gefühlt.

Mansuet läßt sich auf einen Schemel nieder, stützt den Ellbogen auf den Koffer und den Kopf auf seine Hand und träumt, so wach er ist — so alt er ist!

Wie die Sachen stehen, hätte ihn die Božena wohl schwerlich genommen. Er ist zu klein für sie, sie ist zu groß für ihn. Wenn er aber länger geraten wäre um einen halben Schuh, oder — einen ganzen —, wenn er überdies schön geworden wäre — und das hätte ja ohne Wunder der Fall sein können, es sind so viele Leute schön! Dann... Wer weiß, was dann geschehen wäre?

Seinen eigentlichen Beruf würde er gewiß ergriffen haben — Soldat wäre er geworden, und ein Reiterstückchen wie jenes, das Fehse, der Sapperlotter, heute nachts ausgeführt, — das hätt er auch getroffen, er traut sich's zu!

Nur, daß er sich nicht, so lieblich es auch ist, das Fräulein Augentrost mitgenommen hätte ... Er weiß eine andre — die hätte er zu seiner Herrin gemacht, der seine Lorbeeren zu Füßen gelegt, die auf starken Armen durch das Leben getragen ... An deren Herzen würde er jetzt ruhen, ein seliger Mann!

So schwärmt der kleine Mansuet von Liebe, Ruhm und Wonne und kauert neben Boženas Habseligkeiten, wie ein armer Köter neben den zurückgelassenen Gewändern seines Herrn.

*

Der schöne Bernhard saß in seiner Stube und war mit der Abfassung eines Briefes beschäftigt, der ihm viel Mühe machte. Er legte die Feder weg, ergriff sie wieder, er schien zu warten, daß sie sich von selbst in Bewegung setze und das Schreiben beende, das an eine angebetete Wilhelmine gerichtet war und von Liebe, von einem feindlichen Geschicke, von Selbstverleugnung und Vertrauen sprach.

Aber die Feder, deren gequälter Bart sich schon jämmerlich sträubte, wollte ihm den Gefallen nicht tun. Sie benahm sich im Gegenteil so widerspenstig, daß er sich bequemen mußte, sie neu zu schneiden. Von dieser Beschäftigung weg warf er wohlgefällige Blicke im Zimmer umher. Es war mit allerlei Kram überladen und hingen nicht die zwei Gewehre, der Hirschfänger und die Saunadel an der Wand, man könnte glauben, anstatt im Zimmer eines jungen Jägers in dem einer alten Kammerjungfer zu sein. Da-

zu fehlen weder die Gitarre an blauem Bande, noch die Schattenrisse und Neujahrsbildchen in goldpapiernen Rähmchen, noch so mancher andre geschmacklose Tand aus Wachs und Porzellan.
Die Feder war geschnitten, und so gut oder übel, als es ging, wurde der Brief fortgesetzt. Ein elastischer und energischer Schritt, der sich auf der Treppe vernehmen ließ, störte den Jäger auf das angenehmste in seiner verdrießlichen Tätigkeit. Rasch warf er den angefangenen Brief in die Tischlade, sprang auf und begrüßte das hochgewachsene Weib, das jetzt über die Schwelle trat, mit den jubelnden Worten: «Das hätt ich mir nicht getraut zu hoffen, daß du heut wieder kommst!»
«Freu dich nicht», antwortete Božena, und er erschrak über das düstere Feuer, das aus ihren Augen leuchtete und über die Abscheu verratende Bewegung, mit der sie ihn von sich wies.
Zwei Schritte und sie stand am Tische, legte ein seidenes Tuch, ein Gebetbuch und einen Ring darauf und sagte: «Ich komm nur, dir die Sachen zurückzubringen, die du mir geschenkt hast. Es ist aus zwischen uns. Ich geh.»
«Was ist der durch den Kopf gefahren?» dachte Bernhard, nahm eine gleichgültige Miene an und fragte: «Du gehst? — und warum? — und wohin?»
Sie zuckte schweigend die Achseln; er ertrug den eiskalten Blick nicht, den sie auf ihm ruhen ließ, und wendete sich ab.
Ärger und Verdruß erfüllten ihn. Sie ist ihm hinter irgendeine Liebelei gekommen, gewiß; deshalb zürnt sie und droht, ihn zu verlassen. Daß sie es wirklich tun könnte, das fällt ihm nicht im Traum ein.

Eher löscht die Sonne aus als ihre Liebe zu ihm, eher verliert er den Glauben an sich selbst als den an ihre Treue.

Nur Vorsicht jetzt, nur unbefangen bleiben! — Am besten ist, er fängt sie in ihrem eigenen Netz.

«Warte!» ruft er ihr zu «so kommst du mir nicht fort. Wer bringt, muß nehmen. Nimm auch du alles zurück, was du mir geschenkt hast.»

Er trat an seine Schublade und wollte sie öffnen, da erinnerte er sich des Briefes an die «angebetete Wilhelmine», der darin lag und dessen in großen Lettern prangende Aufschrift dem scharfen Auge Boženas schwerlich entgangen wäre. Er errötete und ließ den schon ausgestreckten Arm sinken.

«Behalt's», sagte sie, «ich werde keinen Liebsten mehr haben, dem ich es schenken könnt!»

Wie seltsam hart klang ihre Stimme, welche Entschlossenheit sprach aus ihrem Ton und welche wehmütige Trauer aus ihrem Gesicht, aus ihrer Haltung und ihrem ganzen Wesen! Kann man zugleich so stark sein und so weich, die Seele eines Helden besitzen und das Herz eines Weibes?

Den Schwachen, der geherrscht hatte über so viel Kraft, erfaßte zum erstenmal ein Bangen, daß diese sich gegen ihn erheben könnte.

Und als er Božena stumm und gelassen dem Ausgange zuschreiten sah, rief er ihr zu: «Bleib! . . . Was hast du nur? . . . Was hab ich dir denn getan?»

«Nichts», erwiderte sie. «Laß mich, ich hab Eile.»

«Du bleibst! — Ich will's — — ich bitte dich!»

Er folgte ihr, umschlang sie und drückte sie heftig an sich.

Er sah, wie sie erbebte und unsäglich litt, aber die

Zärtlichkeit der Selbstsüchtigen ist der Grausamkeit verwandt. Stumpf gegen Boženas widerstrebende Empfindung, drückte er Kuß um Kuß auf ihre Lippen und flüsterte: «Ich hab dich lieb . . . Bleib bei mir, Božena! . . . Warum willst du nicht?»

Sie entrang sich seiner Umarmung; ihre Wangen flammten und ihr Atem flog.

«Verstehst nicht?» sagte sie: «Es ist aus. Ich bin jetzt von dir los und für immer, denn ich hab die Stunde verflucht, wo ich zum ersten- und letztenmal durch dich glücklich war.»

«Verflucht?!»

Durch Mark und Bein drang ihm dieses Wort, es verletzte ihn in seiner Manneseitelkeit; er stieß einen Schrei echten Schmerzes aus, und als sie den vernahm, da wußte sie, daß ihr Herz doch nicht so ganz für ihn gestorben war. Eine sanfte Regung erwachte in ihr, ein bleicher Schimmer ihres einstigen Gefühls. Und so sehr sie's drängt: nur fort! nur fort — hinweg! — stumm, wie sie gewollt, kann sie doch nicht von ihm gehen.

Sie faßte ihn beim Arme und indem sie den Nacken niederbeugte, um ihm in das trotzig gesenkte Angesicht zu sehen, sprach sie gedämpft und rasch: «Du hast mich gehabt mit jedem Gedanken in meinem Hirn und mit jedem Hauch in meiner Brust. Und was hast du aus mir gemacht? . . . Weniger wert bin ich worden durch dich — an Lug und Trug hast du mich gewöhnt und meine Schuldigkeit hab ich um dich versäumt . . . Schweig!» gebot sie, als er sie unterbrechen wollte — «Ich werf dir nichts vor, dir nichts — alles, alles nur mir! Du kannst vielleicht nicht anders . . . Ich aber hätte anders gekonnt, und ich hab zehnfach gefrevelt, denn ich hab gefrevelt gegen meine Natur. Das geht so eine Weil' — man ist ja wie betrunken — aber die Stunde kommt, wo man erwacht ... Mir ist sie gekommen — fürchterlich — und darum muß ich jetzt fort: und — darum, Bernhard, sag ich dir jetzt Lebewohl.»

Und wieder wandte sie sich, und wieder stürzte er ihr in den Weg. Alles in ihm, seine Leidenschaft, seine Eitelkeit, sein Trotz empörten sich gegen die Trennung von ihr.

«Ich laß dich nicht!» schrie er. «Ich rufe das ganze Haus zusammen, laufe hinüber zu deinen Herrenleuten und sage ihnen, daß du entfliehen willst!»

«Das tust du nicht», sagte sie und war wieder völlig ruhig und gefaßt. Mit ausgebreiteten Armen stellte sie sich vor die Tür.

«Ich binde und kneble dich, wenn du mir drohst, bei meiner armen Seele: ich tu's. — Werd ich fertig mit dir oder nicht, wenn ich will! — was meinst? Willst du die Schande erleben, daß sie dich morgen so finden und hören, daß dich ein Weib gebunden hat?»

Zornig und beschämt trat Bernhard zurück. Nein, mit Gewalt war gegen Božena nichts auszurichten und doch: verlieren konnte er sie nicht! Zu köstlich war ihr Besitz. Ist sie nur durch Güte und Demut wiederzugewinnen — wohlan, er übt Güte und Demut!

Er warf sich vor ihr nieder, er küßte weinend den Saum ihres Kleides und flehte mit gerungenen Händen: «Bleib bei mir, Božena!»

Aber die Stimme, der sie sonst gefolgt wäre, und hätte sie aus dem Abgrund der Hölle nach ihr gerufen, hatte ihren alten Zauber eingebüßt. Noch bewegte, noch erschütterte ihr Klagen das Herz Bože-

nas, doch brach es ihren Willen nicht mehr. Sie hatte auf den Schrei der Sehnsucht ihres Geliebten keine Antwort, als ein schmerzliches «Leb wohl!»
Da sah er zum letztenmal zu ihr empor — angstvoll — fragend — erwartungsvoll — — und begriff endlich, daß alles vorüber war.
Er sprang auf; keuchend und stöhnend stürzte er sich auf sein Bett und wühlte seinen Kopf in die Kissen. Božena warf einen letzten Blick auf ihn und verließ das Gemach.

*

In menschenfeindlichster Stimmung war Herr Heißenstein nach drei Tagen von seiner Fahrt zurückgekehrt. Als Frau Nannette ihm die Entweichung Boženas mitteilte, äußerte er nicht das geringste Befremden. Er war und blieb schweigsam und undurchdringlich. Nannette mußte die raffiniertesten Künste, auf welche neugierige Frauen sich verstehen, anwenden, um ihm nur eine dürftige Kunde seiner Erlebnisse zu entlocken. Alles, was sie schließlich erfuhr, bestand darin, daß Rosa anständig untergebracht und das Regiment Fehses weiter marschiert sei nach Ungarn.
«Er wird sie jetzt heiraten müssen, es bleibt nichts andres übrig —» sagte Nannette und warf einen lauernden Blick auf ihren Mann.
Dieser war damit beschäftigt, Schriften zu ordnen, die er einem eisernen, in die Wand eingelassenen Schrank entnommen, der zur Aufbewahrung von Wert- und Familienpapieren diente. Aus einer großen Anzahl vergilbter Blätter hatte er den Trauschein seiner er-

sten Frau und den Taufschein Rosas hervorgesucht und sie auf dem Schreibtische ausgebreitet. Nannette bot sich an, den Rest «in das Archiv», wie sie großartig sagte, zurückzutragen, aber der undankbare Gatte belohnte ihren guten Willen nur durch ein mürrisches: «Laß gut sein!»

Er holte aus dem Schranke ein dünnes Päckchen, auf dessen Umschlag geschrieben stand: «Meiner Tochter Rosa mütterliches Erbe», und begab sich damit zum Schreibtisch zurück. Frau Nannette schlich ihm nach auf Schritt und Tritt, sie gab sich die erdenklichste Mühe, eine sanfte Duldermiene anzunehmen, und wiederholte mit einem tiefen Seufzer, durch den trotz aller Anstrengung, ihn zu unterdrücken, ein Laut des Jubels und Triumphes sich Luft machte: «Er wird sie jetzt heiraten müssen, es bleibt ihm nichts andres übrig.»

Abfertigend, ohne sie anzusehen, erwiderte Heißenstein: «Natürlich.»

Dieses beunruhigte sie. Soll zuletzt noch alles glücklich enden für die ungeratene Tochter? Nannettens Angst vor einem solchen Ausgange überwand einen Augenblick ihre Furcht vor ihrem Manne.

Mit grimmiger und etwas spöttischer Freundlichkeit sagte sie — und dabei zitterte in ihrem linken Mundwinkel ein Nerv wie ein frierendes Küchlein im Neste: «Du verzeihst wohl? ... Du gibst wohl deinen Segen?»

Er fuhr auf. «Ich?!» donnerte er sie an und schlug mit der Faust auf den Tisch, daß das Zimmer dröhnte und daß Frau Nannette einer Ohnmacht nahe war.

O Himmel! ... So wie jetzt hatte er ausgesehen in jenem unvergeßlichen Zornesausbruch, in dem er das

zarte Pflänzchen ihres Mutes so unbarmherzig knickte, daß es seitdem nur noch kränkliche Schößlinge trieb . . .
Nannette empfand plötzlich eine ganz merkwürdige Schwäche in den Knien und glaubte wahrhaftig, sie werde umsinken. Das aber geschah nicht, denn ihr Mann äußerte den Wunsch, allein zu bleiben, durch ein bündiges: «Hinaus!» Und sie trat sofort den Rückzug an, der nichts an Eile, und manches an Hoheit zu wünschen übrigließ.
In der nächsten Zeit hatte Heißenstein häufig Unterredungen mit seinem Rechtsfreunde, Herrn Doktor Paul Wenzel. Stundenlang und bei verschlossenen Türen wurde da verhandelt; und durch niemand, nicht einmal durch die besorgte Hausfrau und unter keinerlei Vorwand, ob er nun in Gestalt eines kleinen Imbisses, eines eben angelangten Briefes oder einer dringenden Nachfrage erschien, durften die Herren in ihrer Arbeit unterbrochen werden.
Da besann sich Nannette plötzlich, daß die Frau des Advokaten eine Jugendbekannte von ihr sei, daß sie einstens «intim liiert» mit ihr gewesen war, und sie empfand die nagendsten Gewissensbisse, die alte Freundin so lange vernachlässigt zu haben. So setzte sie denn eines schönen Nachmittags ihre Herbstkapotte mit den schottischen Bändern auf, — ein Geschenk, das ihre einstigen Zöglinge ihr kürzlich aus Wien zugesendet hatten, eine echte Lannoy! — hüllte sich in ihren schwarzen Seidenmantel und wurde, eine Viertelstunde später, bei der Gattin des Advokaten angemeldet.
Die gute Frau empfing sie in ihrem unbehaglichen und unbewohnten Salon mit allen Zeichen der Ehr-

furcht und mit einer Verlegenheit, die zu verbergen sie nicht einmal versuchte, so gut wußte sie, daß es vergeblich sein würde. Sie bezeigte eine überschwengliche, mit einem gewissen Entsetzen vermischte Freude über den unerwarteten Besuch. Sie entschuldigte sich, daß Frau «von» Heißenstein sie im Hauskleide treffe — aber eine Familienmutter — du guter Gott, muß überall zugreifen... Sie entschuldigte sich, daß sie nicht ihr Leben damit zubringe, auf den Besuch Frau «von» Heißensteins zu warten, sie entschuldigte sich, daß sie Kinder habe und daß es heute nachts geregnet. Sie dankte endlich im stillen Gott, als ihr Mann eintrat und sie von dem mühevollen Geschäft erlöste, ganz allein mit der gebildetsten Frau der Stadt ein Gespäch führen zu müssen, bei welchem diese allerdings nicht zu Worte kommen konnte.

Der Advokat war ein schöner Greis mit fein modelliertem Kopfe, blassem Gesichte und vornehmer Haltung. Seine Mitbürger schätzten ihn hoch und die «Herrschaften» auf den umliegenden Gütern sahen ihn als ein Orakel an. «Was hat der Wenzel gesagt?» — «Man muß den Wenzel fragen», sprachen die feudalen Herren, sooft die Weisheit ihrer Verwalter nicht ausreichte, um irgendeinen Konflikt zwischen dem herrschaftlichen Amte und den Untertanen zu lösen.

In seinem Berufe war Wenzel ein Cato, im geselligen Verkehr jedoch und an seinem eigenen Herde liebenswürdig und galant, wie ein Abbé des achtzehnten Jahrhunderts. Weich hatte das Leben ihn gefaßt, er empfand es dankbar und machte auch andern das Leben so leicht als er konnte.

Seine viel jüngere Frau verehrte in ihm einen Halbgott, und den Nimbus eines solchen hatte sie verstanden, ihm an seinem schlichten bürgerlichen Herde zu wahren. Die liebevolle Bewunderung eines demütigen Weibes ist erfinderisch, ihr Gegenstand wandelte in einem Gemüsegarten — unter Palmen.

Bedächtig, als fürchte er durch eine rasche Bewegung die Weihrauchwolke zu zerstreuen, die ihn umfloß, kam Wenzel auf Frau Heißenstein zugeschritten, die sich erhob und «dem lieben, verehrten Freunde» voll Rührung ihr kleines rundes Händchen, das die Gestalt eines Lindenblattes hatte, entgegenstreckte.

«Ich weiß, was Sie hierherführt, gnädige Frau», sagte der Advokat, indem er sie mit bescheidener Verbindlichkeit nötigte, ihren Platz in der Sofaecke wieder einzunehmen. «Ihr edles Herz ist beängstigt durch die harten Maßregeln, die Ihr Herr Gemahl gestern gegen seine unglückliche Tochter ergriffen hat.»

«So ist es!» rief Frau Heißenstein und führte ihr Taschentuch an ihre trockenen Augen. «Sie verstehen mich, verehrter Freund. Raten Sie, helfen Sie. Ich selbst bin machtlos. Mein vortrefflicher, angebeteter Mann gestattet mir auch nicht ein Wort der Entschuldigung für das irregeleitete Kind zu sprechen.»

Der Advokat bedauerte sie sehr, versetzte sich ganz in ihre traurige Lage, und seine Frau vergoß teilnehmende Tränen.

«Dieser gestrige Schritt», nahm Nannette wieder das Wort, «diese ... dieses ... ich will sagen, dieser — Schritt —»

Was hätte sie darum gegeben, fragen zu dürfen, was für ein Schritt das war? Aber so viel will sie sich nicht vergeben. Daß sie keinen Einfluß auf ihren Mann hat, gesteht sie ein; daß sie sein Vertrauen

nicht besitzt — nimmermehr. Und Wenzel hilft ihr nicht. Er schüttelt nur den Kopf und wiederholt: «Er ist zu hart, Ihr Herr Gemahl, zu hart.»
Nannette beschwört ihn, sein möglichstes zu tun, um ihren, durch seine unbegreifliche Tochter so schwer gekränkten Gatten zur Milde zu stimmen, und rüstet sich zum Aufbruche. Sie bittet, Nachsicht mit ihr zu haben, sie ist nur gekommen, um sich auszusprechen, sie hofft, der Advokat und seine teuere Frau werden ihr verzeihen, daß sie es so unumwunden getan; eine Mißdeutung besorgt sie «von solchen Seelen» nicht. Sie bedauert ihren über alles geliebten Mann, ihn zu tadeln erkühnt sie sich nicht. Sie geht, von dem Ehepaare bis zur Treppe geleitet.
«Wie gut und lieb sie ist!» sagt die Doktorin.
«Eine kluge Frau!» sagte lächelnd der Doktor.
Obwohl Nannette den Zweck ihres Besuches nicht vollkommen erreicht hatte, und die Maßregeln, die Heißenstein gegen seine Tochter ergriffen, ihr nach wie vor ein Geheimnis blieben, war sie doch mit dem erreichten Resultat recht zufrieden. Sie hatte erfahren, daß ihr Mann unversöhnlich ist, und sie hatte eine einflußreiche und hochachtbare Persönlichkeit überzeugt, daß die Stiefmutter keine Schuld daran trägt.
Am Abend brachte der Postbote einige Briefe für Herrn Heißenstein, die Nannette übernahm. Darunter befand sich einer von Rosa. Diesen behielt sie zurück — aus Vorsicht. Er konnte auf den Gemütszustand ihres Mannes schädlich wirken. Sie fühlte die Verpflichtung, sich mit seinem Inhalt bekannt zu machen. Der Brief war mit dem Herzblut des Kindes geschrieben und manche Träne war auf ihn gefallen.

Nannette ist so ergriffen und erschüttert, findet das leidenschaftliche Einstürmen auf den beleidigten Vater so unpassend, daß sie nicht daran denkt, den Brief abzugeben, ja — ihn verbrennt.

## 8.

Der Groll Heißensteins gegen seine Tochter wurde durch die Zeit nicht vermindert, eher sogar erhöht. Er hatte Rosa nicht aufgegeben und aus seinem Herzen gestrichen, nein, sie beschäftigte ihn immer, er führte in Gedanken fortwährend Krieg mit ihr. Mit der vom Verstande nicht mehr streng gezügelten Phantasie des Greises malte er sich ihr Vergehen in den dunkelsten Farben aus und verwünschte sie, der Schmerzen wegen, die sie nicht aufhörte ihm zu bereiten. An der Ansicht, die er sich einmal von der Sache gebildet hatte, hielt er hartnäckig fest. — Rosa trug Schuld am Untergange des Hauses, sie hatte Schande auf seinen Namen und auf sein graues Haupt gehäuft, er durfte ihr niemals vergeben — auch wenn er so schwach wäre, es tun zu wollen.
«Ihre Schuld kann niemals gut gemacht, und demnach auch nie vergeben werden», war der Sinn der Antwort, die er Mansuet zurief, sooft dieser ein gutes Wort für seinen Liebling einlegte. Damit war in den Augen des alten Herrn jede weitere Verhandlung abgeschnitten. Gegen dieses Argument, dessen schlagende Wirkung ihn, sooft er es aussprach, mit der Gewalt einer eben erst entdeckten Wahrheit ergriff, gab es keine Einwendung.

Mansuet beobachtete mit tiefem Bedauern die sichtliche Veränderung, die mit seinem Herrn vorging, und sagte zu Schimmelreiter, dem zweiten Kommis: «Der Prinzipal ist wie ein Herbsttag, nimmt ab an beiden Enden.»

Schimmelreiter besaß ein schwaches Begriffsvermögen, aber ein starkes Streben, die hohen und witzigen Gedanken des gescheiten Weberleins nachzudenken.

«An beiden Enden?» wiederholte er; «das heißt, von unten und von oben?»

Mansuet sprach etwas wegwerfend: «Das heißt: physisch und moralisch.»

«Sehen Sie, sehen Sie», rief Schimmelreiter, «*so* hab ich's aufgefaßt!»

Fast noch weher, als Heißensteins ohnmächtiger Trübsinn, tat Mansuet Frau Nannettens kaum noch verhüllter Triumph. Sie sah jetzt mit Ruhe der Zukunft entgegen; die Gefahr, daß ihre Stieftochter jemals wieder in ihre Kindsrechte eingesetzt werden könnte, schien so gut wie überwunden. Rosas Flucht wurde für Nannette ein Abschnitt in der Zeitrechnung, nicht mehr noch weniger. Sie sagte: «Das war vor oder nach unserm Familienunglück», wie die Mohammedaner sagen: «vor oder nach der Hedschra».

Etwa anderthalb Jahre, nachdem Rosa und Božena das alte Haus verlassen hatten, in der Lichtmeßwoche, erhielt Mansuet einen Brief von seiner Freundin, aus einem Dorfe in der Nähe von Arad. Sie schrieb, daß Rosa ein zartes Mädchen zur Welt gebracht, das in der Taufe die Namen Leopoldine Rosa erhalten, das sein Vater jedoch nie anders als Röschen nenne. Der Herr Oberleutnant sei herzensgut, die junge Frau liebe ihn auch, wie sich's gehört und wie er's verdient. «Aber», hieß es in Boženas Schreiben, «sie hat sich gar verändert, und wenn der Herr Heißenstein nicht doch zuletzt ein Einsehen hat und ihr verzeiht, so drückt es ihr das Herz ab und es nimmt wahrhaftig und Gott kein gutes End' mit ihr.»

Dieser Brief enthielt einen Einschluß von Rosas Hand, und in dem lag ein Zettelchen. Die junge Frau bat den lieben, getreuen Herrn Weberlein — den auch ihr Mann unbekannterweise herzlich grüßen ließ — auf das innigste, dasselbe in einer guten Stunde ihrem Vater zu übergeben.

Mansuet wartete einen Tag, zwei Tage. Das dünne Blättchen brannte wie Feuer auf seiner Brust. Er verbiß den Schmerz und benahm sich gegen seinen Prinzipal wie ein Liebhaber, der eine zürnende Schöne um jeden Preis in eine bessere Laune zu versetzen wünscht. Er hätte sich auf seine Knie vor ihm niederwerfen mögen — seine Stimme bebte, wenn er das Wort an seinen mürrischen Chef richtete, ein Wink von diesem verlieh dem kleinen Kommis Flügel. Von seinen Gefühlen überwältigt, erfaßte er plötzlich Heißensteins Hand, küßte sie und preßte sie dann mit einer Gebärde voll unwillkürlicher Komik an seine Brust.

Heißenstein konnte sich eines Lächelns nicht erwehren und fragte: «Was haben Sie denn?»

«Einen Brief!» platzte Mansuet heraus, «einen Brief von unserer Rosa!» wiederholte er, fast weinend — und hielt seinem Herrn das Zettelchen hin.

Heißenstein war bleich geworden bis an die Lippen,

vergeblich rang er nach Worten; röchelnd, als läge eine Faust an seiner Gurgel und würge ihn, trat er auf Mansuet zu, riß das Papier aus seinen zitternden Fingern und warf es vor seinen Augen in das Feuer.
Minuten vergingen, bis der völlig außer Fassung geratene Mann zu sprechen vermochte, und dann brachte er mit wuterstickter Stimme die Drohung hervor: »Wagen Sie's noch einmal, sich zum Boten jener — Frau zu machen, und mit Schimpf und Schande jag ich Sie aus dem Hause!»
Mansuet sah ihn mit einem sonderbaren Blicke an, und nach einer Pause, in welcher er ruhig zu überlegen schien, sagte er: «Gut.»
Ein Jahr danach um dieselbe Zeit erschien wieder ein Brief Boženas und enthielt abermals einen Einschluß Rosas. Božena hatte sich dieses Mal sehr kurz gefaßt; ihre Zeilen enthielten nur einen Gruß an Herrn Weberlein und die dringende Bitte, ihr mit umgehender Post einen Teil ihrer Ersparnisse zuzusenden. Mansuet besorgte diesen Auftrag sofort, obwohl die Ausführung desselben mehrere Morgenstunden in Anspruch nahm. Herr Heißenstein hatte voll Ungeduld soeben zum zehnten Mal nach ihm gefragt, als er endlich eintrat, ganz erhitzt, den Hut und den Oberrock mit Schnee bedeckt.
«Wo waren Sie?» herrschte sein Chef ihn an, «was fällt Ihnen ein, davonzulaufen um die Mittagszeit, vor Expedition der Post?»
Mansuet begab sich schweigend in seinen Glasverschlag, warf dort einige Zeilen auf einen Stempelbogen, den er mitgebracht hatte, trat dann zu Herrn Heißenstein, breitete das Blatt vor ihm auf dem Tische aus und sprach: «Hier meine schriftliche Kün-

digung. Will Sie nicht in die Notwendigkeit versetzen, mich mit Schimpf und Schande aus dem Hause zu jagen. Und hier» — er legte einen Brief auf den Stempelbogen — «ein heut morgens eingelangtes, an meinen Herrn Prinzipal durch mich zu übermittelndes Schreiben.»

Heißenstein sah abwechselnd den Kommis und das zusammengefaltete Blatt an, auf dem er die Schrift seiner Tochter erkannt hatte. Wie ein elektrischer Schlag durchzuckte es ihn, doch behielt er Ruhe genug, um erwidern zu können: «Ich verweigere die von Ihnen erbetene Entlassung. Sie befinden sich in meinem Dienste und haben zu gehorchen.»

Er stand auf und wies dem Kommis seinen Platz an: «Setzen Sie sich! ... Setzen Sie sich! ...» wiederholte er, und Mansuet folgte seinem Befehle. «Schreiben Sie!» Mansuet nahm eine Feder zur Hand — «Schreiben Sie: Der Unterzeichnete verbittet sich in Zukunft jede weitere Belästigung ...»

Mansuet bebte am ganzen Körper, kalter Schweiß trat ihm auf die Stirn, aber er schrieb, und Heißenstein fuhr fort zu diktieren: «Belästigung — durch Übersendung von Zuschriften, die an ihren Adressaten zu befördern ihm die Pflicht verbietet. Mansuet Weberlein, Kommis.»

«Mansuet?» rief dieser und sprang auf — «Ich soll das unterschreiben? — Eine haarsträubende Lüge?!»

Er faßte sich mit beiden Händen an den Kopf; sein Gesicht war kreideweiß.

«Mit Wonne und Entzücken», schrie er so laut, daß jedes seiner Worte deutlich vernommen werden konnte in der nebenanliegenden Stube, in welcher Herr Schimmelreiter arbeitete — «mit Wonne und

Entzücken erfüllt mich jeder Beweis der Erinnerung und des Vertrauens, den ich von ihr erhalte, von der armen Rosa. Das ist die Wahrheit — die schreib ich — wenn Sie's erlauben», setzte er leiser hinzu, «sonst — auch das nicht; denn das zu verbieten haben Sie ein Recht. Nämlich heute noch. Da liegt meine Kündigung.» Er deutete auf die Schrift und stürzte wie ein Rasender hinaus und in sein Zimmer, wo er eifrig seinen Kleiderschrank auszuräumen begann.

Eine Stunde lang herrschte im Kontor so tiefe Stille, daß Schimmelreiter angst und bange wurde. «Was tut der alte Herr? — Ist er eingeschlafen? — Ist er ohnmächtig geworden?» Schimmelreiter hätte gern nachgesehen, doch fehlte ihm der Mut dazu. Endlich hörte er seinen Namen rufen und stand im nächsten Augenblicke vor seinem Chef.

Dieser hatte gerötete Augen und sah merkwürdig alt und kummervoll aus. Er reichte dem Kommis ein Bögelchen Papier und ersuchte ihn, darauf zu schreiben:

Wird retourniert

Im Auftrage meines Prinzipals.

Schimmelreiter.

Heißenstein faltete und kuvertierte das Blatt selbst über Rosas unerbrochenen Brief und sprach: «Die Adresse nun!»

Schimmelreiter setzte die Feder an und wartete.

«Wird's?» rief jener, «worauf warten Sie?»

«Auf die Angabe der Adresse», erwiderte kleinlaut der Kommis.

«— Ja — so. Frau von Fehse — k. k. Oberleutnants-Gattin, zu Sega bei Arad in Ungarn, Haben Sie's?»

«Zu dienen.»

Heißenstein erhob sich: «Auf die Post damit und sogleich!»
Aber der Befehl reute ihn, sobald er gegeben war. Mit einem mißtrauischen Blick nahm er seinem Untergebenen den Brief aus der Hand und steckte ihn zu sich: «Lassen Sie's», sprach er, «ich gehe ohnehin aus — komme wohl an der Post vorbei . . .»
Schimmelreiter brachte Hut und Oberrock und blickte seinem Herrn nach, der langsam und gebeugt im Schneegestöber über den Platz schritt.
«Dahin seine stolze Haltung . . . Was ist aus dem Manne geworden?» dachte er.

*

Als sich Mansuet nachmittags nach dem Kontor begab, um seine Filzschuhe zu holen, die er dort stehengelassen hatte, und einige ihm gehörende Kostbarkeiten aus seiner Lade zu sich zu nehmen: ein Federmesser, das Božena ihm einst verehrt — ein Beutelchen, das Rosa für ihn gestrickt — endlich auch den neuesten Militärschematismus — sah er seine Kündigung auf seinem Pulte liegen.
Auf dem unteren Rande des Schriftstücks standen, ganz klein und verschämt, von Heißensteins Hand geschrieben, die Worte: «Kann nicht angenommen werden. Bitte vielmehr den getreuesten Diener, geduldig in Gutem und Üblem bei mir auszuharren. H.»
Mansuet brach in ein krampfhaftes Weinen aus und schluchzte: «Mir verzeiht er, mir altem Esel! — Seinem armen Kinde nicht! . . . O Menschenherz!»
Der nächste Brief, den Mansuet von Božena erhielt,

brachte keinen Einschluß mehr von Rosa. Die junge Frau war krank. Sie hatte vor der Zeit ein Knäblein geboren, das nur wenige Stunden lebte, und konnte sich seitdem nicht recht erholen. Božena ließ sich zu keinem Worte der Klage herbei, sie zeigte dem alten Gönner das letzte Ereignis in der kleinen Familie an und bat ihn, ihr auch den Rest ihrer Ersparnisse zuzusenden.

## 9.

Der Sommer des Jahres 1847 kam heran. Im Hause Heißensteins wurde ein schönes Fest: der sechzehnte Geburtstag Regulas, feierlich begangen. «Die ganze Stadt» nahm daran teil, mit alleiniger Ausnahme des Kommis Weberlein, der, von heftigen Kopfschmerzen ergriffen, sich im Augenblicke, wo er zur Tafel gerufen wurde, zu Bett legte. So mancher schöne Toast ward ausgebracht, auf das edle Elternpaar der Gefeierten und auf die Gefeierte selbst. Den schönsten jedoch sprach Advokat Wenzel, der Regula als «die junge Hoffnung des alten Hauses» und ihre Eltern als «den Stolz der Stadt» so hoch und lange, als es auf Erden nur denkbar möglich, leben ließ.

Man ging spät und äußerst erhoben und gerührt, in später Nachtstunde, nämlich um zehn Uhr, auseinander.

Am folgenden Tag trat Heißenstein eine Reise nach Wien an, und kehrte von dort nach dem Verlaufe einer Woche in ganz ungewöhnlich munterer Stimmung und in Begleitung Joseph Frohburgs zurück.

Frau Nannette empfing den jungen Mann, als er nach sorgfältig gemachter Toilette im Gesellschaftszimmer erschien, wo die Familie ihn erwartete, mit jener aus Haß und Liebe, Neid und Wohlwollen gemischten Empfindung, die überzärtliche Mütter dem zukünftigen Schwiegersohn entgegenbringen.

*Der* also wird in den Besitz ihres teuersten Gutes treten, für *den* hat sie das vorzüglichste der Geschöpfe geboren und erzogen!

Die gescheite Frau war zum erstenmal in ihrem Leben um eine Ansprache verlegen, als Joseph Frohburg sich tief und ehrfurchtsvoll vor ihr verbeugte, und Heißenstein gewann Zeit, die Vorstellung und Bewillkommnung auf das schlichteste zu besorgen, indem er sprach: «Das hier ist meine Frau, und das dort ist meine Tochter. Laß dir's bei uns gefallen, mein Junge.»

Gefallen!

Joseph hatte den Blick zu Regula erhoben und sogleich wieder gesenkt. Der erste Eindruck, den sie auf ihn hervorbrachte, war ein ungünstiger, Nannette konnte sich das nicht verhehlen; aber sie tröstete sich mit der Hoffnung, ihr Geist werde ihn bezwingen.

«Zum Abendessen!» rief Heißenstein; «ich habe wahrhaftig Appetit!»

Man begab sich in das Speisezimmer, und Joseph erhielt seinen Platz neben Regula.

Nannette selbst, die ihrer Tochter doch alles mögliche Gute zutraute, war erstaunt über die feine Weise, mit der sie auf den Ideengang des Gastes

einzugehen und dabei ihr Licht auf den Scheffel zu stellen verstand.
Er sprach von Nestroys letzter Posse. Sie wußte in seinen Bemerkungen darüber Anknüpfungspunkte zu finden, die sachte hinüberführten auf die Orestie des Äschylus, ihre philosophische Bedeutung und ihren politischen Zweck. Er sprach von der Lieblichkeit der Donauauen — sie schwebte von diesen nach den Sozietätsinseln und nannte den Namen jeder einzelnen. Er sprach von dem Tode seiner Mutter, sie — von der Nadowessischen Totenklage. Er erzählte von dem «Putsch» der Schweizer Radikalen, sie ließ ein Wort über Huitzilopochtli, den Kriegsgott der Azteken, fallen.
Zuletzt wurde das Verständnis zwischen dem jungen Pärchen ein so vollständiges, daß Rede und Gegenrede überflüssig schien. Dem Gaste zum mindesten, der von nun an schwieg.
Beim Beginne des Abendessens hatte sein Blick noch manchmal scheu und prüfend auf der eckigen Gestalt Regulas geruht, auf ihrem gelben Gesichte und den gleichfarbigen, an die Schläfe angeklebten Scheiteln, von denen auch nicht ein Haar abstand; jetzt blieb er hartnäckig auf das Tischtuch geheftet. Joseph wurde bleicher und bleicher, und mußte endlich gestehen, daß er sich unwohl fühle.
Heißenstein hob sofort die Tafel auf und geleitete seinen Gast, der aufzuatmen schien, als er das Speisezimmer im Rücken hatte, auf die für ihn bereit gehaltene Stube.
Am frühen Morgen schon stand ein Postwagen vor dem Hause, und Joseph in Reisekleidern vor Heißenstein.

«Verzeihen Sie mir, mein väterlicher Freund», sprach der junge Mann treuherzig, «aber — ich habe mir's überlegt, ich fühle noch keinen Beruf, mich zu verheiraten. Ich glaube am ehrlichsten zu handeln, wenn ich es Ihnen gleich eingestehe.»

«Wozu die Eile?» fragte Heißenstein betroffen, «lerne meine Regel besser kennen. Sie gehört zu der Sorte von Weibern, denen jeder Mann ohne Sorge sein Lebensglück anvertrauen kann.»

«Ich bin davon überzeugt», erwiderte Joseph, «allein ob das ihre in meinen Händen gesichert wäre, daran zweifle ich.»

Heißenstein sah ihn an und schüttelte den Kopf: «Sei aufrichtig — sie gefällt dir nicht», sagte er mit einem Ausdruck von so hoffnungsloser Trauer in Stimme und Gebärde, daß Joseph, davon ergriffen, die Hand des alten Mannes faßte und drückte. Dieser klopfte ihm auf die Schulter: «Nun ja, ich habe Besseres für dich im Sinne gehabt. — Es hat aber nicht sein sollen.»

So endete Heißensteins letzter Versuch, den Traum seines Lebens zu verwirklichen. Mansuet suchte vergebens ihn darüber zu trösten, indem er ihn versicherte, er fände zehn für einen Freier für das Fräulein Tochter, und zwanzig für einen, die bereit wären, seinen Namen anzunehmen.

«Keinen mehr, dem ich ihn anbieten möchte!» entgegnete Heißenstein. «Glauben Sie, dazu sei mir leicht einer gut genug? — So mag er denn erlöschen. Ich seh es ein, der Mann, der mir recht wäre, nimmt die Regel nicht!»

Er verfiel in einen dumpfen Trübsinn, aus dem ihn nur noch selten ein Ausbruch des Zornes gegen die

Zerstörerin alles dessen weckte, was er noch als Glück zu empfinden vermocht hätte. Mansuet wagte längere Zeit hindurch nicht Rosas zu erwähnen. Er hatte zwar auf seine dringende Nachfrage, wie die junge Frau sich befinde, beruhigende Antwort erhalten, aber Božena hatte ihm zugleich mitgeteilt, sie habe es ihrem jungen Herrn in die Hand geloben müssen, keine Briefe mehr in das Heißensteinsche Haus zu schicken. Es sei genug gebettelt worden, er selbst wolle nun von einer Versöhnung nichts mehr hören.
«Das habe ich längst gefürchtet», dachte Mansuet. «Er ist k. k. Offizier, er kann sich die fortgesetzten Demütigungen nicht gefallen lassen. Was jetzt beginnen, du guter, lieber Gott? ... Wenn von hier aus keine Schritte geschehen, dann ist's für immer mit der Hoffnung auf eine Aussöhnung vorbei. Wir sind so weit gekommen, daß uns nur mehr *eine* Person Hilfe schaffen könnte: — Frau Nannette. Sie müßte sich zur Vermittlerin machen zwischen Vater und Tochter. Sie ist jetzt die Herrin des Hauses und ihres alternden Gatten. Er hat aufgehört, ihr Widerstand zu leisten, anfangs aus Gleichgültigkeit, später aus Ohnmacht.»
Die Folge dieser Betrachtungen war, daß sich Mansuet seiner Rosa zuliebe bis zu einer Art demonstrativer Höflichkeit erniedrigte, der verhaßten Gebieterin gegenüber. Er lief nicht mehr davon, wenn er sie von weitem erblickte, er wandte sich nicht ab, wenn er ihr begegnete. Er blieb stehen, machte Front und grüßte sie feierlich. Er brachte es sogar einmal dahin, mit einem Grinsen, das um alles in der Welt freundlich sein sollte, aber einfach — gräßlich war,

zu sagen: «Sehr kalt heute? . . . Belieben zu frieren? . . .»

Weiter ging es nicht! — Nicht um den Maria-Theresia-Orden! Nicht um die ewige Glückseligkeit!

So versuchte er's denn doch, sich an Heißenstein zu wenden, und erfuhr keine heftige Abweisung mehr. Der alte Mann antwortete mit schmerzlichen Klagen, mit tiefem Selbstbedauern, daß er nicht verzeihen *dürfe* — daß seine Pflicht es ihm verbiete.

Mit unerschöpflicher Geduld, mit einem Eifer, der sich nie verleugnete, begann Mansuet immer von neuem Vorstellungen zu machen, um Mitleid zu bitten — es war und blieb vergeblich.

Der alte Mann wurde nur ängstlich, versank nur tiefer in seine Grübeleien und wiederholte melancholisch: «Ich darf nicht, guter Mansuet. Seien Sie mir nicht böse, aber — ich darf nicht.»

In solchem Zustande fand das Revolutionsjahr 1848 den einst so kräftigen Heißenstein. Die Ereignisse der Märztage rüttelten ihn auf aus dem Traumleben, das er seit einiger Zeit führte. Ein neues Interesse ergriff ihn. Zwei Monate lang zählte ihn die liberale Partei zu ihren Anhängern, vom 15. Mai an wurde er ihr erbitterter Gegner.

Mansuet hatte natürlich keinen Augenblick von etwas anderm gesprochen, als von Dreinschlagen, Einhauen und Niederreiten. Wie man dem «Bäckenrummel» in Wien unter weiland Kaiser Franz ein Ende gemacht, so hätte man dieser «Lumperei von einer Revolution» ein Ende machen sollen, die ganz allein durch ein paar Landstände und durch ein halbes Dutzend Studenten «aus purem, verfluchtem Übermut» angerichtet worden war.

Schimmelreiter hingegen erklärte sich für einen konstituierenden Reichstag, mit einer Kammer als Übergangsstadium zur europäischen Republik. Er abonnierte auf die «Konstitution» und schwor, erst seitdem er dieses Blatt halte, wisse er, was es heiße: ein politisches Bewußtsein haben.
Eines Tages las er im Gasthause einigen andächtigen Zuhörern aus seiner Zeitung vor, wie man «auf dem Leichname des Weltkinderspieles ‹Nationalität› zuletzt siegend die Fahne des alles vereinenden Weltbürgertums aufpflanzen müsse,» da riß ihm Mansuet, der von ihm unbemerkt eingetreten war, das Blatt aus der Hand, und forderte ihn auf Degen — und auf Pistolen.
Schimmelreiter erklärte, dieser Forderung nicht entsprechen zu können, und durch volle vierzehn Tage hatte Mansuet für ihn nur das Schweigen der Verachtung. Es herrschte bittere Feindschaft zwischen den beiden, bis die glorreichen Nachrichten aus Italien ihre Gemüter besänftigten. Als Radetzky siegreich in Mailand eingezogen war, zog auch die Versöhnung in das Kontor ein, und die zwei Säulen des Heißensteinschen Hauses ragten wieder in herzerhebender Eintracht ruhig und friedlich nebeneinander.
Im September dieses ereignisvollen Jahres kamen Bekannte Nannettens nach Weinberg: Graf und Gräfin Rondsperg, die Eltern ihrer ehemaligen Zöglinge. Der Graf hatte sein Gut verlassen infolge ziemlich ernster Konflikte, in die er mit seinen Bauern geraten war.
Diese Leute ließen sich's nicht nehmen, daß eine Änderung eingetreten sei in dem Verhältnisse zwi-

schen «der Herrschaft» und ihnen; nicht nur scheinbar, nicht für kurze Zeit, wie der alte Graf meinte, sondern in Wirklichkeit und für immer. Er aber, dessen Vermögen seit Jahren schon zerrüttet war, wollte nicht an den Bestand einer Neuerung glauben, die seinen völligen Ruin herbeiführen mußte. Doch wurde er es endlich müde, ihnen Vernunft zu predigen, diesen störrischen Dummköpfen, die immer wieder auf die Behauptung zurückkamen: die Patrimonialrechte seien aufgehoben. Zum erstenmal seit der Verheiratung seiner Töchter — seit vollen vierzehn Jahren — verließ der Greis sein Schloß Rondsperg und das undankbare «Gesindel», seine Bauern. Fern von ihnen wollte er die Wiederkehr der alten Zeiten und die Wiedereinführung der alten, einzig *gesetzlichen* Gesetze erwarten. Bis dahin sollten die Leute nur sehen, wie sie fertig würden ohne ihn.

Gleich nach der Ankunft des Grafen und seiner Gemahlin in Weinberg begaben sich Heißenstein und Nannette nach dem «Grünen Baum», in dem die Herrschaften abgestiegen waren, und luden sie dringend ein, das unbehagliche Quartier im Gasthofe mit einer Wohnung zu vertauschen, die ihnen Heißenstein in seinem Hause zur Verfügung stellte.

Der Antrag wurde mit liebenswürdiger Freundlichkeit angenommen. Schon am folgenden Tage zog das gräfliche Ehepaar, begleitet von einem einäugigen Kammerdiener und einer gichtbrüchigen Kammerjungfer, in die zu seinem Empfange auf das beste geschmückten Räume ein. Und gewiß betrat Karl V. das Haus Anton Fuggers auf dem Weinmarkte zu Augsburg mit nicht geringerem Bewußtsein einer von ihm erwiesenen Gnade, als Rondsperg des Haus

des Kaufmanns Leopold Heißenstein. In seiner Art auch nicht minder gastfrei als der Nachkomme des Webermeisters zu Graben gegen den Beherrscher der Hälfte der damals bekannten Welt, bezeigte sich der Weinhändler gegen den herabgekommenen Edelmann. Während dessen Anwesenheit wurde das Haus von Besuchern nicht leer, und Heißenstein empfing die Gäste seiner Gäste mit derselben Zuvorkommenheit, die er diesen erwies. Frau Nannette drückte abwechselnd ihre einstigen Zöglinge: die Baronin von Waffenau und die Präsidentin von Horsky an ihr bewegtes Herz. Die erste kam von ihrem Gute Haluschka, die zweite kam aus Wien, die erste brachte vier unglaublich wilde Jungen im Alter zwischen sieben und zwölf Jahren mit, die zweite nur ihren steifen, wortkargen Mann. Alle kamen, um die alten Leute zu sehen und der teuren Ex-Erzieherin und ihrem edlen Gatten Dank- und Lobpreisungen darzubringen. Frau Nannette war manchmal zumute, als ob ihr Flügel wüchsen.
Heißenstein hingegen hatte wahre, wenn auch nicht ungetrübte Herzensfreude nur an *einem* Gaste, an Ronald, dem Sohn des Grafen, dem die Aufgabe zugefallen war, seinem Vater die Wege zur Rückkehr zu ebnen und die guten Beziehungen zwischen Schloß und Dorf Rondsperg wiederherzustellen. Er fuhr ab und zu, und seine Anwesenheit war für Heißenstein jedesmal ein schmerzliches Fest. Mit einer Mischung von Neid und Wohlgefallen betrachtete er den schönen, ernsten Jüngling und dachte: «Wärst du mein Sohn!»
Während im Reichstage zu Wien und im Parlamente zu Frankfurt die Abschaffung des Adels beantragt

wurde, genossen so einige seiner Mitglieder, nur, weil sie diesem Stande angehörten, an den Flammen eines gut bürgerlichen Herdes ein daheim längst entbehrtes Behagen.

Die Gräfin nahm die Gastfreundschaft Heißensteins und die Ergebenheitsbezeigungen Nannettens dankbar und demütig mit der Empfindung hin, mehr zu empfangen, als sie je erwidern könnte. Der Graf ließ sich alle Ehrenbezeigungen huldvoll gefallen, und belohnte sie — wie er überzeugt war, reichlich — durch ein gelegentlich hingeworfenes Wort der Anerkennung.

Im Frühjahr kam Ronald, um seine Eltern wieder nach Rondsperg abzuholen. Der Graf ließ sich überreden, «seine Untertanen» seien durch seine Abwesenheit den ganzen Winter hindurch genug bestraft, und entschloß sich um so leichter in ihre Mitte zurückzukehren, da ihm der Bauernrichter durch Ronald hatte sagen lassen, das leere Schloß käme ihm und der getreuen Gemeinde vor wie eine große Laterne ohne Licht.

Als man Abschied genommen hatte, wandte sich Ronald noch einmal zu Heißenstein, erfaßte seine beiden Hände und sprach: «Ich kann Ihnen niemals vergelten, was Sie für uns getan haben — doch gäbe ich alles darum, es wenigstens versuchen zu dürfen.»

Nannette und Regula vernahmen diese Worte. Ihre Blicke begegneten einander wie zwei Blitze. — Was meinst du? fragte der eine. — Es wäre mein innigster Wunsch, antwortete der andere. Ronald dreiundzwanzig Jahre — du siebzehn. Er vornehm, aber arm — du bürgerlich, aber reich ... Sehr reich durch meine Fürsorge, mein Kind ...

Ehrgeizige Gedanken stiegen in der Weinhändlerstochter auf. Ihre Mutter jedoch übte sich, in unbelauschten Stunden, in allen möglichen Betonungen der halblaut hingehauchten Worte: «Meine Tochter, die Gräfin von Rondsperg.»

*

Die Revolution ging indessen unaufhaltsam ihren Gang. Pöbelunruhen in Wien, Bürgerkrieg in Ungarn, die Oktobertage, die Abreise der kaiserlichen Familie nach Olmütz, die Desertion der Tschechen aus dem Reichstage und — parallellaufend mit diesen Ereignissen: in Weinberg — Aufpflanzungen einer schwarzgelben Fahne auf dem Heißensteinschen Hause und Katzenmusik vor demselben; unfreiwillige Entfernungen einiger Bürger aus dem Honoratiorenzimmer im «Grünen Baum», weil die Herren erklärt hatten, die Slovaka-Lipa sei ein Klub von Spitzbuben; die Bildung einer slawogermanischen Partei contra den Weltbürger Schimmelreiter; die Entdeckung: Weinberg stehe auf tschechischem Boden, heiße eigentlich Winohrady, und es sei eine wahre Schande, daß seit Generationen die Landessprache daselbst nur mehr von Handwerkern und Dienstleuten gesprochen werde. Endlich die Entsendung einer Deputation an Weberlein, die ihn als Pan Tkadlecek ansprach, und ihn aufforderte, seinen böhmischen Ahnen zu Ehren diesen Namen, den sie gewiß geführt hätten, wieder anzunehmen.
Mit edlem Freimute ersuchte Mansuet die Herren, sich zum Teufel zu scheren. Er hatte andere Sorgen. Seine Seele, sein Herz, alle seine Gedanken befanden

sich auf den Schlachtfeldern in Ungarn, und mit leidenschaftlichem Interesse verfolgte er die Nachrichten, die vom Kriegsschauplatze kamen, vor allen jedoch — die Schicksale des zweiten Ulanenregimentes. Er wußte, daß es an der Theiß im Feuer gestanden und große Verluste erlitten hatte, er erwartete mit Spannung, mit Todesangst die offiziellen Meldungen, die verhängisvollen Listen der Verwundeten und Toten. Als die Nachricht der Kapitulation bei Vilagos kam, grollte und jubelte er in einem Atem. Er liebte die Russen sehr, aber diesen Sieg gönnte er ihnen doch nicht. So breit hätten sich, meinte er, die zum Tanze geladenen Gäste nicht machen dürfen. Auf dem Platz des Hausherrn stellt sich kein anständiger convivus. Über die Meldung des Marschalls Paskiewitsch an seinen Kaiser: «Ungarn liegt zu Eurer Majestät Füßen!» kränkten sich zwei Menschen in Österreich: die «Hyäne von Brescia» und der Kommis Weberlein. Alles, was die andern dabei empfanden, kam im Vergleiche zu der Empfindung dieser beiden nicht in Betracht.

An einem schönen Augustnachmittage befanden sich Heißenstein und Mansuet allein im Kontor, als der Mann eintrat, der für den letzteren zur Zeit die wichtigste Person auf Erden war: der Briefträger.

Er hatte dem Chef mehrere Briefe zu übergeben, dem Kommis nur die Wiener Zeitung und ein zerknittertes und beschmutztes Schreiben, das Weberlein beiseite warf, um sich in das offizielle Journal zu versenken. Es bringt heute eine lange Reihe von Namen, die Namen der in sechs Schlachten Verwundeten und Gefallenen des kaiserlichen Heeres.

Mansuet überfliegt sie alle, aber er sieht nur *einen*. Der scheint ihm rot geschrieben mit jungem, frischem Blute, der leuchtet ihm entgegen, brennt ihm wie Feuer in die Augen, daß sie schmerzend übergehen, der Name ist: Wilhelm von Fehse ...
Er sieht den vor sich, der ihn trug, den schlanken Ulanen mit dem Jünglingsgesicht. Er sieht ihn, Liebe und Leben atmend, auf seinem schwanenhalsigen, breitschulterigen Schwarzbraunen den Platz umkreisen ... Und er sieht ihn daliegen bleich und kalt auf zerstampfter, leichenbedeckter Erde, unter den Hufen der über ihn hinwegjagenden Rosse, mit durchschossener Brust ...
Mansuets Knie wanken, er wendet behutsam seinen Stuhl und sinkt auf ihn nieder, seinem Herrn den Rücken zukehrend.
Das Zeitungsblatt, das seiner Hand entglitten, das auf den Tisch gefallen ist, bedeckte er vorsichtig mit seinem Taschentuche. Dabei kommt ihm der Brief in die Hand, den er achtlos beiseite geworfen hatte. Er betrachtet ihn einen Augenblick — ein sonderbarer Umstand fällt ihm auf: der Brief trägt den Stempel der k. k. Feldpost. Mansuet eröffnet ihn — ein Blick auf das antiquierte Datum — die fremden Züge — die Unterschrift ... O du gerechter Gott! sie lautete: Wilhelm von Fehse.
Weberlein vermag einen dumpfen Schmerzenslaut nicht zu unterdrücken, Heißenstein sieht über das Blatt, in dem er liest, zu ihm hinüber und fragt: «Was haben Sie?»
«Oh —nichts ...» antwortet der Kommis und meint seinen Herrn beruhigt zu haben, und bemerkt nicht, daß dieser ihn beobachtet. Er liest:

«Geehrter Herr!

Ich zeige Ihnen, der Sie immer so teilnehmend gegen uns gewesen sind, im eigenen und im Namen meines Töchterchens, den am Zwölften des vorigen Monats erfolgten Tod meiner lieben Rosa an.»

Ein Schleier verdunkelte Mansuets Augen, in seinem Kopfe braust es, ihm war, als schwände ein Teil seines Bewußtseins; er hörte nicht, daß sich hinter ihm jemand erhob, er bemerkte nicht, daß eine Hand die Lehne seines Stuhles umklammerte. Er biß die Zähne übereinander und fuhr im Lesen fort:

«Sie ist in dem kleinen Badeort Rosenau, in Siebenbürgen, wohin ich sie bei Beginn des Frühjahres auf Anraten unseres Regimentsarztes brachte, gestorben. Ich mußte sie im Juni dort verlassen, als wir uns um Pest konzentrierten. Sie und mein Röschen blieben unter der Obhut Boženas zurück, und durch diese habe ich im Feld die Nachricht des Todes meiner Frau erhalten. — Solange es anging, hielt Božena meinen zerbröckelnden Haushalt mit kräftiger Hand zusammen. Sie ist jetzt die einzige Beschützerin meines Töchterchens, aber eine treue Beschützerin, und kehre ich aus dem Feldzuge heim, so werden wir drei uns weiterhelfen. In diesem Falle werde ich zu sorgen wissen für das kleine Wesen, an dem ich das Verbrechen gutzumachen habe, daß ich es in dieses Dasein rief. Sollte ich aber fallen, so empfehle ich Ihrer Fürsprache bei Ihrem Herrn das Kind und seine Pflegerin. Über zwei Gräber hinweg wird er doch nicht grollen. Ich wollte den Mann nicht wieder anrufen, aber ich habe schon mehrmals dem Tod ins Auge geblickt, harte Kämpfe stehen uns noch bevor,

das weckt ernste Gedanken — und ich bitte für das Kind.
O Herr! Es ist Frevel und Wahnsinn, zu kränken, was man liebt, wie es Frevel und Wahnsinn ist, um jeden Preis besitzen zu wollen, was man liebt. Rosa war ebensowenig danach angetan, den Strapazen des Lebens, das ich ihr anzubieten hatte, wie dem nagenden Schmerz über die Unversöhnlichkeit ihres Vaters zu widerstehen. Er und ich, wir haben sie getötet. Sie brauchen das dem alten Manne nicht zu sagen, aber es ist die Wahrheit.»
«Es — ist — die Wahrheit!» schrie eine Stimme, deren Klang Mansuet mit Schaudern erkannte, und ein schwerer Körper stürzte zu Boden. Auf die Diele hingestreckt lag Heißenstein, mit dunkelrotem Gesichte, mit bläulichen Lippen, mit hervorgequollenen Augen. Er rang nach Worten, und nur unartikulierte Laute, nur ein klägliches Lallen drang aus seinem schmerzvoll verzogenen Munde.
Der eilends herbeigerufene Arzt konstatierte einen Schlaganfall. Nach einigen Tagen war der Kranke außer Lebensgefahr, er vermochte wieder zu sprechen, doch blieben seine Glieder gelähmt.
In der dritten Nacht, die Mansuet allein am Bette seines Herrn durchwachte, begann dieser plötzlich von seiner Tochter Rosa zu sprechen. Er erzählte dem Getreuen, anfangs stockend, dann hastig überstürzt, von dem Tage, an dem er, Wut und Verzweiflung im Herzen, den Ulanen nachgefahren war. Wie er sie in der Hauptstadt eingeholt und, von dem Obersten empfangen, diesem seine Klage vorgebracht habe. Der Oberst hörte ihn mit einer Gelassenheit an, die ihn entrüstete, ließ den Auditor rufen und er-

suchte Heißenstein, diesem «die fatale Geschichte» gleichfalls mitzuteilen. Und der Kaufmann sah — oder glaubte zu sehen — wie seine beiden Zuhörer, während er sprach, einander lächelnd zublinzelten.
«Was befehlen Sie, daß nun geschehe?» fragte der Auditor — Heißenstein wußte nicht, ob ihn oder den Oberst.
Der letztere schien sich zu besinnen, und sagte dann nachlässig, zu dem Kläger gewendet: «Wollen Sie, daß der Leutnant Fehse unglücklich, daß ihm der Prozeß gemacht werde? Wollen Sie ihn auf die Festung bringen?»
«Das können Sie», fügte der Auditor ernsthaft hinzu.
«Freilich!» bestätigte der Oberst; «und Ihre Tochter nach Hause führen — triumphaliter.»
Ja, dieses Wort hatte er gebraucht, und spöttisch gebraucht. Heißenstein besann sich dessen ganz genau, jetzt noch, und jetzt noch durch die Tränen, in denen seine Augen schwammen, funkelte ingrimmiger Zorn.
Der Oberst fuhr fort: «Sie können das alles tun, aber glauben Sie mir: lassen Sie es bleiben. Gehen Sie zu Ihrer Tochter, sie soll, wie ich höre, bei der Frau des Regimentsarztes — einer sehr anständigen Person — untergebracht sein, und lesen Sie dem jungen Mädchen tüchtig den Text. Ich will indessen den Herrn Leutnant gehörig ‹verreißen›. Und dann, bin ich der Meinung, ziehen wir beide andere Saiten auf, halten das Maul und verheiraten die Leutchen in aller Stille. Schicken Sie die Kaution, ich komme um die Heiratsbewilligung ein. Sie kriegen einen prächtigen Kerl zum Schwiegersohn, und ich bekomme

eine bildhübsche und steinreiche Frau Leutnant ins Regiment, wir können beide zufrieden sein.»

Wieder lächelte der Auditor, und Heißenstein war überzeugt, man habe ihn zum besten. Die reiche Weinhändlerstochter wurde als eine gute Beute angesehen, einem armen Leutnant, der von der Gage lebt, wohl zu gönnen. Abgekartet war alles zwischen diesen Leuten, und seine Tochter war vielleicht weniger ihr Opfer, als ihre Mitschuldige ...

«Mansuet«, sagte der alte Mann, «als ich nach Hause fuhr, meinte ich immer hinter mir her lachen zu hören, und ich dachte nicht mehr an Strafe für mein ungeratenes Kind, ich dachte Rache an ihm zu nehmen ... Und doch», — er schluchzte leise und seine Stimme wurde immer schwächer — «hätte sie damals mein Erbarmen angefleht — hätte sie sich damals an mich gewendet — mein Schmerz war noch jung — mein Groll hatte sich mir noch nicht so in die Seele eingefressen, wie später ... vielleicht hätte ich verziehen ... Ich hoffe es von mir, Mansuet, daß ich verziehen hätte! ...»

Der Kranke weinte bitterlich, und Weberlein trocknete ihm die Augen mit einem Tuche und sagte: «O ganz gewiß, lieber Herr, ganz gewiß!»

«Aber sie schrieb nicht», sprach Heißenstein, indem er tief aufseufzte. «Sie ließ mich in dem Glauben oder in dem Wahne, daß sie mit jenen Leuten einverstanden sei, die meiner spotteten.»

«Es hat niemand Ihrer gespottet», beschwichtigte Mansuet, «am wenigsten der Herr Oberst, so etwas kommt nicht vor bei einem braven Ulanen, Sie werden sich's in der Aufregung nur eingebildet haben. Und was die Rosa betrifft, so meine ich immer, daß sie damals geschrieben hat. Božena wenigstens berief sich in ihrem ersten Briefe auf ein Schreiben, das die junge Frau an Sie gerichtet hatte, gleich nach ihrer — gleich nach dem Unglück ...»

«Nein, nein», sagte Heißenstein, «ich habe nichts bekommen: nicht ein einziges Wort. Ich wartete einen Tag — zwei Tage ... Oh, sehnlich, Mansuet! ... Dann war es aus. Der Advokat mußte ihr schreiben, daß sie enterbt und verstoßen sei. — Das wenige, das ihre Mutter hinterlassen hatte, schickte man ihr.»

Weberlein schüttelte ungläubig den Kopf: «Nur das? Sie irren ... das hätte ja nicht einmal gereicht, die Leutnantskaution ...»

«Es reichte auch nicht!» flüsterte Heißenstein.

»So mußten sie den armen Haushalt auf Schulden gründen. Grausam, grausam!» seufzte Mansuet, setzte sich auf einen Schemel neben Heißensteins Bett und verschränkte seine langen unruhigen Finger so fürchterlich fest, als wollte er sie brechen.

Eine Zeitlang schwiegen die beiden Greise. Endlich wurde es Tag. Mansuet stand auf, löschte die Lampe und beugte sich über seinen regungslos daliegenden Herrn. Der sah ihn fragend an: «Das Kind — nicht wahr? — Die elternlose Kleine —» sprach er.

«Freilich, Herr! An der wollen wir alles gutmachen!» rief Mansuet. «Ich bin jetzt ruhig über Sie, lieber Herr, und bitte um Urlaub. Ich will gehen, die Božena aufsuchen und ihren Pflegling ... wenn Sie es erlauben. In acht Tagen bin ich wieder da.»

«Gehen Sie, mein guter Mansuet — bringen Sie mir das Kind meiner Rosa», bat Heißenstein.

Weberlein küßte die Hand seines Gebieters und Frau Nannette trat ein.

Sie trug einen Schlafrock aus vergilbter Mousseline de laine und auf dem Kopf ein Häubchen mit meergrünen Bändern. «Ein fahler Anblick», dachte der Kommis.

«Frau», sagte Heißenstein zu seiner Gattin, die zärtlich nach seinem Befinden fragte, indem er nach Mansuet hinsah: «er will gehen, Božena und Röschen abzuholen. — Du hast doch nichts dagegen?»

Nannette biß sich auf die Lippen und antwortete mit der Versicherung, sie wolle sogleich das Frühstück besorgen und freue sich, daß ihr Mann gut geschlafen habe, man sehe es an seinen frischen Augen. Mansuet meinte im stillen, dies sei eine kühne Behauptung, denn jene Augen waren eingesunken und ihre müden Lider halb geschlossen.

«Ich nehme gleich hier von Ihnen Abschied, meine Gnädigste», sprach Weberlein, «noch vor Mittag will ich fort.»

«Wozu die Eile?» erwiderte Nannette. «Wozu überhaupt ...» Sie stockte — «Božena findet ohne Sie ihren Weg.»

«Ich empfehle mich, meine Gnädigste!» sagte Mansuet mit vor Zorn bebender Stimme, und wie aus dem Rohr geschossen, flog er zur Tür hinaus.

Aber nachdem er seinen Koffer bereits aufgegeben und seinen Platz im Poststellwagen bezahlt hatte, trat er, den breitkrempigen Hut à la Wallenstein und einen außerordentlich großen Regenschirm in den Händen, ohne sich anmelden zu lassen, in Nannettens Gemach.

«Gnädigste!» sagte er, und jedes seiner Worte war scharf wie ein Rasiermesser, «ich hoffe in Bälde die Enkelin des Herrn einführen zu können in ihr väterliches Haus. Dann wird dieselbe in die Rechte ihrer Mutter eingesetzt werden. Durch Sie selbst, Gnädigste. Aus Ehrgefühl, um der Achtung Ihrer Mitbürger willen, um des Seelenfriedens Ihres Mannes willen, werden Sie es tun.»

Nannettens Nase, immer das erste und meistens das einzige, das in ihrem Gesicht errötete, brannte wie eine glühende Kohle.

«Ich werde tun, was meinem Gatten recht ist», sprach sie, «nicht mehr, nicht weniger.»

«Alles, was Sie tun, ist recht», rief Mansuet, «nämlich ihm», verbesserte (oder vielmehr verschlechterte) er sich und seine Sache.

«Was ich darf, wird geschehen.»

«Was Sie wollen, wird geschehen!»

«Wollen — dürfen — für mich, Herr Weberlein, eines und dasselbe.» Nannettens Busen hob sich, sie atmete schnell. «Ich bitte, mißverstehen Sie mich nicht. Mir liegt», sprach sie nachdrücklich, «an der Achtung der Menschen und an dem Seelenfrieden meines Gatten. Aber — die wohlgeratene und die ungeratene Tochter, es ist ein Unterschied. Ich sehe nicht ein, warum das Kind dafür belohnt werden soll, daß seine Mutter — davongelaufen ist.»

«O Frau Prinzipalin!» rief Mansuet zugleich beschwörend und drohend, «tun Sie Ihre Schuldigkeit!»

«Vor allem will ich meine Schuldigkeit tun gegen meine Tochter», erklärte Nannette. «Elternpflicht ist die erste Pflicht.»

Mansuet trat einige Schritte zurück.

«O Frau Prinzipalin!» wiederholte er und fuhr nach kurzer Pause mit einem wahrhaft teuflischen Lächeln fort: «Wenn ich bedenke, wie viele große Verbrechen und wie viele kleine Schändlichkeiten schon im Namen der Elternpflicht begangen wurden und täglich begangen werden, dann danke ich meinem Gott, daß die Nötigung zu solcher Pflichterfüllung niemals an mich herangetreten ist und daß ich sterben darf ohne Progenitur!»

## 10.

Vier Wochen nach Weberleins Abreise erschien ein Brief von ihm aus Arad. Er meldete darin, daß es ihm noch nicht gelungen sei, eine Spur von denen, die er suchte, aufzufinden. Er bat, einen Aufruf an Božena, der sie dringend zur Rückkehr nach Weinberg auffordere, in allen österreichischen Blättern zu veröffentlichen.

«Das wäre doch ein Skandal!» bemerkte Regel.

Nannette ehrte die feinen Empfindungen ihrer Tochter, und sooft Heißenstein sagte: «Den Aufruf, gute Frau, hast du dafür gesorgt, daß der Aufruf in die Zeitungen komme — durch Wenzel, nicht wahr? Du brauchst es ihm nur aufzutragen ... hast du es getan, Liebe?» — so oft wandte sie verlegen den Kopf und erwiderte: «Morgen soll es geschehen.»

Und jedesmal nickte ihr Heißenstein freundlich dankend zu und sagte: «Wenn der Aufruf gedruckt sein wird, möcht ich ihn lesen.»

Er äußerte auch manchmal den Wunsch, sich mit Wenzel zu beraten — wegen seines Testamentes.

Aber der Arzt hatte nachdrücklich verboten, irgend jemand vorzulassen, mit dem der Kranke von Geschäften sprechen könnte, und Nannette mußte dem Advokaten den Eintritt verweigern — so weh es ihrem zartfühlenden Herzen auch tat. Übrigens war es Heißensteins Sache nicht mehr, auf einem Wunsche zu bestehen, derselbe war meist im Augenblicke vergessen, in dem er entstanden war.
Das Jahr neigte sich zum Ende und mit ihm das Leben des kranken Greises. Seine Gedanken begannen in Verwirrung zu geraten, er unterschied nicht mehr zwischen seinen Einbildungen und der Wirklichkeit. Täglich erzählte er Schimmelreiter, seine Enkelin werde nun bald kommen. Und gewöhnlich gab er dem Kommis die Versicherung, die bevorstehende Freude verdanke er seiner Frau, die alles veranstaltet habe zu Boženas Heimkehr.
«Und Božena bringt mir das Kind», flüsterte der Kranke geheimnisvoll. «Meine Frau hat einen Aufruf in die Zeitung setzen lassen, lesen Sie mir ihn vor, ich ersuche Sie.»
Schimmelreiter hatte von einem Aufrufe nichts gehört, denn der Brief Mansuets war ihm vorenthalten worden. Ratlos, was er tun oder sagen sollte, griff er dann nach einem Zeitungsblatte und murmelte einige Worte, denen der Greis jedoch, von seinen Träumen befangen, keine Aufmerksamkeit mehr schenkte.
Er lag ruhig, tage- und nächtelang, die Augen nach der Tür gerichtet, und sagte von Zeit zu Zeit: «War das nicht Boženas Schritt? — Mir ist, als hörte ich sie kommen.»
Bittend erhob sein Blick sich zu Nannette: «Es sollte

ihr doch jemand entgegengehen. Vielleicht weiß sie nicht mehr den Weg.»

Diese Sehnsucht ihres Mannes nach dem Kinde seiner pflichtvergessenen Tochter war Nannetten sehr peinlich, und Regel gab zu verstehen, daß sie sich verletzt fühle und gehofft habe, ihrem Vater mehr zu sein.

Um Neujahr erhielt Schimmelreiter einen Brief von Mansuet aus Klausenburg. Dort war Weberlein vier Wochen lang krank gelegen, hatte aber trotzdem «keine Minute» den Zweck seiner Reise aus dem Auge verloren. Er hatte geschrieben, viele Erkundigungen eingezogen; viele Boten ausgesendet und schließlich so viel erfahren, daß er meine, dermalen die Vermutung aussprechen zu können, Božena sei mit dem Kinde auf dem Heimwege begriffen. Freilich dürfte sie «ohne einen Knopf Geldes» sein. «Sie wird wohl», so schloß Mansuets seltsame Epistel, «keine anderen Postpferde in Ungelegenheit versetzen als die beiden, die jedem Menschen angewachsen sind. Da heißt es ‹hü› sagen zum rechten und ‹hot› zum linken Fuß. Aber finalemang und wenn es schon nicht anders ist: die Božena hat's unternommen; die Božena bringt's zustande. Was mich bei der Sache bis aufs Blut beißt und wurmt, das ist, daß die alte Schermaus (Hypudaeus arvalis, das schädlichste Nagetier) am Ende doch recht behält und daß ich ebensogut getan hätte, hinter dem Ofen sitzen zu bleiben, als mich hier an der Szamos und an der großen Kükülü herumzutreiben, bis ich ein Fieber auf dem Buckel und die Nachricht in der Tasche hatte, daß die Vögel, auf die ich fahnde, ausgeflogen sind.»

Schimmelreiter hütete sich wohl, Frau Heißenstein

von dem Inhalte dieses Briefes auch nur ein Wort zu verraten. Sie hatte am Morgen eine Unterredung mit dem Arzte gehabt, der äußerst besorgt war und erklärte, die Kräfte des Kranken schwänden in bedenklicher Weise. Mit aller möglichen Schonung machte Nannette ihre Tochter mit diesem Ausspruche des Arztes bekannt. Regula blieb dabei gefaßt und stark. Wie immer bemüht, ihre Mutter aufzurichten, sagte sie: «Sonderbar, eben heut ist mir der Vater wohler vorgekommen.»

Nannette jedoch war nicht zu beschwichtigen. Ruhelos wie ein Perpendikel bewegte sie sich zwischen ihrem und dem Zimmer des Kranken hin und her. Regula ersuchte sie mehrmals, sich nicht aufzuregen, was keinem Menschen nütze, ihr selbst aber schädlich sei. Sie gab ihrer Mutter den Rat, ein wenig auszugehen, frische Luft kalmiere die Nerven. Dieser Aufforderung Folge leistend, trat Frau Heißenstein langsam vor den Spiegel und setzte mit angenommener Gelassenheit und Sorgfalt ihren Hut auf. Da kam die Magd hereingestürzt und rief sie zu dem Kranken, den plötzlich eine Ohnmacht angewandelt hatte.

Nannette und ihre Tochter eilten nach Heißensteins Zimmer. Die Wärterin und Schimmelreiter waren damit beschäftigt, ihn zu laben ...

Ein Blick auf die verfallenen Züge ihres Mannes, und Nannette rief schaudernd der Magd und dem Diener zu: «Den Arzt! ... Den Priester! ...» Jene rannten davon und ließen in der Bestürzung das Haustor geöffnet stehen.

Und in diesem Augenblick kam über den großen Platz geschritten eine hohe Frauengestalt in schadhaften, die Spuren langer Wanderung tragenden Ge-

wändern. Sie hielt, sorgfältig in ein Tuch gehüllt, ein schlafendes Kind in ihren Armen. Müden Schrittes schleppte sie sich auf das alte Haus zu und klomm langsam die Treppe empor. Ihr Gesicht verklärte sich, als sie an dem dunkeln Getäfel des Eingangs hinaufblickte, ihr Auge grüßte die wohlbekannten Räume. Wie neu belebt durchwanderte sie die lange Zimmerreihe und stand endlich hochklopfenden Herzens vor dem Schlafgemach ihres alten Gebieters.
Drinnen das Hinundhereilen hastiger Schritte, ein ängstliches Fragen und Flüstern, das schwere Ächzen eines Kranken. Sie stieß die Tür auf und trat ein.
Mit Schrecken und Staunen richteten sich die Augen aller Anwesenden auf das fremde Weib, abwehrende Hände streckten sich gegen sie aus, und plötzlich kreischte eine dünne Stimme wie in Todesangst: «Božena!»
«Božena!» wiederholte tonlos und keuchend eine zweite Stimme aus der Tiefe des Zimmers, und von Nannette und Regel unterstützt, richtete eine Greisengestalt sich in den Kissen des Lagers auf.
«Herr!» antwortete die Gerufene mit einem Schrei des Schmerzes über ihn, über den Jammer seines Anblicks, und kniete an der Schwelle nieder.
«Näher — näher», flüsterte er, und Božena, ihre letzte Kraft aufbietend, erhob sich, trat heran, setzte das Kind auf das Fußende des Bettes und brach zusammen.
Niemand dachte daran, ihr Hilfe zu bringen, wie versteinert standen alle.
Der Kranke aber sah das Kindlein an, lange, lange — liebevoll. Es war klein für seine Jahre und von einem solchen Ebenmaß der Glieder, daß jede seiner

Bewegungen dem Auge schmeichelte wie sichtbar gewordener Wohllaut. Gesundheit blühte auf seinen zarten, rosig angehauchten Wangen, und Fülle des Lebens sprach aus den leuchtenden Augen, mit denen es die fremde Umgebung anstaunte zwischen Lachen und Weinen.

Endlich wandte der Greis den Blick von dem Kinde ab und richtete ihn auf seine Frau — unsäglichen Dankes voll. Und Nannette erbebte bis ins Mark, als dieser schon halb erloschene Blick sie traf und als der sterbende Mann zu ihr sprach: «Dieses Glück — ich danke es dir. Sei dafür gesegnet.»

Ein Schatten glitt über sein Gesicht: «Die Verwaiste! . . .» hauchte er, und eine schwere Träne rollte ihm die Wange entlang. Plötzlich raffte er sich auf; ein Funke der alten Kraft wurde lebendig in ihm, er erhob das Haupt und wandte es gegen Regula . . . Seine Hand, die so lange bewegungslos gewesen, deutete auf das Kind. «Deine heiligste Pflicht!» rief er gebieterisch seiner bleichen Tochter zu . . . «Verstehst du mich? . . .»

Damit sank er zurück. Einmal noch hob sich seine Brust — und er hatte ausgelitten.

## II.

Der Poststellwagen, der Mansuet nach Weinberg zurückbrachte, fuhr im selben Augenblick durch das Tor, in dem der stattliche Zug, der Heißenstein zur letzten Ruhe geleitete, sich nach dem Friedhof in

Bewegung setzte. Als Weberlein das alte Haus betrat, da hatten sie soeben seinen toten Herrn daraus fortgeführt.

In grenzenloser Bestürzung vernahm der Kommis diese Kunde. Er war zu spät gekommen! Er hatte dem Greise nicht mehr die Hand drücken, ihn nicht mehr fragen können: «Was ist geschehen für Ihr Enkelkind?»

In wilder Eile rannte Mansuet nach dem Gottesacker. Die kirchliche Zeremonie war noch nicht beendet, als er dort anlangte, er durchbrach die versammelte Menge und drängte sich bis an die Stelle vor, von der herüber er Lichter schimmern und bläuliche Weihrauchwolken in die klare Winterluft aufsteigen sah. Noch war das Grab nicht geschlossen über seinem Gebieter. Neben dem betenden Priester, auf den Arm des Grafen Ronald gestützt, stand Nannette, mit verstörtem Angesicht und kaum fähig, sich aufrecht zu halten. An ihrer Seite Regula, ruhig, steif, die herben Lippen fest geschlossen. Und hinter ihr, sie hoch überragend: — Wer? . . . O Himmel — gütiger: — Wer? Es ist die große, es — *war* die schöne Božena. An ihrer Hand ein kleines, holdes Geschöpf — Mansuet muß alle Kraft aufbieten, um nicht laut einen teuren Namen auszurufen. «Röschen!» tönt es in seinem Innern mit wehmütigem Jubel.

Während des Schlusses der traurigen Feier verwendete er kein Auge von dem Kinde, und als alles vorüber war und die anwesenden Bekannten sich um Nannette und Regula drängten, um ihnen ihr Beileid zu bezeigen, näherte er sich Božena, bei der nur Schimmelreiter allein stehen geblieben war. Sie be-

grüßte ihn mit einem ernsten Kopfnicken, und er, dem das Herz doch weich zum Schmelzen war, pflanzte sich vor sie hin, starr und eckig, wie eine Feuerkieke, und sagte, nachdem er die Freundin lange betrachtet: «Haben sich sehr verändert.»
«Bin grau geworden», erwiderte Božena, zog das kleine Röschen, das sich ganz und gar eingewickelt hatte in die Falten ihres Rockes, aus seinem Verstecke hervor und hob es in ihren Armen auf.
«Nicht gerade grau, vielmehr pfeffer- und salzfarbig», sprach Mansuet, und als Božena ihn darauf versicherte, er hingegen sehe gerade noch so aus wie vor sieben Jahren, antwortete er gleichgültig: «Die Leute behaupten's.»
Schimmelreiter hat später oft erzählt, Mansuet sei ihm damals merkwürdig affektiert vorgekommen. Man habe ihm einen schweren Kampf zwischen Schmerz und Freude und zugleich das Bestreben angesehen, nicht mehr davon zu verraten, als er für vereinbar hielt mit seiner Manneswürde.
«Ich bin aber», nahm Božena nach einer Pause das Wort, «noch so rüstig wie je, und ich bitte Sie, sagen Sie das der Frau. Was ihr zwei andere Mägde leisten, das leiste ich allein und betreue nebstbei das Kind, es soll ihr keine Ungelegenheit machen, solange ich da bin. Ich bitte Sie, Herr Mansuet, legen Sie ein gutes Wort für mich ein, damit man mich bei dem Kinde läßt.»
«Ganz überflüssig», antwortete der Kommis, «die Frau wird Sie gern behalten, die kennt ihren Vorteil.»
Sie waren langsam hinter der Menge, die sich nach allen Richtungen verlief, hergeschritten, und traten nun

aus dem Friedhofe. Mansuet schielte immerfort nach dem Kinde, das ihn, das Köpfchen an Božena's Hals geschmiegt, so schelmisch anblinzelte, wie die Augen eines sechsjährigen Mädchens nur immer vermögen.
«Werden Sie», fragte der Kommis, «das Kind noch lange so herumschleppen?» und setzte, sich an Röschen wendend, mürrisch hinzu: «Weißt du wohl, daß es eine Schande ist, sich tragen zu lassen, wenn man so alt ist wie du?»
«Es liegt viel Schnee», meinte Božena entschuldigend, «und sie ist nicht schwerer als eine Puppe.»
«Mag sein», entgegnete Mansuet. »Was haben Sie nur an der aufgezogen?»
«Klein ist sie, das ist wahr», sagte Božena.
«Und stumm auch», sagte Mansuet.
Da brach das Kind in schallendes Gelächter aus und rief, so laut es konnte: «Ich bin nicht stumm! — und gehenkann ich auch... Und ichwill jetztlaufen,Božena. Du kannst den kleinen schlimmen Mann auf den Arm nehmen, damit er wieder gut wird.»
Božena war sehr erschrocken über diese unpassende Äußerung ihres Zöglings, und gebot ihm Schweigen. Zu Mansuet aber sprach sie: »Ich hoffe, Sie können nicht bös sein auf ein dummes Kind.»
Worauf er großartig erwiderte: «Lassen Sie sich nicht auslachen.»
Schimmelreiter jedoch küßte wie verzückt das über Boženas Schulter herabhängende Händchen der Kleinen. Schweigend langte die Gesellschaft zu Hause an. Unter dem Tore setzte Božena ihre leichte Bürde ab; sie blieb stehen, kreuzte die Arme und hielt eine Weile die Augen stumm auf das gegenüberliegende Haus gerichtet.

«Wer wohnt jetzt dort?» fragte sie endlich mit Überwindung.
«Gar viele Leute», antwortete Mansuet, «wir haben ja Wohnungsnot in Weinberg. Der Kreishauptmann, der Herr Graf, ist im Jahre achtundvierzig fortgekommen. Und unser Bekannter, sein Jäger» — Mansuet wandte den Kopf und heftete den Blick so fest auf einen der steinernen Torpfeiler, als ob sich dort etwas Unerhörtes begäbe — «der hat die Kammerjungfer der Gräfin geheiratet und ein Revier gekriegt, hier in der Nähe . . .»
«Hier in der Nähe?» wiederholte Božena.
«Ist aber längst nicht mehr da, hat selbständig nicht gut getan, heißt es», fuhr Mansuet fort. «So schickte ihn sein Graf auf eines der großen Güter, die er in Böhmen besitzt. Dort lebt der Bernhard unter der Zucht des Oberförsters, der keinen Spaß versteht . . . verstehen soll. Soll! — das alles weiß ich ja nur vom Hörensagen . . .»
«In Böhmen also», sagte Božena leise vor sich hin.
«Ja, ganz hoch oben. Es heißt auch, er sei öfter betrunken als nüchtern, aber ich will ihm nichts Übles nachreden. Es heißt, er prügle seine Frau; nun, das ist *ihre* Sache. Ein Wunder wär's übrigens nicht. Das verwöhnte Jüngferchen paßt auf keinen Fall für hin. Der hätte ein tüchtiges Weib gebraucht, das ihm den Daumen aufs Auge setzt.»
Ein Bote von Frau Heißenstein, der Mansuet und Schimmelreiter nach dem Geschäftszimmer beschied, wo ihnen das Testament, von dem sie noch keine Kenntnis hatten, vorgelesen werden sollte, unterbrach dieses Gespräch. Die beiden Kommis empfahlen sich und folgten dem Rufe der Gebieterin.

Als sie eintraten, fanden sie Nannette auf das eifrigste — Mansuet behauptete auf das zudringlichste — bemüht, den Grafen Ronald zurückzuhalten, der sich verabschieden wollte. Sie gab ihm mit einem süßsäuerlichen Lächeln zu verstehen, daß es gefühllos wäre, die Hinterbliebenen eines ihm befreundeten Mannes in solcher Eile zu verlassen.
Ronald ließ sich endlich überreden und blieb, vermochte aber nicht zu verbergen, wie unpassend ihm seine Anwesenheit im Hause in diesem Augenblicke erschien.
Man setzte sich um den Tisch. Doktor Wenzel verlas das Testament Heißensteins.
Der Verstorbene ernannte darin seine *einzige* Tochter, Regula Heißenstein, zur Universalerbin seines ganzen Vermögens. Die Nutznießung desselben verblieb lebenslänglich seiner getreuen Gattin, Frau Nannette Heißenstein. Einige ansehnliche Legate waren ausgesetzt, Schimmelreiter war reichlich, Mansuet fürstlich bedacht. Ihm wurde überdies im ebenerdigen Geschoß des Hauses eine Wohnung für die Dauer seiner ganzen Lebenszeit zur freien Verfügung gestellt. Mit warmen Worten sprach Heißenstein von «dem treuesten Diener», er empfahl seiner Frau und seiner Tochter, ihn hoch in Ehren zu halten und ohne seinen Rat nichts Wichtiges zu beschließen.
Während Doktor Wenzel diesen Absatz des Testamentes salbungsvoll vortrug, schien Mansuet immer kleiner zu werden, und sank zuletzt so tief in sich zusammen, daß sein vornübergebeugter Kopf in eine Linie mit dem Tischrande zu stehen kam und keiner von den Anwesenden sein Gesicht sehen konnte.
Einige Verfügungen zu Gunsten der Armen der Stadt

folgten, zuletzt kam die Anordnung, das Geschäft des Kaufmanns nach seinem Tode sogleich aufzulösen und das Verbot, die Firma, unter was immer für Bedingungen, zu veräußern. Mit Leopold Heißenstein habe das Handlungshaus zu bestehen aufgehört. Das Testament war vor sieben Jahren verfaßt und seither auch nicht ein Wort daran geändert, nicht das kleinste Kodizill beigefügt worden.

Eine Stunde später empfahl sich Graf Ronald bei den Damen. Mansuet und Schimmelreiter begleiteten ihn bis an den Wagen, und machten dann einen weiten Spaziergang auf der Landstraße. Erst bei sinkender Nacht kamen sie heim. Sie waren die ganze Zeit hindurch fast stumm nebeneinander hergegangen.

Jetzt, als sie schon unter das Haustor traten, sprach Schimmelreiter: «Ja, ja, Sie sind nun eine glänzende Partie, und ich bin eine sehr annehmbare.»

«Was sind Sie?» fragte Mansuet.

«Eine annehmbare Partie», wiederholte Schimmelreiter und zupfte sich an dem dünnen, borstigen, weit abstehenden Barte. Er sah mit seinem runden Gesichte, seiner flachen Nase und seinen großen Augen einem Seehunde ähnlicher denn je.

«Besonders Ihre fünfundfünfzig Jahre werden die Frauenzimmer locken» sprach Weberlein wegwerfend.

«Ich wünsche mir keinen Backfisch» rief sein Kollege eifrig, und fügte nach einer Pause, während der Mansuet ihn spöttisch von der Seite ansah, stockend und in großer Verlegenheit hinzu: «Diejenige, welche — ist bereits mittelalterlich.»

Aber schon im nächsten Augenblicke wollte er, wie Lazarillo, lieber gestorben sein, als diese Rede ausgesprochen haben, denn er hörte neben sich ein derart schneidendes «So?!», als hätte es eine Schlange gezischt. Der kleine Mansuet fuhr mit beiden Händen in die Taschen seines Rockes, hob sich so hoch er konnte auf den Fußspitzen empor und sagte dem großen Schimmelreiter trocken in den Bart hinein: «Beruhigen Sie sich! — Diejenige nimmt Sie nicht.» Mit diesen Worten wandte er sich, und war so rasch verschwunden, als hätte ihn der Boden verschlungen.

Während sich dieses zu ebener Erde ereignete, saßen im düsteren Speisezimmer des ersten Stockes Nannette und ihre Tochter beim Abendessen. Regula hatte keinen Appetit und machte schon zum zweitenmal die Bemerkung, daß Graf Ronald ein angenehmer, aber doch gar stiller und schweigsamer junger Mann sei. Mit ihr zum Beispiel habe er keine Silbe gesprochen.

Nannette legte das Stückchen Brot, das sie eben im Begriffe war, in den Mund zu stecken, auf den Tisch, betrachtete es eine Weile tiefsinnig und sagte, indem sie einen fast schalkhaften Blick auf ihre Tochter warf, nichts könnte mehr für ihn sprechen, als — daß er nicht gesprochen habe.

In ihrem Zimmer, im zweiten Geschosse des Hauses, saß Božena bei einer flackernden Kerze und nähte an einem Kinderkleidchen. Neben ihrem großen Bette stand ein kleines, das einst Rosa gehört hatte, als diese noch ein Kind war. Jetzt schlief ihr verwaistes Töchterlein darin. Sie selbst aber, und ihrer gedachte Božena in dieser Stunde, sie schlief am Fuße des Negoi, in einem stillen Alpentale im fernen Grabe. Dort ruhte sie umsungen von den geheimnisvollen Liedern des Sturmes, umhüllt von der schimmernden Decke des Schnees, für alle tot; nur lebend noch in der Erinnerung einer armen Magd, und in den Träumen eines schlafenden Kindes.

*

Mansuet hatte recht gehabt. Nannette hütete sich wohl, Božena zu entlassen.

Sie war viel zu klug, um sich über ihre geringe Befähigung zur Ausübung des Hausfrauenberufes zu täuschen, und daß Regel in diesem Punkte in ihre Fußtapfen trat, wußte sie ebenfalls. So konnte ihr nichts willkommener sein, als Boženas tätige und umsichtige Hilfe. Und nicht nur praktischen, auch moralischen Vorteil schaffte deren Gegenwart. Daß Frau Heißenstein das Kind und die Magd der entlaufenen Stieftochter, die ihr eigener Vater verstoßen, aufgenommen hatte, erregte die Bewunderung der ganzen Stadt. Sich ein Verdienst aus einer Handlung machen, die ihr zum Nutzen gereichte, wie entsprach das Nannettens Neigungen!

Božena trachtete «der Frau» das kleine Röschen so viel wie möglich aus den Augen zu schaffen, denn sein Anblick berührte die Stiefgroßmutter sehr unangenehm. Um keinen Preis jedoch hätte Božena zugegeben, daß es auch nur einmal heißen könne, sie habe dem Kinde zuliebe das Geringste im Dienste Nannettens oder Regulas versäumt. So traf es sich, daß, infolge einer schweigenden Übereinkunft zwischen der Magd und ihrem alten Gönner, dieser sehr oft die Stelle einer Wärterin und eines Hofmeisters bei der Kleinen versah. Er weihte sie in die Geheimnisse des Lesens und Schreibens ein, lehrte sie die Volkshymne singen, führte sie sonntags zur Kirche und war täglich in der Mittagsstunde mit ihr auf der Promenade zu sehen. Und wie stolz schritt er da neben ihr einher! So schreitet nur noch eine ruhmbedeckter Kanonier neben der schönen Köchin seines Herzens. Der sechzigjährige Mansuet lebte auf in der Liebe zu Röschen; diese neue Leidenschaft stellte sogar seine alte Neigung für Božena in den Schatten. Ja, ja — es ist nicht zu leugnen: allmächtig wirkt der Reiz der Jugend, unwiderstehlich der Zauber der Anmut, er bezwingt selbst die gefeite Seele, und: «ein gebrechlich Wesen ist» — der Mann.

Woche um Woche verging, Monat um Monat. Im Hause Heißenstein wurde es immer stiller, denn seine Gebieterin kränkelte und siechte dahin. Tiefe Melancholie hatte sich ihrer seit dem Todes ihres Mannes bemächtigt. «Er zieht sie nach», sagten die Leute. Sie nahm sichtbar ab; wenn man sie aber fragte, ob sie sich krank fühle, erwiderte sie fast erschrocken, sie habe sich niemals besser befunden. Der Arzt meinte, ihre Nerven seien angegriffen, der herannahende Frühling, der häufige Aufenthalt in freier Luft werde sie herstellen. Der Frühling kam, doch brachte er keine Veränderung im Befinden Nannettens herbei. Sie litt an Schlaflosigkeit, sie fieberte.

Eines Tages ließ sie Doktor Wenzel rufen und ersuchte ihn, alle gesetzlichen Schritte einzuleiten, um Regula, die im Begriffe stand in ihr zwanzigstes Jahr zu treten, großjährig sprechen zu lassen. Nannette sah der Erfüllung dieses Wunsches mit einer Ungeduld entgegen, die wohl verriet, daß sie keineswegs so ruhig über ihren Gesundheitszustand war, wie sie vorgab. Was sie quälte, war aber nicht die Furcht vor dem Tode, sondern eine peinliche Erinnerung, von der sie sich vergeblich loszumachen suchte. Sie wurde, was sie niemals gewesen war, zerstreuungsbedürftig und zu gleicher Zeit außerordentlich fromm. Sie brachte, trotz aller Warnungen des Arztes, der die größte Schonung empfahl, ihre Tage damit zu, ihre Bekannten und die Kirchen zu besuchen. Erschöpft oder aufgeregt kehrte sie heim, niemals jedoch aufgeregter, als wenn sie aus dem Beichtstuhle kam. An solchen Tagen wirkte der Anblick Röschens wie der eines Schrecknisses auf sie. Niemand konnte sich das erklären, nur Božena sagte zu Mansuet, sie verstehe es wohl. Božena war übrigens die Vorsicht selbst; niemals kam ein Wort über ihre Lippen, das auch nur dem Schatten eines Vorwurfs gegen «die Frau» geglichen hätte.

Der Arzt fand endlich einen Namen für Nannettens Krankheit, er nannte es ein Zehrfieber, und erteilte seiner Patientin den Rat, nach der Schweiz zu reisen.

«Werde ich dort gesund? Stehen Sie mir dafür?» fragte sie, und rief, als er eine ausweichende Antwort gegeben hatte: «Schon gut, schon gut. Lassen Sie mich zu Hause ...» Sie vollendete den Satz nicht, warf einen feindlichen Blick auf den Arzt und entließ ihn.

Er ging, durchdrungen von Bewunderung für die starkmütige Frau, und sorgte für die Verbreitung ihres Ruhmes.

Sobald Regula großjährig erklärt worden war, eröffnete ihre Mutter eine lebhafte Korrespondenz mit der Freiin von Waffenau, in der viel von dem Grafen Ronald die Rede war. Er selbst ließ sich nicht blicken.

Nebst den geselligen Verpflichtungen und den frommen Übungen, die sie sich auferlegt hatte, nahm die Abwickelung der Erschaftsangelegenheit und die Auflösung des Heißensteinschen Geschäftes die Witwe in Anspruch. Sie entfaltete eine staunenswerte Tätigkeit, sie wollte vom kleinsten Detail selbst Kenntnis nehmen, sie ließ sich täglich durch Wenzel Bericht erstatten, verhandelte mit Mansuet, beriet sich mit Schimmelreiter, den sie zu ihrem Sekretär ernannt hatte.

Aber seltsam, all die Interessen, die sie mit so großem Eifer betrieb, füllten ihre Seele nicht aus. Ein rätselhaftes Etwas, ein Gedanke, nie ausgesprochen, immer zurückgewiesen, immer wiederkehrend, ein quälender Mahner und Bedränger, hielt sie in seinem Banne. Mitten im Gespräche überkam es sie plötzlich, faßte sie mit unsichtbaren Händen, und in ihrer Kehle erstarb der Laut, auf ihrer Zunge das Wort. Ihr glanzloses Auge irrte unstet und ohne Blick umher; in peinvolles Sinnen versunken schien sie der Gegenwart und allem, was sie umgab, entrückt.

Einmal geschah es, daß Nannette in einer Anwandlung dieser Art sich rasch erhob, geschäftig zu ihrem Schranke eilte, ihn öffnete und unbeweglich vor ihm stehen blieb. Ihre Hände sanken herab ...

«Mutter!» rief Regula, nicht eben liebevoll, «was ist Ihnen, was suchen Sie?»

Nannette wandte sich ihr zu, wie traumverloren, mit dem Gesichte einer Nachtwandlerin: «Den Brief» flüsterte sie, «um ihn zu verbrennen. Aber — er ist schon verbrannt.»

«Welchen Brief, Mutter?»

Nannette legte den Finger auf ihren Mund, sah ängstlich um sich und sprach: «Schweigen! Schweigen!»

Kurze Zeit darauf fand Regula die bleiche Frau im Halbdunkel in der Mitte des Zimmers stehen; regungslos wie eine Wachsfigur stierte sie vor sich nieder, und ihre aufrechte Haltung bildete einen unheimlichen Gegensatz zu dem Ausdruck tödlicher Erschöpfung in ihrem Angesichte. Regula näherte sich ihr und fragte sie mit leisem Grauen: «Mutter, woran denken Sie?»

Die Angerufene erschrak, ein Schauer rieselte durch ihren Körper; als sie das Auge erhob und ihre Tochter erkannte, beugte sie sich ganz nahe zu ihr und sagte ihr ins Ohr: «An den letzten Blick des Sterbenden.»

«Beruhigen Sie sich, beruhigen Sie sich, Sie sind aufgeregt», ermahnte Regula, führte Nannette zum Sofa und nötigte sie, sich zu setzen.

«Ich bin nicht aufgeregt, liebes Kind», erwiderte die Kranke in kaltem Tone und verzog die Lippen zu einem schwachen Lächeln. «Ich überlege nur, wie schade es ist, daß ich mich damals gegen die Reise Mansuets aussprach, und daß ich jenen Aufruf nicht veröffentlichen ließ. Es wäre dadurch nichts verdorben worden, es wäre trotzdem alles gekommen, wie es kam, und — wie edel hätten wir gehandelt!»

«Es kann uns auch jetzt niemand einen Vorwurf machen», meinte Regula.

Nannette schwieg eine Weile, dann sagte sie: «Und

der Dank des Sterbenden, mein Kind, — wäre er dann nicht gerechtfertigt gewesen?»

«Scheinbar, Mutter», sprach Regula. Sie begriff diese seltsame Reue nicht.

Frau Heißenstein legte ihre Hand auf die Hand ihrer Tochter. «Scheinbar ... Unterschätze nie den Wert des Scheines. Schein ist alles, was sich nicht greifen, nicht mit Ziffern berechnen, nicht mit der Waage wägen läßt. Ehre, Ansehen vor der Welt — guter Name — wo läge da zwischen Schein und Wesen die Grenze? — Scheine achtungswert — du bist es!» fügte sie mit etwas erhobener Stimme hinzu, und Regula wußte ihr nichts zu antworten, als: «Sie sind so eigen, Mutter!»

Es wurde immer schlimmer mit Nannette. Der Arzt erzählte jedem, der es hören wollte, im Vertrauen, sie werde schwerlich den Herbst überleben. Regula diese traurige Mitteilung zu machen, fehlte ihm teils der Mut, teils die Gelegenheit. Sie wich ihm ängstlich aus, sie fragte ihn höchstens im Vorbeieilen: «Es geht besser, nicht wahr?» und schlüpfte hinweg, ohne seine Antwort abzuwarten. Ihr lag vor allem daran, sich so lange als möglich über das bevorstehende Unglück zu täuschen, mußte es kommen, so wollte sie davon überrascht werden. Sie war sparsam mit ihren Gefühlen, sie fürchtete — natürlich unbewußt — eine vor der Zeit geweinte Träne könne auf Kosten der Anstandszähre vergossen worden sein, die im entscheidenden Augenblicke nicht fehlen durfte.

Die Zeit kam, in der Nannette das Zimmer nicht mehr verließ, es ging rasch mit ihr zu Ende. Sie hatte sich in ihren letzten Lebenstagen ganz an

Božena geschlossen, die kaum mehr von ihrer Seite weichen durfte. Wurde ein Besuch vorgelassen, so war es der Kranken angenehm, die Dienerin vorstellen und sagen zu können: «Es ist unsere brave Božena, sie hat die Enkelin meines Mannes zurückgebracht. Sie wissen, das Kind seiner unglücklichen Tochter.»

Ein Jahr nach dem Tode Heißensteins kämpfte seine Witwe ihren letzten Kampf. Der Arzt erklärte eines Abends, er werde die Nacht im Hause zubringen. Regula schlich still und verstört umher, immer nur bemüht, sich zu fassen. Sooft sie an das Bett ihrer Mutter trat, winkte diese sie hinweg: «Denn», flüsterte die Kranke Božena zu, «es greift sie zu sehr an.»

Wie auf eine schweigende Verabredung versammelten sich die Hausgenossen gegen zehn Uhr im Zimmer, das an Frau Nannettens Schlafgemach stieß. Die Lampe stand auf dem Tische, auf dem Kanapee saß Regel, häkelte an etwas sehr Feinem und Kunstvollem, und mußte immerfort Maschen zählen. Zu ihrer Rechten hatte der Doktor Platz genommen, beide Arme auf die Lehnen seines Fauteuils gestützt, und betrachtete mit wohlgefälliger Aufmerksamkeit seine, wie zur allgemeinen Bewunderung ausgelegten, dicken und reich beringten Finger.

Der Geistliche, der der Kranken vor acht Tagen auf ihren ausdrücklichen Wunsch die Sterbesakramente gereicht hatte, Mansuet, der gekrümmt wie ein Sprenkel auf einem kleinen Ecksofa saß, und Schimmelreiter, der bereits ein wenig schnarchte, hielten sich im Hintergrunde des Zimmers.

Um Mitternacht hörte man Nannette laut und eifrig sprechen, der Arzt und der Priester begaben sich zu ihr, kamen aber sogleich wieder zurück, weil die Kranke, die bei vollem Bewußtsein war, allein mit Božena zu bleiben wünschte.

Mansuet stellte leise dem Doktor eine Frage, auf welche dieser, für alle vernehmlich, antwortete: «Vermutlich bis zum Morgen.»

Er setzte sich wieder in seinen Fauteuil und nickte ein. Die andern, selbst der Geistliche, ein noch sehr junger Mann, der bis jetzt wacker mit dem Schlafe gekämpft hatte, folgten seinem Beispiele.

Es schlug ein Uhr, die Lampe begann düsterer zu brennen, im Nebenzimmer war es still geworden. Regula lehnte sich zurück, sie kreuzte die Arme, sie schloß die Augen. Kalte Schauer liefen ihr über den Rücken.

«Ich sollte zu meiner Mutter», dachte sie, «ich sollte ...» Aber sterben sehen ist fürchterlich, sie hat es schon einmal erfahren. Und sie zögert und verfällt endlich in einen unruhigen Schlummer, aus dem sie plötzlich auffährt.

Ihr gegenüber steht Božena, totenbleich.

«Meine Mutter stirbt!» spricht das Fräulein.

«Sie ist tot», antwortet die Magd mit leiser Stimme: «Kommen Sie.» Sie faßt die Zitternde, Schwankende, und von ihr geleitet begibt sich Regula an das Totenbett ihrer Mutter.

Von den Schläfern war keiner erwacht.

Weder der Arzt noch der Priester wollten es Wort haben, daß sie im entscheidenden Momente nicht auf ihrem Posten gewesen, und widersprachen denen nicht, die zu erzählen wußten, Nannette sei nach herzzerreißendem Abschied in den Armen ihrer Tochter gestorben.

## 12.

Nun waren sie allein, die altgeborene Regel, die unverwüstlich junge Božena und das immer fröhliche Röschen; wohl selten würfelt «seine Majestät, der Zufall» größere Kontraste zusammen. Beschirmend waltete der Geist Mansuets über dem seltsamen Kleeblatte. Der Alte war dem Fräulein Heißenstein freundlicher gesinnt seit dem Heimgange Nannettens; weil sie nicht mehr unter dem schädlichen Einfluß ihrer Mutter stände, meinte er; in der Tat aber nur deshalb, weil er sich jetzt als Regels Beschützer fühlte. Trotz all ihres Ernstes, all ihrer Weisheit bedurfte sie seines Rates, holte ihn gern ein und befolgte ihn sogar.

«Sie hat Heißensteinsches Blut in den Adern, das muß sich nolens volens dokumentieren!» versicherte Mansuet eines Tages Božena und dem Sekretär. «Warten Sie nur, geben Sie nur acht: Nächstens tut sie etwas für das Kind.»

Aber Schimmelreiter schüttelte zweifelnd den Kopf, er sprach: «Sie ist nicht verpflichtet, etwas für das Kind zu tun, also wird sie auch nichts tun. Wie lautet Ihre werte Meinung?» wandte er sich galant an Božena.

Diese antwortete in der bedachtsamen Weise, die sie seit ihrer Rückkehr angenommen hatte: «Ich hoffe auf ihre Großmut!»

«Prosit!» sagte Schimmelreiter, dem es infolge eifrigen Bestrebens gelungen war, sich einige von Mansuets Redewendungen anzueignen. «Leichter pressen Sie Himbeersaft aus einer Zitrone, als eine großmütige Regung aus dieser Seele.»
Božena schwieg und ließ sich auf keine weitere Erörterung ein.
«Sie widerspricht mir nicht gern», erklärte später der Sekretär Schimmelreiter mit Selbstgefühl.
«Sie widerspricht überhaupt keinem Menschen mehr», dachte Mansuet. «Mißtraut sie uns? Oder ist ihr alles so gleichgültig geworden, daß sie nicht einmal ein Wort dafür einsetzen mag? Was geht in ihr vor? ... Gott mag es wissen!»

*

Nach dem Tode der Frau Heißenstein hatte Graf Ronald ihrer Tochter einen teilnahmsvollen Brief geschrieben, aber gekommen war er nicht. All die Arbeit, die er sich aufgebürdet, dürfte ihn abgehalten haben, meinte Regel; muß er doch die Geschäfte der Beamten versehen, die man in Rondsperg entlassen hatte, weil man sie nicht mehr besolden konnte.
Er war jetzt Direktor, Rentmeister, Förster und Wirtschafter in einer Person. Mit eisernem Fleiße mühte er sich ab, um die Armut fernzuhalten von seinem väterlichen Dache. Der alte Graf wollte nicht wissen, wie es um seine Verhältnisse stand. Vermochte Ronald es einmal nicht zu verhindern, daß ein ungeduldiger Gläubiger sich an den Greis drängte, dann wies ihn dieser an seinen Sohn, der die Leitung der Geschäfte allein übernommen habe. Den

aber fragte er mit einer gewissen Schadenfreude, wann endlich die Segnungen des von ihm eingeführten neuen Regimes eintreten würden?
Daß sein Wohlstand für immer entschwunden sei, daran vermochte er ebensowenig zu glauben, als an den Bestand der neuen Staatsordnung. Rondsperg war ja ein Juwel, Rondsperg besaß ja unerschöpfliche Hilfsquellen. Sein Besitzer konnte durch die Ungunst der Zeiten in augenblickliche Verlegenheiten geraten, aber nicht in dauernde.
Wäre Roland auch imstande gewesen, seinem Vater diesen beglückenden Wahn zu rauben, er hätte es nicht getan; dazu liebte er ihn viel zu sehr. So setzte er denn unverdrossen seine vergebliche Arbeit fort. *Ein* Entschluß hätte freilich das bevorstehende Unheil wenigstens verzögern und dem Sohne einen Teil des väterlichen Gutes retten können: man hätte Rondsperg verpachten müssen. Aber bei dem alten Grafen fand das Wort «Verpachtung» ebensoviel Anklang, wie bei jedem unumschränkten Herrscher das Wort «Konstitution». Ronald sprach es einmal aus, und — niemals wieder.
Regula Heißenstein war von diesen Verhältnissen genau unterrichtet. Der ehemalige Direktor von Rondsperg hatte sich in Weinberg ein nettes Haus gebaut und lebte dort in behaglichem Wohlstande. Er traf Schimmelreiter oft beim «Grünen Baum» und sprach gern mit ihm von dem Schauplatze seiner einstigen Taten. Er war ein gutmütiger Mann, und bewahrte auch den gnädigen Herrschaften, die er fünfundzwanzig Jahre lang, soviel es irgend an ihm lag, bestohlen hatte, ein freundliches Interesse. Dem Sekretär Regulas gegenüber ließ er es an zarten

Winken nicht fehlen, welch ein verdienstliches Werk es wäre, den braven jungen Grafen aus aller Not zu retten, indem man ihm zu einer reichen Heirat verhülfe.

«Ein Goldfischchen, wie das Fräulein Heißenstein, das wäre halt was für ihn!» sagte der Direktor mit diplomatischem Lächeln.

«Ein adeliger, schöner Mann, wie der Graf von Rondsperg, das wäre was für sie!» erwiderte der Sekretär und schmunzelte auf das verbindlichste.

Die beiden Ehestifter machten einen Überschlag der Kosten, die erforderlich wären, um Rondsperg wieder ertragsfähig zu machen, die verpfändeten Grundstücke einzulösen, die eingestürzten Wirtschaftsgebäude aufzurichten, den fundus instructus zu erneuern; und eine Stunde später teilte schon der Herr Sekretär seinem Fräulein die Ergebnisse dieser Berechnungen mit. Sie nahm seinen Bericht gleichgültig entgegen, wie etwas, das sie gar nicht kümmerte, begab sich aber flugs an ihren Schreibtisch und begann sofort auf eigene Hand eifrigst zu rechnen. Sie fand, zu ihrer lebhaften Befriedigung, daß die Summe, um die sich's handeln würde, so ansehnlich sie auch war, doch kaum ein Viertel ihres mobilen Vermögens betrug. Dieses Resultat versetzte sie in so gute und unternehmende Laune, daß sie noch selbigen Tages an Ronald schrieb, um ihm für die Teilnahme zu danken, die er ihr bei Gelegenheit des Todes ihrer unvergeßlichen Mutter ausgesprochen hatte.

Ihr Brief war mit all der Zurückhaltung verfaßt, die höchste Wohlerzogenheit einer jungen Dame, einem jungen Herrn gegenüber, auferlegt; der Stil wie gedrechselt, die Schrift wie gestochen. Es war ein Muster von einem Briefe und konnte nicht verfehlen, auf Ronald und seine Eltern, denen der Empfänger ihn doch gewiß mitteilen würde, den besten Eindruck hervorzubringen. Eine Danksagung dürfte kaum ausbleiben, und Regula nimmt sich vor, dieselbe nicht unbeantwortet zu lassen. Die Korrespondenz kommt in Gang, es folgt wohl einmal eine persönliche Begegnung. Die Kapitalistin erkundigt sich freundlich nach den Erfolgen der Tätigkeit des Landwirtes. Vertrauen belohnt ihre Teilnahme. Sie — in ausnehmend delikater Weise — bietet Hilfe. Er — nicht minder delikat — zögert anfangs und — gibt endlich nach: «Unter einer Bedingung, mein Fräulein! . . . Die Hand, von der ich annehme, muß mein werden!» — «O Herr Graf — Sie mißverstehen — Sie verkennen vielleicht die uneigennützige Absicht...» — «Kein Wort weiter, Edelste!...» Sein Schnurrbart ruht auf ihren Fingerspitzen; — der Rest ist Schweigen — Soll und Haben finden sich.

Während Regula von der Eroberung Ronalds träumte, träumten alle spekulativen Junggesellen und alle noch heiratsfähigen Witwer in Weinberg von dem Glück, die Erbin heimzuführen. Der eine tat es mit mehr, der andere mit weniger Zuversicht; doch kam jedem, wenn auch nur in einem Augenblicke des Übermuts, der Gedanke, die Heißensteinschen Reichtümer seien bestimmt, von ihm eingeheimst zu werden. Regula sah sich bald von einem Heere huldigender Freier umschwärmt, die nichts so emsig suchten, als die Gelegenheit, ihr Beweise der Ehrfurcht und Bewunderung zu geben und den heißen Wunsch an den Tag zu legen, der Alleinstehenden ihren Schutz angedeihen zu lassen und sich ritterlich zwischen sie und die Fährlichkeiten der bösen Welt zu werfen.

Das korrekte Fräulein empfing selbstverständlich keine Herrenbesuche; nur an drittem Orte war sie für ihre männlichen Sklaven zu treffen. Um so eifriger wurde sie von dem weiblichen Anhang ihrer Bewerber, von deren zärtlichen Müttern, Schwestern und Basen belagert. Diese ließen es nicht fehlen an der ausbündigsten Schmeichelei, und Regel sog dieses gefährliche Gift mit immer wachsendem Wohlgefallen ein. Wie schoß jetzt ihre, bereits von Frau Nannette zärtlich gepflegte Eitelkeit in die Blüte! Wie trugen die Verhältnisse dazu bei, ihren Durst nach Lob zu erhöhen! Sie war die unumschränkte Herrin ihrer werten Person, es galt nicht erst einen bärbeißigen Vater, eine launische Mutter, einen einflußreichen Verwandten zu gewinnen, um sich der Ersehnten nahen zu dürfen. Kein Ausdruck der Ergebenheit ging unterwegs verloren, jedes überschwengliche Wort gelangte unmittelbar an seine richtige Adresse, der Duft jedes Weihrauchkörnleins, das ein frommer Beter um Regulas Minnesold zu verbrennen für gut fand, wurde von der Göttin selbst eingesogen.

Ein Jahr nach dem Tode ihrer Mutter konnte Regula schon ebenso viele Briefe, als seitdem Tage verflossen waren, in die Lade legen, in der sie ihre teuersten Erinnerungen verwahrte. Und alle diese Briefe enthielten mehr oder minder unumwunden ausgesprochene Heiratsanträge. Von ihren Bewerbern durfte keiner sich rühmen, daß sie ihm die leiseste Hoffnung gegeben, und keiner sich beklagen, daß sie ihm die kühnste Hoffnung genommen habe. Sie hatte niemals an eine andere Verbindung, als an die mit dem Grafen Ronald gedacht, aber dennoch wollte sie von ihren zahlreichen Freiern nicht einen missen. Eine volle Woche hindurch war sie verstimmt, weil ein Witwer von fünfzig Jahren, der überdies Krautwurm hieß, unzufrieden mit der ausweichenden Antwort, die sie ihm erteilte, sich rasch resolvierte und eine andere Wahl traf, die sofort Genehmigung fand.

Fräulein Regula hielt es mit dem Futter für ihre Eitelkeit wie Voltaire mit seinem Ruhme: Er hatte davon für eine Million, aber er wollte noch für einen Sou.

Seit der Erfahrung, die sie an Herrn Krautwurm gemacht hatte, wurde sie noch vorsichtiger in der Behandlung ihrer Bewunderer. Dennoch gab es einen unter ihnen, den sie mißhandelte; zugleich der einzige, der Zutritt in ihr Haus erhalten, da er im Laufe der Zeiten Röschens Unterricht in den sogenannten deutschen Gegenständen übernommen hatte. Er war ein blonder, hübscher junger Mann mit dunkelblauen Augen und einem Vollbarte. Ihm war im Leben alles verkehrt gegangen. Er war zum Poeten geboren und wurde Professor der Mathematik, er schwärmte für Schönheit und Güte und — verliebte sich in Regula. Ja, er verliebte sich in sie. Was nicht einmal einem Geizhalse, dem reichen Fräulein gegenüber, gelang — er brachte es zuwege, oder vielmehr ihn überfiel's, wie ein reißendes Tier aus dem Busche den ahnungslosen Wanderer überfällt.

Wie es möglich war, daß dieses reizlose Geschöpf eine brennende Leidenschaft erregte — wer kann es begreifen? Der *nicht*, der meint, das Entstehen der

Liebe bedürfe eines andern Grundes als die Beschaffenheit des Herzens, dem sie entspringt. Was gefiel dem Professor Ludwig Bauer an Regula? Ihre frostige Höflichkeit? Ihr wächsernes Gesicht? — Was trieb ihn zu ihr? — Vielleicht nur das Verhängnis, das zu manchem Menschen spricht: Hier ist eine Gelegenheit, tief unglücklich zu werden — ergreife sie! Hier fließt ein Strom unsäglicher Leiden — stürz dich hinein!

Der junge Professor liebte das Fräulein Heißenstein mit einer grimmigen, stets beleidigten und gekränkten Liebe, die ihm alle Lebensfreude verdarb und die er nur um so hartnäckiger festhielt mit verbissener Treue. Um Regula täglich sehen zu können, bot er sich an, ihrer kleinen Nichte Unterricht im Rechnen und in der Grammatik zu geben. Die Tante ging sehr gern auf diesen Vorschlag ein. Sie fürchtete ohnedies, es könne auffallen, daß «ein ungebildeter Kommis» der alleinige Führer des nun schon achtjährigen Kindes auf den Pfaden der Wissenschaft sei. Hingegen geriet ganz Weinberg in Bewunderung, als es bekannt wurde: Ein Professor des Gymnasiums bringe jetzt in eigener Person der kleinen Waise die vier Spezies bei und führe sie am Ariadnefaden seiner Weisheit durch das Labyrinth der Endungen.

Es ist erstaunlich! — Und was das kosten mag! Ja, Fräulein Heißenstein ist eben jederzeit und immer, man kann nur sagen: großartig!

Allabendlich Schlag sechs Uhr trat Professor Bauer in das Speisezimmer, wo Röschens Lehrtisch in einer Fensternische aufgeschlagen war, und wo sie ihn seufzend erwartete, aber nicht seufzend aus Ungeduld. Sein erstes Wort lautete regelmäßig: «War Fräulein Tante nicht da? Wird Fräulein Tante nicht kommen?» Und kam sie nicht, dann hatte Röschen eine schlimme Stunde. Erschien sie aber, so beeilte er sich, zu sagen: «Es ist gut, du warst sehr brav, du bist fertig.»

Ei, wie rasch sie in diesem günstigen Falle ihren kleinen Lehrkram zusammenräumte, sich in einen Winkel des Zimmers verkroch und auf ihre Schreibtafel, statt Ziffern, Herrn und Damen zeichnete, mit unförmig großen Köpfen und unglaublich dünnen Armen, an deren Enden fünf Stängelchen hingen, die sich für Finger ausgaben.

Sobald Ludwig Bauer die von ihm Angebetete erblickte, wurde er entweder mürrisch oder verlegen. Ein nicht erhörter Liebhaber ist selten liebenswürdig, er tut gewöhnlich das möglichste, um seine Sache zu verschlimmern. Von seinen Gefühlen zu sprechen, war dem Professor selten erlaubt, um Regulas stets zur Abwehr bereite Tugend nicht unter die Waffen zu rufen. Versuchte er es aber, sich angenehm zu machen, indem er interessante Dinge vorbrachte, die den gebildeten Geist des Fräuleins mit neuen Erkenntnissen schmücken sollten, dann kam er meist am schlechtesten an. Regula empfand einen wahren Abscheu vor allem Wissen, das sie nicht selbst besaß, und hatte bei den Erörterungen des Professors eine Art, den Mund zu verziehen, zerstreute Blicke umherzuwerfen und mit fast geschlossenen Lippen zu sagen: «Warum nicht gar» — die ihn jedesmal auf das gramsamste beschämte.

Zu andern Zeiten wieder benahm sich Bauer höchst stürmisch und ungebärdig. Röschen konnte sich eines

Tages nicht genug darüber wundern, daß ihre Tante so gar keine Angst vor ihm zu haben schien, sondern sein heftiges Gezänke mit Ruhe, ja mit einem Lächeln der Befriedigung anhörte.

«Stimmen Sie sich herab, stimmen Sie sich herab, Bester!» sagte sie.

Sie sagte «Bester» zu einem Menschen, der schrecklich böse war — Röschen konnte darauf schwören.

Der Professor stand auf, machte einen Gang durch das Zimmer, trat vor Regula hin, kreuzte die Arme und sprach: «Ich bin Ihnen so gleichgültig wie der Hund, der dort über den Platz läuft ... Sie haben kein Herz, Fräulein!»

Regula warf einen Blick auf das Kind, das in der Ecke des Zimmers spielte, und entgegnete in ermahnendem Tone: «Sie wissen nicht, was Sie reden!»

«Nicht? ... Bin ich Ihnen etwa nicht gleichgültig? ... Antworten Sie mir!» rief der arme Professor in einem Atem flehend und drohend.

«Sie könnten es mir werden, wenn Sie so fortfahren — Freund», säuselte das Fräulein und schlug züchtig die Augen nieder. «Wäre das nicht traurig? ... Freundschaft ist so schön — denken Sie an Jean Paul ... Ich möchte Sie nicht verlieren ...»

«Fräulein! Fräulein! — o Fräulein!» war alles, was er hervorbrachte im Sturme seiner Gefühle. Regula richtete sich kerzengerade auf; murmelte etwas von Anmaßung und Tyrannei, die sie sich verbitten müsse, und machte eine verabschiedende Handbewegung.

«Oh!» stöhnte Ludwig, gerade wie Othello: «Oh! — Oh! —» und stürzte zur Tür hinaus.

Röschen hatte sich in ihrer Angst hinter einen der

hochlehnigen Sessel gekauert und erwartete, ihre Tante werde sich gleichfalls in Sicherheit zu bringen suchen. Sie machte ihr schon Platz neben sich: «Komm hierher!» flüsterte sie, fürchtend, der wütende Professor könnte wiederkehren.

Aber für das Kind war heut ein Tag der Überraschungen. Statt besorgt zu scheinen, sah die Tante dem Enteilenden mit einem triumphierenden Blick nach, und versuchte sogar, ein Liedchen zu trällern; aber das mißlang ihr, denn sie hatte weder Gehör noch Stimme, oder vielmehr beides falsch und ungehorsam, und wenn sie singen wollte: «Der Eichwald brauset, die Wolken ziehen», geriet sie jedesmal in die Melodie von: «Robert — Robert, mein Geliebter!»

*

Ungefähr um dieselbe Zeit sah Mansuet den guten Schimmelreiter mit ganz verstörtem Gesicht aus dem Zimmer Boženas treten. Er nahm im Gehen eine neue schwarze Krawatte von seinem Halse ab und ersetzte sie durch die dunkelgrau und grün quadrillierte, die er gewöhnlich trug. Als er an Weberlein vorüber sollte, machte er, um ihm auszuweichen, einen so großen Bogen, als die Breite des Ganges irgend erlaubte. Aber das half ihm nichts. Sein Freund schritt resolut auf ihn zu, nahm vertraulich seinen Arm und sprach: «Na, wissen Sie's jetzt? Sie hat ‹Nein› gesagt, versteht sich?»

Schimmelreiter sah noch immer um sich mit Blicken, starr und gläsern, wie die eines Menschen, der eben einen großen Schrecken gehabt hat. Grenzenloses

Erstaunen, die höchste Bestürzung malten sich auf seinem runden Gesichte.

Plötzlich blieb er stehen, faßte Mansuets beide Hände und, indem er sich zu dem kleinen Manne niederbeugte, flüsterte er ihm zu: «Sie hat, denken Sie, sie hat ‹Nein› gesagt — denken Sie sich das!»

Und nun ließ er Mansuets Hände los und rang die seinen wie ein Trostloser.

Der Alte redete ihm zu: «Beschwichtigen Sie sich. Wissen Sie was? — Machen Sie sich nichts daraus.»

Der abgewiesene Freier mußte zugeben, daß er nicht leicht etwas Klügeres tun könnte. — Aber freilich, gleich das Klügste zu tun, wer trifft das so leicht? Überdies würde die Sache damit noch nicht abgetan sein. Das Schlimmste kommt nach! Das Gerede der Leute. «Alle Leute werden es erfahren!» jammerte Schimmelreiter.

«Was fällt Ihnen ein?» fragte Mansuet. « Die Božena schwatzt nicht, und außer ihr weiß es niemand.»

Der Sekretär gestand, das Fräulein wisse es, ihr habe er pflichtschuldig gemeldet, er gehe mit dem Gedanken um, «sich zu verändern». Freilich ohne ihr mitzuteilen, auf wen seine Wahl gefallen sei.

«Dann ist ja alles vortrefflich!» sagte Weberlein, «dann gehen Sie gleich und nehmen eine andere.»

Diese Äußerung rief, so brutal sie schien, durchaus keine Entrüstung bei Schimmelreiter hervor, er meinte vielmehr, das sei zu überlegen, kam jedoch alsbald wieder auf die Katastrophe zurück, die jetzt seine ganze Seele erfüllte.

«Aber, die Božena! ... Begreifen Sie die Božena? Begreifen Sie, daß sie mich ausgeschlagen hat? Sie hätte doch wirklich ein Glück mit mir gemacht. So eindringlich habe ich es ihr vorgestellt! — Es nützte nichts. Sie wird niemals heiraten, behauptet sie. Ich lasse nicht nach mit Fragen: Warum? warum? Ob sie ihr Herz an einen gehängt hat, den sie nicht kriegen kann? — Ob sie gar so hoch hinaus will? — ‹Nein! nein!› sagt sie. ‹Was also hält Sie ab?› sag ich. Und sie darauf: ‹Ein unübersteigliches Hindernis.› — ‹Das immer bleiben wird?› — ‹Immer.› — ‹An dem nichts zu ändern ist?› — ‹Nichts. Lassen Sie es jetzt gut sein, Herr Sekretär.› — Und ich hätte es sollen gut sein lassen. Aber da reitet mich der Teufel, daß ich nicht schweigen kann, daß ich noch frage: ‹Wenn dies unübersteigliche Hindernis nicht wäre, würden Sie mich dann nehmen?› — Glauben Sie es, oder nicht — sie antwortet mir: ‹Wenn Sie es durchaus wissen wollen: auch dann nicht.› Ja: ‹Auch dann nicht›, hat sie gesagt. Und jetzt möchte ich wissen, sie ist ja gut, tut niemandem gern weh — warum sie nicht lieber geschwiegen — warum sie nicht lieber eine ausweichende Antwort gegeben hat?»

«Jede andere hätt's getan — aber sie? Sie sagt nur die Wahrheit, aber die ganze. Sie ist wahr wie der Tag», erwiderte Mansuet.

13.

So manche gutmütige Frau in Weinberg meinte, Fräulein Regula sei freilich ein Engel und Božena freilich die bravste Magd unter der Sonne, aber

dennoch könne man das Schicksal des zwischen den beiden aufwachsenden Kindes nicht gerade ein beneidenswertes nennen.
Röschen flößte gar vielen Leuten Mitleid ein, die sie an einem Fenster des grauen Hauses stehen und sehnsüchtig herabblicken sahen zu den Kindern, die auf dem Platze herumliefen und spielten. Ihr war Umgang mit Wesen ihres Alters nicht gegönnt und der Verkehr mit dem Kinde Mansuet entschädigte sie dafür doch schwerlich. Božena wagte einmal, ihr gnädiges Fräulein darauf aufmerksam zu machen, wurde aber trocken abgewiesen. Regula vermochte nicht einzusehen, daß die Kleine einer andern als einer vernünftigen Umgebung bedürfe. Durchaus nicht. Sie selbst habe sich als Kind immer in Gesellschaft von Erwachsenen bewegt und es sei ihr wohl bekommen.
«O Božena!» sagte Röschen einst —, «hätt ich doch lange Beine!»
«Was würden sie dir nützen, du Knirps?» fragte Božena.
«Ich liefe — liefe —» und das Gesicht des Kindes war wie durchleuchtet von der geträumten Wonne, «liefe so schnell, wie die Vögel fliegen.»
Regula sah die Magd bedeutsam an und sprach halblaut: «Die Natur ihrer Mutter. Man kann sie nicht genug in acht nehmen.»
Dieses Wort schnitt Božena ins Herz, aber sie verriet sich nicht. Sie neigte das Haupt ehrerbietig vor ihrer Herrin: «Sie werden das Kind behüten», sagte sie, «es ist in Ihrem Schutze und geborgen.»
Das Fräulein zuckte die Achseln und dachte, das unumschränkte Vertrauen, das die Leute in sie setzen,

sei doch manchmal unbequem. Aufgebürdet, aufgedrungen wurde ihr das Kind der Schwester, und der Ruf von Tugend und Großmut, den sie genießt, zwingt sie, es bei sich zu behalten. Und in tiefinnerster Seele ist sie ihm so unbeschreiblich abgeneigt! Alles an ihm mißfällt ihr, stört sie, regt sie auf. Sein Lachen und Singen greift ihr die Nerven an, seine Liebkosungen bringen sie in Verlegenheit. «Laß mich, das schickt sich nicht», sagt sie, wenn Röschen ihr entgegenfliegt und ihr in die Arme stürzen will.

Mansuet nannte Regula das unmütterlichste Frauenzimmer, das ihm jemals vorgekommen sei, und meinte: «Wenn die einmal ein Kind kriegt und es fängt an zu schreien, dann schickt sie um die Polizei.»

Das Leben im Hause der alten Jungfer von zweiundzwanzig Jahren lief ab wie der Mechanismus einer Uhr, pünktlich und blutlos. In ihrer frostigen Atmosphäre konnte die Rede nicht sein von der freudigen und ungehemmten Entfaltung einer jungen Seele.

Arme Kinder haben die goldene Freiheit, reiche Kinder haben einen vergoldeten Käfig; Röschens Kindheit wurde in einem Käfig verlebt, aber er war von Eisen. Und dennoch war sie ein fröhliches Röschen und die Wahrheit erprobte sich an ihr: haben kann man das Glück, aber bekommen nicht. Sie war glücklich, denn sie liebte, was sie umgab, und wußte nicht, was Grollen sei. Sie liebte die lieblose Tante, sie trieb Abgötterei mit der strengen Božena und mit dem alten Mansuet, und der vergalt's ihr redlich. Was die Magd betraf, so war Röschen ihr teuerstes Gut; sie würde ohne Zögern jedes Opfer für sie gebracht, ihr

Herzblut, wenn es galt, tropfenweise für sie vergossen haben, aber so wie sie ihre trotzige Rosa geliebt hatte, vermochte sie nicht mehr zu lieben. Das tiefste Gefühl, welches sie jemals beseelt, das hatte die mit ins Grab genommen, die von ihr gepflegt worden war, als sie selbst noch jung gewesen. Sie ließ Röschen niemals so derb an, wie sie deren Mutter angelassen hatte, aber dies geschah nicht, weil sie mehr Liebe, sondern weil sie mehr Mitleid für sie empfand.

So wenigstens legten die beiden ehemaligen Kommis sich Boženas stilles, zurückhaltendes Benehmen aus. Sie aber waltete mit altem Fleiß in den alten Räumen, nur nicht mehr mit dem alten Übermut. Wenn sie das Zimmer betrat, in dem sie vor zwanzig Jahren ihren Herzensliebling triumphierend in ihren Armen erhoben und ihm alle Herrlichkeit der Welt prophezeit hatte, da glitt ein Schatten über ihre Stirn.

Ein Fremdling saß nun das Kind ihrer Rosa am Tische im Vaterhause und aß das Gnadenbrot aus ungnädiger Hand. —

Sechs Wochen, nachdem sich Schimmelreiter von Božena einen so wohlgeflochtenen Korb geholt hatte, erhielt er das Jawort einer minder hartherzigen Schönen. Mit verklärten Augen, verjüngt durch das Glück, stellte er sich seinem Fräulein als Bräutigam vor. Regula erhöhte seine Seligkeit noch durch die huldvolle Annahme seiner Einladung, der Hochzeit beizuwohnen. Auch Božena erhielt von der Gebieterin die Erlaubnis, zugleich mit ihr bei dem Feste zu erscheinen, das Schimmelreiter äußerst prachtvoll auszurichten gedachte.

Die von ihm Erwählte war die Tochter eines kleinen

Beamten; eine blonde Jungfrau, von Mutter Natur mit so dauerhaften Reizen ausgerüstet, daß der Zahn der Zeit durch vierzig volle Jahre fast vergeblich an ihnen genagt hatte.

Sie sah bei der Trauung wirklich gar nicht übel aus, das mußte ihr jeder lassen — der es ihr nicht nehmen konnte. Ein paar Rivalinnen versuchten es umsonst. Allgemein jedoch hieß es, Schimmelreiter hätte besser getan, Božena zu erwählen, die wohl um einige Jährlein älter, aber denn doch eine ganz andere Person sei, als die Beamtentochter.

Zur kirchlichen Feier war die halbe Stadt gebeten, zu dem Gastmahle, das am Abend beim «Grünen Baum» stattfand, nur eine kleine auserlesene Schar.

Das junge Ehepaar empfing seine Gäste in dem mit Blumen dekorierten und im Glanze von vielen Kerzen prangenden Honoratiorensaale. Vier Kellner, schwarzbefrackt, mit Rosen im Knopfloche, waren an der Tür postiert, und verneigten sich alle zugleich, sooft einer der Geladenen eintrat. Der erste, der sich einfand, war Doktor Wenzel mit seiner Frau und seinem erstgeborenen Sohne. Der Familie folgte auf dem Fuße ein magerer Freiherr aus altadeligem Hause, aber sehr herabgekommen in seinen Finanzen, der einstens ein wirklicher Attaché gewesen sein sollte, man wußte nicht bei welcher Gesandtschaft. Er war einer von Regulas hartnäckigsten Freiern, und fühlte sich glücklich, Schimmelreiters Freundschaft errungen zu haben, nachdem er um die Mansuets vergeblich geworben. — Sodann erschienen der ehemalge Direktor von Rondsperg und Herr Professor Bauer, zuletzt die Angehörigen der Braut.

Schimmelreiter ging von einem zum andern, und

dankte jedem für die Ehre, die er ihm erwies. Doktor Wenzel sprach angelegentlich mit der Neuvermählten, die vor Gemütsbewegung wie eine Päonie glühte, und lobte den Charakter ihres Mannes, dann begab er sich zu diesem, und lobte die Bescheidenheit und Anmut seiner «bräutlichen Frau».

Der Professor hatte heute seinen schüchternen Tag, drückte sich an die Wände und wich schon von weitem jedem aus, der Miene machte, auf ihn zugehen zu wollen. Manchmal warf er einen sehnsüchtigen Blick nach der Tür, öfter jedoch einen wütenden auf den Freiherrn. Dieser hatte seine schwarzgefärbten Haare in kleine Locken brennen lassen, trug eine weiße Krawatte, und am roten Bande das Kommandeurkreuz des Hausordens einer deutschen Miniaturfürstlichkeit. Er sah ganz erschrecklich vornehm aus, und der schlichte Ludwig Bauer geriet darüber in Verzweiflung.

Um acht Uhr erschien endlich Fräulein Heißenstein, gefolgt von Mansuet und Božena. Daß auch dieser Zutritt gewährt wurde in die vollkommen distinguierte Gesellschaft, die Schimmelreiter an seinem Ehrentage um sich versammelte, wurde dem Festgeber sehr hoch angerechnet; noch höher aber dem leutseligen Fräulein, das sich herabließ, mit der Magd an einem Tische zu sitzen. Regula wurde ehrfurchtsvoll empfangen und von Schimmelreiter an die Spitze der Tafel geleitet, wo sie zwischen ihm und dem Freiherrn Platz nahm. Ihr gegenüber am unteren Ende des Tisches saß Božena zwischen Mansuet und Wenzel jun. der ungemein viel aß, besonders Brot, und sooft ihn jemand ansprach, aus Bestürzung darüber einen großen Bissen in den Mund steckte,

bevor er den Versuch machte, zu antworten. Die natürliche Folge war ein Erstickungsanfall, den der bescheidene Jüngling in aller Stille zu überwinden suchte.
Dieser oft wiederholte Vorgang, den alle Anwesenden außer den Eltern Wenzel bemerkten, trug nicht wenig zur Erhöhung der allgemeinen Heiterkeit bei. Er wirkte, so unbedeutend er war, befreiend auf die bisher etwas gedrückte Stimmung der Braut. Immer freundlicher gestaltete sich das Fest, es herrschte bei dem größten Anstand die größte Unbefangenheit. Jedermann schien zu denken: da sitze ich im schön geschmückten Saale, an reich gedeckter Tafel, esse die köstlichsten Sachen, bin auf das beste gekleidet, befinde mich in zahlreicher und feiner Gesellschaft, und fühle mich dabei so heimisch, als befände ich mich zu Hause in meiner Stube.
Daß es bei einem Souper, an dem Doktor Wenzel teilnahm, an Trinksprüchen nicht fehlte, braucht wohl nicht erst gesagt zu werden. Es wurde auf das Wohl der Neuvermählten, auf das Wohl Regulas, auf das Wohl des Freiherrn, des Direktors und des Professors getrunken. Schimmelreiter brachte ein Hoch aus auf die Familie seiner geliebten Frau, der Freiherr eines auf die Frauen von Weinberg, der Direktor eines auf Doktor Wenzel und seine Angehörigen, und auf das ganze weibliche Geschlecht. Nun neigte sich das Fräulein zu Schimmelreiter und flüsterte ihm leise einige Worte zu. Er erhob sich wie elektrisiert und sprach: «Eine edle Dame mahnt mich, daß wir bisher noch eines versäumten, das uns ziemt ...»
Die Pause, die der Redner hier machte, benützte der

Professor, um leuchtenden Auges und mit bewegter Stimme das Zitat zu bringen:

«Willst du genau erfahren, was sich ziemt,
So frage nur bei edlen Frauen an.»

und Schimmelreiter fuhr fort:
«Nämlich auch die treue Dienerin des Hauses Heißenstein, Jungfer Božena, hoch leben zu lassen. Auf ihr Wohl!» rief er, und dieser Toast fand lebhaften Anklang. Božena verließ ihren Platz und ging mit dem Glase in der Hand von einem zum andern, um mit ihm anzustoßen. Dies wurde für jeden, der des Gespräches mit seinem Nachbarn satt war, das Signal, gleichfalls aufzustehen. Der Herr Direktor begab sich zu Regula und fragte sofort, ob sie Nachrichten von «seinen Herrschaften» habe. Er bedauerte über die Maßen «seinen lieben Grafen Ronald», nannte Rondsperg einen famosen Besitz ... «das heißt hm! — freilich, es könnte alles wieder werden, wenn ... ja — wenn!»
Schimmelreiter schlüpfte zu seiner Gattin hinüber und sagte der Verschämten ins Ohr, das Souper sei ausgezeichnet nobel gewesen, dann näherte er sich Mansuet, dem er gestand, er glaube behaupten zu dürfen, seine Kathi habe sich zu der Verbindung mit ihm nicht nur aus Vernunft entschlossen, sondern auch aus Liebe.
In diesem Augenblicke ließ sich im Nebenzimmer ein lauter Wortwechsel vernehmen. Deutlich unterschied man die Rufe: «Zurück!» — «Hier tritt man nicht ein! ...» «Geladene Gesellschaft.» Und dazwischen wiederholte eine heisere Stimme unablässig: «Macht Platz! macht Platz, ihr Esel! — Was — geladen!

Wüßten sie, daß ich auch da bin, ich wäre auch geladen!» Der Lärm wuchs, dumpfe Schläge fielen — die Tür flog auf ... und ein Mann trat ein, den sogar die, die in früheren Zeiten oft mit ihm verkehrt hatten, nicht gleich erkannten.

Es mußten einige Augenblicke vergehen, bevor ihnen zum Bewußtsein kam, daß dieser dicke Geselle mit den schwimmenden Augen, dem roten, aufgedunsenen Gesichte, dem kurzen, keuchenden Atem kein andrer sei als — Bernhard, der ehemals schöne Jäger, Bernhard der Pfau!

Er sah, betroffen über den Anblick der stattlichen Gesellschaft, scheu umher, rückte den Hut ins Genick und sagte, wie um sich selbst Mut zu machen: «Man wird doch seine Bekannten besuchen dürfen, im Wirtshaus?»

«Der Mensch ist berauscht», sagte der Freiherr halblaut.

Regula stieß einen leisen Schreckensruf aus, und die Herren und Frauen eilten zu ihr, um sie zu beruhigen. So stand Božena, die inzwischen ihre Runde beendet hatte und wieder an ihrem Platze angelangt war, allein dem Eindringling gegenüber, Aug' in Auge. Sie stand still — stumm und wie versteinert vor Grauen und Schmerz.

Ihr Leben war eine lange Buße gewesen für eine kurze Verirrung, und nun trat der Mensch, der sie verleitet hatte, vor sie hin, und ihr schien, als sei nichts gesühnt, als stiege ihre entwürdigte Vergangenheit verkörpert aus dem Dunkel des Vergessens und riefe ihr drohend zu: Mich besiegst du nie, ich bin unsterblich, bin unüberwindlich! —

Einen Augenblick zögerte der Jäger, dann ging er

frech auf die Schweigende zu und rief: «Božena! Kennst mich denn nicht mehr?»

Sie senkte finster den Kopf, und er fuhr fort: «Erst heute bin ich angekommen — bin hier wegen des Nachlasses meiner Frau, die gestorben ist — leider. Meine erste Frage war nach dir, natürlich, und wie ich höre, du bist da, lauf ich hinüber zu euch. Dort heißt's: Beim ‹Grünen Baum›. Nun richtig! . . . So grüß dich Gott, Boženka. Und jetzt laß uns plaudern!»

Er hatte, im Gehen etwas schwankend, einen Sessel herbeigeholt und setzte sich an die Seite Boženas, die, blaß wie man sie niemals gesehen, auf ihren Stuhl gesunken war.

Schimmelreiter hatte indessen mit den Herren geflüstert und schien eine Abrede mit ihnen genommen zu haben. Er näherte sich jetzt und sagte geschäftsmäßig zu dem Jäger: «Alle Anwesenden sind meine Gäste. Dies zur Kenntnis.»

«Potztausend, der Schimmelreiter!» rief Bernhard. «Servus, servus . . . Alle Anwesenden Ihre Gäste? — Ich auch demnach — bin auch anwesend. Ein Glas her! Schenk ein, altes Tintenfaß!»

Der Sekretär ließ sich nicht beirren, sondern fügte im früheren Tone hinzu: «Weiß mich nicht zu besinnen, daß ich Sie geladen hätte», und dabei machte er rasch nacheinander winkende Bewegungen mit den Händen, als wollte er sagen: Fort! fort! fort!

Bernhard lachte blödsinnig, legte die Arme bis zu den Ellbogen auf den Tisch, rückte näher zu Božena heran, sah ihr von unten hinauf ins Gesicht und sagte: «Er möcht mich weg haben, der Alte, aber was hilft's? — Ich gehe nicht, ich bleib bei dir, mein Herzel!»

Nun fuhr Mansuet auf ihn los: «In welchem Tone erlauben Sie sich mit der Jungfer zu reden?» herrschte er ihn giftig an.

«Das ist der Mansuet, glaub ich», rief Bernhard spöttisch. «Bon soir, Herr Mansuet, was kümmert Sie mein Ton? — Wenn ihr», er blinzelte Božena vertraulich zu, «mein Ton nicht recht ist, wird sie's schon sagen. Nicht wahr, Boženka, mein Schatz?»

Mansuet hielt sich nicht länger. «Der Teufel ist dein Schatz, du Trunkenbold!» schrie er, «und nun: fort! Und wenn du die Türe nicht findest, fliegst du zum Fenster hinaus!»

Das Gesicht des Jägers flammte, er rief: «Du Lump! Was geht's euch an, ihr Lumpe, wie ich spreche mit meiner Geliebten?!»

«Deiner Geliebten?!» wetterte der kleine Kommis und hatte ihn im selben Augenblicke am Kragen und zerrte ihn vom Sessel herab auf den Boden, «deine Geliebte?! ... Nimm das zurück, oder ich schlag dich tot, ich schlag dich tot!»

Bernhard tobte wie ein Rasender unter den Fäusten Schimmelreiters, der ihn gepackt hatte und ihm gleichfalls zurief: «Nimm das zurück!»

Er wehrte sich mit allen seinen Kräften und schrie dabei: «Just nicht! Euch zum Trotze nicht! Meine Geliebte, meine Geliebte! Sie war's!»

Mansuet kannte sich nicht mehr. «Bestie!» kreischte er, riß ein Messer vom Tische und stürzte damit auf Bernhard zu ...

Da erfaßte eine eiskalte Hand die seine und ent-

wand ihm das Messer mit einem Rucke ... Božena stand zwischen dem Jäger und seinen Angreifern.
«Laßt ihn», sprach sie, ihre Stimme klang hart wie Metall. «Laßt ihn. Es ist wahr.»
Ein dumpfer Schrei erhob sich. Bernhard stand langsam auf, warf triumphierende Blicke im Zimmer umher und machte Miene, auf Božena zuzueilen. Doch sie, mit stummer Verzweiflung im Angesichte, mit einer Gebärde unsäglicher Verachtung, wies gebieterisch nach der Tür.
Der Elende blieb erschrocken stehen, murmelte einige unverständliche Worte, zupfte seine Jacke zurecht und gehorchte.
Eine lange Pause folgte, die Männer warfen einander fragende Blicke zu, die Frauen senkten die ihren zur Erde. Frau Doktor Wenzel traten Tränen in die Augen; hätte sie nur dem Rate ihres Herzens folgen dürfen, sie wäre hingetreten zu Božena und hätte ihr die Hand gedrückt. Der Zweifel jedoch, ob ihr Mann dies billigen würde, hielt sie zurück, und sie sagte nur unwillkürlich: «Arme Božena!» Schimmelreiter starrte die Heldin des eben erlebten peinlichen Auftritts mit offenem Munde so befremdet an, als sähe er sie heute zum erstenmal. Seine Gattin vernahm, wie er leise vor sich hinsprach: «Darum also ... O wie brav!» Der Freiherr wandte sich mit den Worten: «Une maîtresse femme, ma parole d'honneur!» zu Regula. Das Fräulein aber, deren Nase weiß wie Kreide geworden, war eitel Entrüstung und Unwille. «Skandal! — Skandal! — Skandal!» wiederholte sie in einem fort, ließ ihrem Lohnkutscher befehlen vorzufahren und entfernte sich, ohne Abschied von irgend jemandem zu nehmen, mit der Familie Wen-

zel, der sie Plätze in ihrem Wagen antrug. Ihre bestürzten Verehrer gaben ihr das Geleite.
Božena stand noch immer wie angewurzelt auf derselben Stelle und schien von allem, was vorging, nichts zu sehen und nichts zu hören.
Mansuet trat zu ihr, berührte ihren Arm und sagte sanft und unaussprechlich traurig: «Kommen Sie!»
Die Unglückliche zuckte zusammen, ein schwerer, schmerzlicher Seufzer hob ihre Brust und gesenkten Hauptes folgte sie ihrem alten Freunde.

## 14.

Ernst und von langer Dauer war die Unterredung, zu der am nächsten Tage Fräulein Heißenstein Herrn Doktor Wenzel geladen hatte. Es wurde die gewichtige Frage erörtert, ob Božena nach der gestrigen unerhörten Szene beim «Grünen Baum» im Hause bleiben dürfe.
Eine Person, die ihre eigene Schande in der Wirtsstube ausruft, ist keine passende Umgebung für eine ehrsame junge Dame. Andrerseits ist es auch nicht leicht, Božena zu entlassen, «weil sie der Familie durch so lange Jahre treu gedient hat», sagt, «weil sie mir sehr nützlich ist», denkt Regula. «Wir haben sie schwer genug vermißt alle die Jahre hindurch.»
«Mein gnädiges Fräulein», meinte nach reiflicher Erwägung der kluge und praktische Doktor Wenzel, «das gestrige Ereignis gehört zu denen, die genau so viel Bedeutung haben, als man ihnen beilegt.»

«Bin ich nicht schuldig, ihm eine große Bedeutung beizulegen?» fragte Regula, «bin ich es nicht mir selbst schuldig? Bestimmt nicht die Strenge, die ich einem Verbrechen gegenüber ...»

«Einem Vergehen — einem Vergehen!» berichtigte lächelnd der Advokat.

«Die ich einem schweren Vergehen gegenüber ausübe, meinen eigenen Wert?» fuhr Regula fort, und Wenzel unterbrach sie von neuem und versicherte: «Keineswegs!»

«Was werden die Leute sagen, wenn ich meinen Abscheu vor so offenbarer Schande durch nichts — durch gar nichts betätige? Fällt nicht ein Teil von ihr — es ist ein grauenhafter Gedanke! — auf mich selbst zurück?» entgegnete Fräulein Heißenstein, indem eine Gänsehaut sie überlief.

Wenzel begann ein wenig ungeduldig zu werden, was sich bei ihm durch verdoppelte Freundlichkeit äußerte. Er ergriff Regulas Hand, küßte sie und sprach: «Getrost! ... Seien Sie getrost! Es wird niemandem einfallen, Sie verantwortlich zu machen für eine Jugendsünde Ihrer bereits in Jahren stehenden Dienerin. Sie waren vermutlich noch nicht geboren, als jene Sünde begangen wurde», versicherte der Advokat mit einem fast zärtlichen Blicke und stand auf, «das enthebt Sie» — er suchte seinen Hut mit den Augen — «jeder Verantwortlichkeit.»

«Glauben Sie wirklich?» flüsterte Regula.

Der Doktor hatte seinen Hut ergriffen und machte rücklings einige Schritte nach der Tür: «Wirklich!» wiederholte er mit seiner süßesten Stimme, «wirklich und wahrhaftig, Gnädigste. Sie nehmen sich in der ganzen Sache aus — unschuldig wie eine weiße

Taube! — Und das arme Ding, die Božena! — Du guter Gott ... Diese Leutchen, das hat andere Ansichten als Sie, engelhaftes Fräulein, über gewisse natürliche Vorgänge ...»
«Doktor Wenzel!» rief Regula streng und vorwurfsvoll, «nichts dergleichen in meiner Gegenwart ... Ich muß bitten —»
«Befehlen! Befehlen! — Sie müssen immer befehlen», sprach der galante alte Herr, und das Fräulein gestand ihm zu, sie sehe ein, daß er im Grunde recht habe: «Es könnte wohl sein und wäre ziemlich natürlich, daß es für niedere Menschenklassen auch niedrigere Klassen der Moralität gäbe. Zwischen dem Stande einer Person und ihren Affinitäten besteht sicherlich eine große Harmonie. Geburt und Begriffe, Delikatesse, Takt, Gewissen decken einander. Ich glaube das. Ich begreife es sogar — und — wie schon Madame Stael-Holstein sagte: Begreifen heißt verzeihen. Nicht wahr, lieber Doktor?»
Wenzel küßte noch einmal Regulas Hand, dankte ihr für das edle Wort, das sie eben gesprochen hatte, fühlte sich beglückt durch den großmütigen Entschluß, der sich darin äußerte, und schied, wie er sagte, «gehoben und gerührt».
Auf dem Gange traf er Schimmelreiter samt Gattin und Božena. Die Neuvermählten waren in voller Gala gekommen, um dem Fräulein Heißenstein für die Huld zu danken, die sie ihnen gestern durch ihre Anwesenheit beim Hochzeitsfeste erwiesen hatte.
Unterwegs trafen sie die Magd, und vermochten sich, wie es schien, vom Gespräch mit ihr gar nicht loszureißen. Die kleine dicke Frau Kathi, deren Gesicht bei Tageshelle glänzte, als hätte sie es in Öl gebadet,

hielt Boženas Rechte fest in ihren fetten, mit gestrickten Handschuhen bekleideten Händen. Dabei blickte sie mit dem Ausdruck überströmender Liebe, Begeisterung und Andacht zu der Riesin empor.

Schimmelreiter umkreiste die Gruppe stolz und zärtlich, wie ein Schwan sein Nest, und sagte alle Augenblicke zu Božena: «Verehrte Freundin!»

Es war also ausgemacht: Božena blieb, aber ihre Stellung im Hause erlitt eine Veränderung. Der geringste Lohn, den die Tugend für mannigfache Entbehrung ansprechen darf, ist wohl der, die Sünde erinnern zu dürfen an die Unübersteiglichkeit der Kluft, die sie voneinander trennt.

Alsbald ereignete sich etwas Seltsames, man könnte es fast ein Wunder nennen. Das Fräulein verlor ihrer Dienerin gegenüber die Sprache und das Augenlicht. Und wenn Božena noch so dicht vor ihr stand, und wenn sie ihr ein Glas Wasser darreichte, oder einen Befehl einholen wollte, um die Antwort auf eine eingetroffene Erkundigung bat, gleichviel: das Fräulein war ihr gegenüber mit einer Blindheit geschlagen, vollständiger als die Bileams, und mit einer Stummheit, hartnäckiger als die des Zacharias.

Nach einiger Zeit freilich zeigten sich die üblen Folgen dieses Ignorierungssystems. Trotz des besten Willens, die unausgesprochenen Wünsche ihrer Herrin zu erraten, gelang dies Božena doch nicht immer, es gab so manches Mißverständnis, und Regula entschloß sich endlich, andere Saiten aufzuziehen.

Zuvor jedoch wollte sie, mußte sie der Verirrten die Augen öffnen, mußte einen Funken ihrer eigenen leuchtenden Moral in die Finsternis werfen, in der die Unselige wandelte.

Das Fräulein ließ Božena in den roten Salon bescheiden, auf dessen größtem Kanapee sie Platz genommen hatte. Sie fand nach einem Blicke in den Pfeilerspiegel, daß sie sich gut ausnahm in dem stattlichen Raume, der gewöhnlich unbewohnt war und in dem es immer, niemand wußte warum, nach Äpfeln roch.

«Božena», sprach die Dame zu der Eingetretenen nach einer Pause, in der sie sich vergeblich bemühte, dem erstaunten, aber treuherzigen Blick zu begegnen, den die Magd auf sie richtete, «Božena, ich war lange Zeit zweifelhaft, ob ich Ihnen noch ferner gestatten soll und darf, bei mir zu bleiben. Ja — sehr zweifelhaft.»

Die Rednerin wartete auf eine Einwendung, als keine erfolgte, fuhr sie fort: «Sie werden wissen warum? ... Wissen Sie warum?»

Božena hatte die Augen gesenkt, ihre Lippen bebten leise, und sie antwortete fast unhörbar: «Ja.»

«Man hat Pflichten gegen sich selbst, Božena», nahm das Fräulein wieder das Wort, «begreifen Sie das? ... Sie begreifen es vielleicht nicht — aber gleichviel. Ich hätte die meinen gegen mich nicht außer acht lassen sollen ... und dennoch habe ich es getan, um eine Seele zu retten — die Ihre — begreifen Sie das?»

Das Fräulein hatte sich allmählich in eine giftige und erbitterte Stimmung hineingeredet, die durch Boženas scheinbare Ruhe, vor allem aber durch ihr Schweigen bedeutend erhöht wurde. Sie murmelte etwas, das wie «Klotz!» klang, und sagte dann laut mit beklommener Stimme, als wäre der Hals ihr zusammengeschnürt: «Wenn ich so viel tue, werden Sie sich wohl bequemen, etwas zu tun, hoff ich, Sie werden — hoffe ich, mein Vertrauen nicht mißbrauchen ... Was?» unterbrach sie sich plötzlich selbst, «was haben Sie gesagt?»

«Nichts, gnädiges Fräulein», antwortete Božena. Dunkelrote Flecken brannten unter ihren Augen, und ihr Busen flog.

Regula wiederholte, mit den Nasenflügeln zitternd: «Nichts? — freilich ... Ich muß Sie aber bitten, etwas zu sagen. Ich muß Sie bitten, mir das heilige Versprechen zu geben, daß Ihr Lebenswandel in Zukunft ein — ein —» sie suchte nach einem bezeichnenden Worte, «ein sittsamer sein wird.»

Božena schwieg.

«Versprechen Sie!» rief das Fräulein, — ihr Atem wurde immer kürzer, immer bissiger der Zug um ihren Mund — «ich fordere Ihr Versprechen, wie gesagt, Ihr heiligstes, daß Sie — daß ...»

Regula hielt inne, schluckte einigemal hintereinander und sprach dann, wie entschlossen, trotz allen inneren Widerstrebens den entscheidenden Schlag zu führen: «Daß Sie außer Verbindung bleiben ... daß Sie sich nicht wieder einlassen mit Ihrem — Geliebten.»

Das Fräulein warf von der Seite einen raschen Blick nach ihrer Magd. Diese hatte die Hand auf die Brust gedrückt und auf ihrem Angesichte lag der Ausdruck eines Schmerzes, den das Menschenwort nicht ausspricht, jenes Schmerzes, der stumm zum Himmel schreit.

Nein! Nein! ... Hätte Regula gewußt, was sie tat,

sie hätte es nicht getan, nicht einmal sie, die herzlose Drahtpuppe!

«Fräulein!» rief Božena, einen Augenblick fassungslos, außer sich. Bald jedoch kehrte ihr die Macht der Selbstüberwindung zurück. Mit gewaltig erzwungener Ruhe in Ton und Haltung, mit einem Klang der Wahrheit, der das eingefleischte Mißtrauen hätte überzeugen müssen, sprach sie: «Es ist alles aus zwischen ihm und mir, seit Jahren aus.»

Sonderbar und unbegreiflich! Regula empfand bei diesen Worten und der Art, in der sie gesprochen wurden, die Beklemmung und das Unbehagen, die in den Seelen engherziger Menschen die Ehrfurcht ersetzen. Von all den weisen Lehren, die sie sich zurecht gelegt hatte, wollte ihr keine mehr einfallen. So blieb ihr denn nichts übrig, als ein Ende zu machen. Und — einige unverständliche Worte murmelnd — entließ sie ihre Magd.

Božena sorgte dafür, daß die Schranke, welche das Fräulein zwischen sich und ihr aufgerichtet hatte, niemals überschritten wurde. Ihr ganzes Benehmen gegen die Herrin sagte deutlich: Du hüben — ich drüben. Du hast mit mir nichts gemein.

Die Besorgnis jedoch, die Regula vor dem schädigenden Einfluß der Gefallenen empfand, beschränkte sich auf ihre eigene Person; für ihre Nichte schien sie von ihm nichts zu befürchten. Das Kind befand sich, nach wie vor, unter Boženas Obhut.

Regula war eine eifrige Besucherin des Theaters, und sobald sie sich, von Herrn oder Frau Wenzel geleitet, dahin begeben hatte, erschien Mansuet, um Božena und Röschen nach seinen Gemächern abzuholen. Der Alte war zu der Überzeugung gelangt, daß der Unterricht, den Professor Bauer dem Kinde erteilte, eigentlich gar kein Unterricht zu nennen war. Und das Mädchen wächst heran, soll etwas lernen, soll auch Begriffe kriegen von Literatur. Er holte alte Hefte herbei, in die er vor Zeiten Gedichte und Lieblingsstellen aus den Werken vaterländischer Autoren eingeschrieben hatte. Und während Božena nähte und Röschen eine Strickerei in den Händen hielt, die schon ganz grau aussah, aber durchaus nicht wachsen wollte, las er den beiden Damen vor ...*

Es waren köstliche Abende, diese bei Mansuet, am schönsten aber wurden sie, wenn Božena das Wort ergriff. So wie Božena, meinte Röschen, könne niemand sprechen, denn sie sprach ihr von ihren Eltern. Und auch Mansuet hörte sich niemals satt an ihren Mitteilungen über das geliebte Paar.

«Sagen Sie mir nur», fragte der Alte, «wie war das, als der Herr Leutnant fort mußte ins Feld?»

«Wie ich schon oft erzählt habe: traurig war's», erwiderte Božena. «Der Doktor hat es dem Leutnant schon gesagt gehabt: Sie muß sterben, und ich hab es von selbst gewußt ... Der Herr Leutnant hat sich beim Abschied sehr zusammengenommen.»

«Freilich, ein Soldat!» murmelte Mansuet.

«Er hat sie sanft geküßt und nur gesagt: ‹Leb wohl und schone dich.› Sie hat ihm auch das Herz nicht schwer machen wollen und von nichts gesprochen als vom Wiedersehen. In ihm war alles wie eingefroren. Doch als er gehen will, streckt sie auf einmal die Arme nach ihm aus und da verliert er seine Fassung.»

---

* Siehe Anhang Seite 287

Božena hielt inne, machte eine Bewegung mit der Hand, als ob sie etwas von sich abwehren wollte und fuhr aufatmend fort: «Ich meinte schon, sie könne ihn nimmermehr lassen, er könne sich nimmermehr losreißen... Sie waren wie die Kinder. Ach — so jung — so schön — so gut — und beide nur einen Schritt vom Grabe!»

Röschen hatte ihren Kopf in Boženas Schoß gelegt, jetzt erhob sie ihn und sagte mit seligem Lächeln: «So gut waren sie, Božena?»

«Und dann?» fragte Mansuet.

«Dann nichts mehr. Diese da — die Magd streichelte das Gesicht des Kindes — hat er auf den Arm genommen und sie zärtlich geküßt...»

«Weil er mich so liegehabt hat!» warf das Kind voll stolzer Zuversicht ein.

«Und sie mir zurückgegeben», schloß die Erzählerin, «und gesagt: ‹Božena — du wirst sorgen!›»

Ein langes Schweigen trat ein. Röschen schien eingeschlummert. Plötzlich aber öffnete sie die schlaftrunkenen Augen und sprach, zu Božena emporblickend: «Bei der Hochzeit meiner Eltern warst du gewiß Brautjungfer!»

Mansuet und Božena tauschten einen raschen Blick; der seine hatte den Ausdruck der Bestürzung, der ihre war finster und verwirrt.

«Nicht wahr?» lallte Röschen mit schwerer Zunge und senkte die müden Lider.

Božena beugte sich über sie: «Nein, Kind — nein.»

«Warum nicht?»

«Es hätte sich nicht geschickt.»

Das Kind hauchte leise ein zweites «Warum?» und schlief schon fest, als es kaum ausgesprochen war.

«O Herr Mansuet!» begann Božena nach einer Weile und öffnete dem Getreuen zum erstenmal ihr verschlossenes Herz. — «In der Nacht meine ich oft, die Worte meines Herrn zu hören: ‹Božena, du wirst sorgen.› Damals, wie er sie gesprochen hat, da habe ich nur gedacht: natürlich. — Und jetzt sind mir die Hände gebunden, jetzt ist alles verloren, ich kann für niemand mehr sorgen, keinem mehr helfen, denn ich bin — verachtet!»

«Sie?» rief Mansuet.

«Ja, ja, ich bin's! Wenn eines noch so hart ist gegen sich selbst — das fühlt's doch!... Ich hab das Unglück der Mutter auf dem Gewissen und das Unglück des Kindes dazu!... Ich kann nichts mehr tun für das Kind...»

«Was wollten Sie denn tun, Božena?»

«Ihm helfen zu seinem Recht — was sonst?»

«Wie?... Dem Fräulein zum Trotz...»

«Nicht ihr zum Trotz! Mit ihrem Willen. Ich hätt's von ihr erlangt... Noch ein paar Jahre, Herr Mansuet, und was ich ihr geraten hätt, das hätte sie getan. Glauben Sie's oder nicht — noch ein paar Jahre und geführt hätt ich sie an einem Haar!... Gott straft mich schwer — ich bin hilflos und gebrochen und werde zu dem Kinde meiner Rosa niemals sagen können an der Schwelle des Vaterhauses: Tritt ein, du bist daheim.»

Mansuet betrachtete sie staunend. Das also hatte sie sich zugetraut? Darum also die schweigende Unterwerfung, der widerspruchlose Gehorsam, die stündliche Selbstverleugnung? ... Das alles war bewußt gewollt — und war die Frucht ihrer großen Liebe und ihrer großen Reue.

Nein, denkt er, die Božena lernt man nicht aus.
Der alte Mansuet drückt die Hand an seine Stirn und spricht: «Wer weiß! ... Wer weiß! ...»

15.

Jahr um Jahr verging. Röschen wuchs heran, körperlich und geistig gar seltsam ausstaffiert — mit Regulas abgelegten Kleidern, mit Mansuets wunderlichem Wissenskrame. Die ärmste Genossin eines reichen Hauses, besaß sie nichts zu eigen; als Kind auch nicht ein Spielzeug, später keine von all den kleinen Herrlichkeiten, die, so wertlos und so wert gehalten, ein Mädchenzimmer schmücken und ein Mädchenherz erfreuen.
Mansuet sparte wie ein Hamster: «Für ihre Zukunft.» Jetzt, meinte er, brauche sie nichts. Und Božena gab ihm von ganzem Herzen recht. «Man tut ihr nichts Gutes. Sie soll sich nur gewöhnen zu entbehren.» Aber Röschen entbehrte nichts, weil sie niemals etwas besessen hatte und weil ihr jede Gelegenheit zum Vergleiche mit andern fehlte. Sie hatte nur eine Sehnsucht und auch diese halb unbewußt: die Sehnsucht nach mehr Luft, mehr Sonnenschein, als sie im düstern Hause genoß.
Božena fand nie Zeit, sie spazieren zu führen, und Mansuet konnte sich nachgerade nicht mehr entschließen, seine Stube zu verlassen. Er wurde sehr alt und etwas geschwätzig, und wiederholte täglich dieselben Späße. Das Fräulein konnte nicht im Seidenkleide

vorüberrauschen, ohne daß er sang: «Das Schiff streicht durch die Wellen: Fidolin! Fidolin!» — Schimmelreiter nicht über den Platz schreiten, ohne daß Mansuet deklamierte: «Guter Mond, du gehst so stille» usw.

Der Sekretär hingegen blühte wie ein Jüngling. Er war unbeschreiblich glücklich mit seiner Kathi und sang ihr Lob vor jedem, der es hören, und vor jedem, der es nicht hören wollte.

Fräulein Regula veränderte sich wenig; nur die Haut ihres Gesichtes wurde etwas gespannter, nur ihre Zähne wurden noch etwas länger. Wenn auch die Zahl ihrer Jahre zunahm, die Zahl ihrer Verehrer nahm nicht ab, denn der Reichtum, besonders wenn er in stetem Wachsen begriffen ist, erhält immer jung.

Die Stadt Weinberg hatte indessen teilgenommen an den Segnungen des aufblühenden Verkehrs. Seitdem ein stattlicher Bahnhof sich dicht vor den Anlagen erhob, seitdem der Eisenstrang die Stadt im Halbbogen umkreiste, seitdem Telegraphendrähte Nachrichten aus allen Richtungen der Windrose über die Köpfe der guten Weinberger hinübertrugen, war ein gewaltiger Andrang von fremden Zuzüglern entstanden, von unternehmenden Leuten, die ihr Glück versuchen wollten in der im Aufschwunge begriffenen Stadt. Neue Häuser wuchsen wie Pilze aus dem Boden, Regula hatte drei bauen lassen und im Gemeinderat wurde der Beschluß gefaßt, die Gasse, in der sie sich — weiß und glatt wie ungeheure Bogen Papiers — erhoben: Heißensteingasse zu nennen.

Sooft Regula an diesen ihren Schöpfungen vorbeiging, tat es ihr jedesmal leid, daß die Pietät ihr ver-

bot, in einer derselben ihren Wohnsitz aufzuschlagen. Wie stimmten die scharfen Ecken, die geraden Stiegen, die getünchten Gänge dieser Bauwerke mit ihrem Geschmacke überein! Im alten Hause hatte sie sich gefürchtet von Kindheit an. Es knisterte so seltsam in seinem Holzgetäfel, es war immer etwas laut in den Dielen, in den Decken. — Als hätten die grauen Wände von dem Leben der Menschen, dessen jahrhundertelange Zeugen sie waren, einiges in sich gesogen, vernahm man darin jene geheimnisvollen Stimmen des Leblosen, welche die bang lauschende Seele mit leisem Grauen erfüllen.
Aber wie gern sie es auch getan hätte, Regula verließ das Haus ihrer Väter doch nicht; die Leute hätten sie vielleicht deshalb tadeln, sie für frivol oder pietätlos halten können.
Übrigens, was dereinst geschieht, kann niemand wissen; vorläufig ist sie entschlossen, aus dem Familienhause erst zu scheiden — als verheiratete Frau. Daß der Augenblick, in dem sie eine solche werden sollte, sehr nahe bevorstehe, versichern der Direktor und der Sekretär auf das bestimmteste. Dem Grafen Ronald liefe, wie man zu sagen pflegt, das Wasser bereits in den Mund, erklärte der erste, er wisse nicht mehr wo aus noch ein; die größte Wohltat würde ihm der erweisen, der ihn aufmerksam machte, wie nah die schönste Rettung liegt. Schimmelreiter fragte ihn, ob er sich nicht selbst dieses Verdienst erwerben wolle? . . .
Aber der Direktor bemerkte mit Feinheit, einen solchen Eingriff in ihre Rechte dürfte ihm die Freifrau von Waffenau übelnehmen.
Der Verkehr zwischen Regula und jener vielbeschäf-

tigten Dame war nicht besonders lebhaft. Man sah einander zweimal im Jahre. Im Frühling machte das Fräulein einen Besuch in Halluschka, im Spätsommer erwiderte ihn die Baronin. Da kam sie mit ihrem Manne und mit zweien ihrer Söhne — sie hatte deren sechs — nach Weinberg. Alljährlich wurden nämlich ein paar andere dieser Jünglinge auf das Gymnasium geführt, um dort ihre Maturitätsprüfung zu machen. Sie fielen regelmäßig durch. Die Freifrau sagte: «Ei, ei, welche Schande!»
Der Freiherr sagte: «Zum Gelehrten muß man halt geboren sein —», die Weinberger wiederholten ihren alten Witz, der Baron Waffenau sei mit vier Pferden nach Weinberg gekommen und mit zwei Eseln abgefahren — und alles war gut.
Die Stunden, die der Vater mit seinen Söhnen in dem Tempel der Wissenschaften zubrachte, benützte die Mutter, um ihre Vorräte an Zucker und Kaffee einzukaufen und einen Besuch bei Regula abzustatten. Die Baronin war eine mittelgroße Frau mit feinen Zügen, mit dunklen, immer noch feurigen Augen und Leberflecken auf dem Gesichte; eine unvergleichliche Hausfrau und Gattin, und eine schwache Mutter. Sie war einst sehr schön gewesen, hatte aber keinen Wert darauf gelegt. Die Sorgen für ihren eigenen Herd nahmen sie völlig in Anspruch; fremdes Elend fand, soweit ihre beschränkten Mittel es erlaubten, bei ihr Hilfe, aber kein Mitleid, nie war über ihre Lippen ein anderes Trostwort gekommen als: «Es ist einmal so», und — je nachdem es paßte: «Sie sind selbst schuld», oder «Wer kann dafür?» Gar nicht zu begreifen, ja völlig unnatürlich schien es ihr, daß eine Frau sich für anderes lebhaft interessieren könne, als

für ihren Mann, ihre Kinder und ihren Haushalt. Sogar ihren Eltern hatte sie sich allmählich entfremdet. Von Rondsperg sprach sie nur, um zu sagen, daß sich dort alles wohl befinde. Wenn Regula sich die Bemerkung erlaubte, sie habe gehört, «Frau Gräfin Mutter» seien unwohl gewesen, antwortete sie: «Meine Mutter hat eben wieder einen ihrer gewöhnlichen Anfälle von Schwäche gehabt. Das hat nichts zu bedeuten.»

Und im stillen dachte sie: «Was kümmert's dich, neugierige alte Jungfer!»

Einige Tage nach dem Gespräche zwischen Schimmelreiter und dem Direktor kam die Baronin, diesmal zweispännig und allein beim «Grünen Baum» angefahren. Sie ließ dort ihre Equipage einstellen, trug dem Kutscher auf, sich nicht zu betrinken, die Pferde gut zu versorgen und für drei Uhr nachmittags alles zur Abfahrt bereit zu halten. Sodann begab sie sich zu Fuße nach dem Heißensteinschen Hause.

Als sie bei dem Fräulein eintrat, befand sich die Baronin in großer Aufregung, und gab sich keine Mühe, sie zu verbergen.

Sie wisse wohl längst, sagte sie gleich nach den ersten Begrüßen zu Regula, und es sei ja ein öffentliches Geheimnis, daß die pekuniären Verhältnisse ihrer Eltern nichts weniger als glänzend sind. Dennoch habe die Mitteilung, die Ronald ihr gestern gemacht, sie traurig überrascht —: Rondsperg muß verkauft werden, und zwar so bald als möglich, es gibt kein Mittel, der Familie das Gut zu erhalten.

Regula neigte ihr Haupt und sprach: «Das ist ja schrecklich.»

«Wohl!» rief die Baronin, und ihre Stimme verriet

eine tiefe Erschütterung —» besonders wenn man an unsere alten Eltern denkt... Aber — was ist zu tun? Sie glauben mir, liebe Regula, wenn ich Ihnen sage, daß ich nicht gekommen bin, Ihnen vorzuklagen.»

Regula versicherte, sie sei davon überzeugt, und die Baronin fuhr fort: «Sondern vielmehr, um Ihnen einen Vorschlag zu machen, zu dem die Lage der Dinge meinen Bruder zwingt: Wollen Sie Rondsperg kaufen, liebe Regula?»

Das Gesicht des Fräuleins leuchtete auf im Triumph glücklich erfüllter Erwartung, und die Baronin beeilte sich hinzuzusetzen: «Nämlich — unter einer Bedingung!»

Hastig fiel ihr Regula ins Wort und meinte, bevor von Bedingungen die Rede sein könne, müßte man ihr Zeit lassen, den so unerwarteten Antrag in reifliche Erwägung zu ziehen. Noch wisse sie nicht, ob sie überhaupt imstande sei, darauf einzugehen.

«Ei!» dachte die Baronin, «willst du uns zappeln lassen — willst du uns in der Kühlwanne halten, mein Schatz?» und sagte mit einem scharfen Blicke und und mit ganz verändertem Tone: «Das versteht sich von selbst, einen solchen Entschluß faßt man nicht von heut auf morgen. Und jetzt sagen Sie mir — wo kaufen Sie Ihren Kaffee? Ich war mit meinem letzten Gold-Java äußerst unzufrieden!»

Die Baronin erwähnte der Angelegenheit, die sie nach Weinberg geführt hatte, mit keinem Worte mehr, aber Regula kam darauf zurück. Dies geschah auf dem Wege zum Gasthofe, wohin sie die Baronin begleitete. Beide Damen traten nun aus ihrer Reserve und verständigten sich bald so weit, daß die Baronin

sagen konnte, ihr Bruder werde in den nächsten Tagen kommen, um mit Regula zu sprechen. Das Fräulein erwiderte, es werde sie freuen, obwohl sie «eigentlich» Herrenbesuche nicht empfange. Die Freifrau blieb voll Verwunderung stehen und wollte in ihrer Aufrichtigkeit schon ausrufen: «Tun Sie's getrost!» Aber sie besann sich; Regulas Miene und affektierte Befangenheit machten einen befremdenden Eindruck auf sie. Wie ein Blitz durchzuckte sie der Gedanke: Die Weinhändlerin hält sich für gefährlich! — und forschend betrachtete sie das gelbe Fräulein ... Ihr Reichtum hat vielleicht doch schon einen oden den andern in Versuchung geführt. Ja, ja, Geld beherrscht die Welt. Wäre sie nur nicht gar so reizlos — die einfachste Lösung all der Verlegenheiten läge nahe. Der arme Ronald darf im Grunde weniger Ansprüche machen als sie, und ein Ertrinkender greift sogar nach einer — Regula.
Schweigend erreichte man das Tor des Gasthofes. Der Wagen der Baronin war bereits angespannt, sie bezahlte ihre Rechnung, wechselte einige Worte mit dem Wirte und wandte sich Abschied nehmend zu Regula, der sie beide Hände entgegenstreckte. Das Fräulein legte die Fingerspitzen hinein: die leichte, aber nicht erlernbare Kunst, einem Menschen warm und herzlich die Hand zu drücken, verstand sie nicht.
«Montag also kommt Ronald», sprach die Baronin. Helle Tränen standen ihr in den Augen, als sie davonfuhr. Seit der Todeskrankheit ihres ältesten Sohnes hatte sie nicht mehr geweint. «Armer Ronald!» seufzte sie «das Elend, nicht das deine — das trügest du — aber das Elend deiner Eltern, oder — diese Frau! — Armer Ronald — welche Wahl!»

Ihr schwesterliches Herz, das lange geschlafen hatte, war plötzlich erwacht.

*

Die Zeit, die so vieles vollbringt, hatte dem Professor Bauer im Hause Regulas die Stellung eines Hausfreundes gesichert, das heißt, er brauchte sich nicht mehr immer mißhandeln zu lassen, er durfte manchmal selbst mißhandeln. Die schüchternen Tage kamen bei ihm seltener, um so häufiger die melancholischen und die rabiaten. Er quälte Regula oft mit seiner Eifersucht. Sie jedoch hatte sich an seine bärbeißige Anbetung gewöhnt und hätte sie nicht mehr entbehren mögen. Es ist doch sehr schmeichelhaft, einen Menschen nach Willkür froh oder traurig zu machen, sein Herz stellen zu können wie eine Uhr, zu wissen: diese Anhänglichkeit ist wie ein gutes Gewehr, sie versagt nie.

Der Professor schmollte, zürnte, verlor tausendmal die Geduld, aber er fand sie immer wieder, denn er liebte und war treu. Zur Verzweiflung brachte ihn Regula, wenn sie ihm ihre Freundschaft anbot und sagte, sie wolle leben und sterben wie ihre Ideale: die Königinnen Elisabeth von England und Christine von Schweden. Der Professor schüttelte grimmig sein Haupt und erinnerte an die Grafen Essex und Monaldeschi. Das Fräulein wurde ernstlich böse und erklärte diese beiden Herren für Lügen der Geschichte. Hierauf entbrannte regelmäßig ein heißer Kampf; Ludwig Bauer schleppte alle möglichen Geschichtswerke herbei, die Zeugnis für die in Frage gestellten Existenzen ablegen sollten. Regula wies die Zumutung von sich, dergleichen zu lesen; man schied voll gegenseitigen Unwillens, und es war vorgekommen, daß Professor Bauer sich durch volle drei Tage im alten Hause nicht blicken ließ, wegen der Grafen Essex und Monaldeschi.

Als er von dem bevorstehenden Besuche des Grafen Ronald hörte, geriet er in große Unruhe.

Er fragte so lange: «Was will er? Was hat er hier zu suchen?» bis Regula abweisend sprach: «Vous m'ennuyez, cher Professeur!»

Die Vorbereitungen, die zu dem Empfange des seltenen Gastes getroffen wurden, schmerzten den täglichen auf das tiefste. Er ging, wie er pflegte, wenn ihm das Herz gar zu schwer war, zu Božena und sprach: «Ich bitte Sie — was fällt ihr ein? Jetzt wird das Silbergeschirr auf der Kredenz aufgestellt ... Eben bin ich dem Hausknecht begegnet, der Teppiche aus dem Keller herauftrug ... Und die Überzüge werden von den Kronleuchtern herabgenommen ... Hat man je dergleichen gesehen? ... Was soll das alles heißen, sagen Sie mir um Gottes willen?!»

Regula wußte sehr gut, daß der Professor bei Božena über sie klagen ging, aber das kümmerte sie gar nicht, obwohl es ihr sonst schrecklich war, wenn auch nur eine Grille etwas anderes zirpte als ihr Lob. Sie war überzeugt, diese Klagen spricht die Liebe, und die Verschwiegenheit hört sie an; sie sterben innerhalb der vier Mauern der Stube Boženas. Bei *der* ist ihre Herrin in guten Händen, niemals wird die Dankbarkeit dieses Weibes gegen sie erlöschen. Božena würde sich lieber die Zunge abbeißen, als ein Wort des Tadels gegen sie aussprechen, eher zu Grunde gehen, als nicken, wenn jemand ein ungünstiges Urteil über sie fällt: Regula hatte ihre Verläßlichkeit hundertmal erprobt.

*

Der Tag, an dem Graf Ronald in Weinberg eintreffen sollte, erschien, und Fräulein «von» Heißenstein, wie die Höflichkeit ihrer Mitbürger sie nannte, empfing zur festgesetzten Stunde ihren Gast im roten Salon.

«Sehr willkommen, Graf Rondsperg», sprach sie, und verfertigte eine ihrer vortrefflichen Verbeugungen, durch welche sie Ehrfurcht vor dem Begrüßten und Selbstgefühl, gemildert durch mädchenhafte Bescheidenheit, auszudrücken wußte.

«Wie schön er geworden ist!» dachte sie dabei fast bestürzt, und lud ihn mit einer steifen Bewegung zum Sitzen ein.

In der Tat, er hatte sich in den Jahren völliger männlicher Reife gar herrlich entwickelt. Noch lag der Hauch der Jugend auf seinem Angesichte, aber aus seinem ganzen Wesen sprach energische Entschlossenheit und die Ruhe selbstbewußter Kraft.

Vollkommene Unbefangenheit vermag in vielen Fällen auch die erfahrenste Weltläufigkeit zu ersetzen. Unbeirrt durch Regulas Ziererereien, verstand es der einfache Ronald, das Gespräch allmählich auf das zu lenken, was ihm so wichtig und so schmerzlich war: auf die Ursachen, die ihn zwangen, sich seines Gutes zu entäußern. Sodann setzte er dem Fräulein die Vor- und Nachteile auseinander, die ihr aus der Erwerbung Rondspergs erwachsen würden. Er wies ihr nach, wie die für den Kauf verwendete Summe sich erst in Jahren, dann aber sicher und reichlich verzinsen würde.

Regula war ihm mit gespannter Aufmerksamkeit gefolgt.

«Erlauben Sie!» fiel sie ihm jetzt in das Wort, «wenn ich die beiden, nach Ihrer Angabe zur Entlastung und Instruierung Rondsbergs erforderlichen Summen addiere, so ergibt sich der Preis, den Sie für das Gut fordern. Gesetzt, ich schlösse den Kauf, was bliebe dann Ihnen?»

«Nichts», sagte Ronald mit großer Gelassenheit, «aber glauben Sie nicht, daß ich Ihnen Rondsperg ohne Ursache so wohlfeil überließe. Meine Uneigennützigkeit ist eine scheinbare. Man muß dem allzu billigen Verkäufer mißtrauen, er beabsichtigt vielleicht, sich bezahlt zu machen durch — Unbezahlbares.»

Regula war im Begriffe auszurufen: «Zu rasch! Das kommt zu rasch!» als ein verstohlener Blick auf Ronald sie veranlaßte, diese Worte vorläufig noch zu unterdrücken. Auf seinen Lippen schwebte ein trauriges Lächeln, das sie befremdete. Sie schwieg und war in Verlegenheit, und hatte sonderbarerweise den Wunsch, noch verlegener werden zu müssen.

Ronald fuhr fort: «Sehen Sie, verehrtes Fräulein, als mir mein Vater vor sechs Jahren Rondsperg übergab, tat er's im Glauben, damit ein unschätzbares Geschenk zu machen, und als ein solches nahm ich es an. Hätte ich dem alten Mann sagen sollen: ‹Du gibst, was dir kaum mehr gehört, dein Eigentum ist dir unter den Händen zerronnen. Dein Geschenk ist eine Last; bürde sie mir nicht auf.›»

«Konflikt der Pflichten» murmelte Regula und bemühte sich, einen tiefsinnigen Ausdruck anzunehmen.

«Auch Sie haben Ihren Vater geliebt!» rief Ronald treuherzig, «hätten Sie vermocht, ihn aus einer beglückenden Täuschung zu reißen? ... Einen Greis, der in seinen Anschauungen befangen, die Wahrheit kaum mehr zu fassen vermöchte, oder wenn er es vermöchte, unter ihrer Wucht zusammenbräche?»

Regula schlug die Augen nieder und seufzte: «Was ist Wahrheit?»

Ronald hatte sich nicht unterbrechen lassen, er sprach weiter: «Nein, dacht ich, bleib in deinem Wahn und sinke sanft von ihm gewiegt in den Schoß der ewigen Ruhe, dem du so nahe stehst ... Ich meinte es durchsetzen und ihm Rondsperg noch erhalten zu können bis an sein Ende — ich habe mich getäuscht. Es ist unmöglich, das Gut zu behaupten, ohne meine Schwestern, ohne Menschen, die uns Vertrauen geschenkt haben, zu benachteiligen ... So suche ich denn einen Käufer für Rondsperg, und da ich einen edlen Käufer brauche, bin ich gekommen, um es Ihnen anzubieten.»

«Edel muß seine Gattin sein», sagte Regula bei sich. Sie zog ihr Taschentuch hervor, um nur irgend etwas zu tun; sie richtete ihren Blick auf das schön gestickte R. H. in der Ecke desselben, und sah im Geiste eine Grafenkrone sich neunzackig darüber erheben.

Ronald schien eine Antwort zu erwarten, ein Zeichen der Aufmunterung, und Regula fragte endlich: «Inwiefern brauchen Sie ihn edel?»

«Weil ich ihm zumute», erwiderte Ronald, «einen Besitz zu erwerben, den er nicht antreten dürfte, solange meine Eltern leben. Mein Vorschlag lautet: Sie

kaufen Rondsperg, lassen aber den Kaufvertrag ein Geheimnis bleiben zwischen uns und den von uns bestellten Zeugen. Ich verwalte vorläufig den Besitz für Sie und übergebe Ihnen dereinst, statt des verwahrlosten, ein wohlgeordnetes Gut ... Sie werden nicht viele Jahre warten ... Ich würde Ihnen ein treuer Verweser sein — es gibt nichts, das ich nicht für die tun möchte, der meine Eltern es verdanken, daß sie sterben dürfen auf ihrer heimatlichen Scholle.»
Regula fragte sich, ob diese letzten Worte nicht beinahe ein Eheversprechen enthielten — wenn man es so nehmen wollte? Sie sann und sann. Ganz so, wie sie sich's gedacht, war die Sache nicht gekommen. Eigentlich schlug ihr der Graf einen guten Handel vor — unter einer sentimentalen Bedingung. Das letztere tut er im Vertrauen auf den Ruf, den sie genießt. Regula überlegt, daß ihr Ruf von Edelmut und Seelengröße sie schon manchen Gulden gekostet hat. Diesmal trägt er etwas ein — viel sogar. Es ist ein Zukunftskauf, der ihr angeboten wird, aber ein glänzender. Sie kennt Rondsperg durch den Direktor so genau! ... Nur ist ihr mit dem Kauf allein nicht gedient — als Gräfin von Rondsperg gedenkt sie dort zu residieren. Ronald sieht sie fragend an, wäre jetzt nicht der Moment gekommen, für *sie* — die Hand auszustrecken, für *ihn* — die großmütig zu ergreifen?
«Was sagen Sie, mein Fräulein?» spricht er.
«Ich sage — ja», lispelt sie und reicht ihm die zitternde Rechte.

Er erfaßt und drückt sie herzhaft: «Ich danke Ihnen!»

Eine Pause tritt ein. Sein Haupt neigt sich leise. Nun erhebt es sich wieder, und er fährt in entschlossenem Tone fort: «Die gemütliche Seite unserer Angelegenheit wäre abgetan; die geschäftliche kommt an die Reihe.»

«Schon abgetan?« ruft Regula unwillkürlich.

Ronald betrachtete sie erstaunt, und sie schoß bestürzte Blicke umher, denen es nur darum zu tun war, dem seinen auszuweichen. Wahrlich, sie haßte ihn grimmig in diesem Augenblick!

Sie fragt sich: Hat mich dieser Graf zum besten? Verbirgt sich Hohn hinter seiner scheinbaren Offenheit? Sie sinnt bereits auf Rache, aber vor allem muß ihre Verwirrung ihm verborgen werden. Regula lächelt sauersüß und spricht: «Das Geschäftliche bitte ich abzumachen mit meinem Rechtsfreunde, Doktor Wenzel.»

«Er ist auch der meine», erwiderte Ronald, «und wenn Sie erlauben, will ich sogleich zu ihm.»

«Sie träfen ihn vermutlich auf dem Wege hierher, er wird mit uns speisen.»

«Um so besser, wenn ich mich mit ihm in Ihrer Gegenwart besprechen darf. Und wann gedenken Sie nach Rondsperg zu kommen, mein Fräulein?»

«Was soll ich dort?»

«Es kennen lernen. Sie müssen Rondsperg gesehen haben, bevor Sie es kaufen; darauf bestehe ich.»

Er fuhr mit der Hand über seine Stirn und setzte nach kurzem Schweigen hinzu: «Sie werden über die Verwahrlosung erschrecken, die Ihnen dort auf Schritt und Tritt begegnet. Ich wäre nicht gern Zeuge Ihrer ersten unangenehmen Überraschung. Gestatten

Sie mir, einige Tage nach Ihnen einzutreffen, um Sie in Ihrem neuen Eigentume zu begrüßen.»
Regula horchte auf. Alle ihre entschwundenen Hoffnungen kehrten im Fluge zurück. Vielleicht zögert er nur noch zu sprechen; er kann es ja kaum tun, ehe sie ihren künftigen Wohnsitz sieht und sich mit ihm zufrieden erklärt.
Und Regula flüstert schüchtern: «Unter welchem Vorwande könnte ich erscheinen?»
«Es bedarf keines Vorwandes. Sie werden eine Einladung von meiner Mutter erhalten. Meine Mutter kennt unsere Lage genau!» Ronald sprach rasch und mit einer Ergriffenheit, deren völlig Herr zu werden er nicht vermochte. «Obwohl sie sich nicht darüber ausgesprochen hat, weiß sie, weshalb ich hier bin. Was meinen Vater betrifft, so war es längst sein Wunsch, Sie nach Rondsperg zu bitten. Wir hielten ihn davon ab, meine Mutter und ich. Der Unterschied zwischen der Gastfreundschaft, die wir einst in Ihrem Hause genossen, und der, die wir Ihnen zu bieten haben, wäre zu groß gewesen.»
«O Herr Graf!» sprach Regula geschmeichelt, «kein Wort weiter. Ich komme, sobald die Frau Gräfin mich dazu auffordert. Es sei mir jedoch gestattet, meine kleine Nichte und eine Dienerin mitzubringen ... denn so ganz allein — das könnte auffallen ... Meinen Sie nicht auch?»
Sie war in heiterster Laune. Als ihre Tischgäste, Doktor Wenzel, Professor Bauer und der Direktor eintraten, hatten ihre Wangen ein belebtes Gelb, das den Professor entzückte. Niemals war sie ihm angenehmer und wie er sagte «bedeutender» erschienen, ihre Augen strahlten förmlich vor Klugheit und sie

sprach gescheite Sachen. Oh, wie haßte er den Reichtum, der sie unabhängig und zugleich für so viele begehrenswert machte! Er hätte ihre Häuser verbrennen, in ihren Geldschrank einbrechen und seinen Inhalt in alle Winde streuen mögen. Er war überzeugt, daß sie füreinander geboren waren, und daß nichts zwischen ihnen stand, als dieser abscheuliche Reichtum. Wenn Regula zuzeiten gnädig sagte: «Ja, mein Freund, ich ermesse die Tiefe der Neigung, die Sie mir weihen», wähnte er sich dem Inbegriff aller Seligkeiten näher. Ludwig Bauer glich der Kohle, die sich in einen Eisblock verliebte, und meinte, der weine vor innerer Rührung, weil ihre Nähe ihn tauen machte.

Das Diner fiel vortrefflich aus. Der Tisch war tadellos gedeckt, ein Bedienter in einfacher, gar nicht geschmackloser Livree servierte behend und geräuschlos die feinen Gerichte, die milden und feurigen Weine. «Echter Heißensteiner!» rief der Direktor nach jedem Trunke begeistert aus.

Die Herren machten der Mahlzeit alle Ehre — den Professor ausgenommen, der sich sonst eines guten Appetits erfreute, aber heute nicht essen konnte. Er verschlang nur Ronald — nämlich mit den Augen. Ihm schwante Böses.

Und Ronald dachte: «Dieser Mann der Wissenschaft scheint sehr aufgeregt; er ist gewiß im Begriffe, eine Entdeckung zu machen.»

Der Professor jedoch machte keine andere Entdekkung, als die immer neue seiner Liebe zu Regula.

16.

Die Eisenbahnfahrt dauerte nur wenige Stunden. Schon um zwölf Uhr mittags waren die Reisenden auf der Station angelangt, wo der Wagen aus Rondsperg ihrer wartete — eine grüne Kalesche auf Schneckenfedern, mit schmalem Kutschbock, der in der Luft zu schweben schien. Freundlich grinsend begrüßte der Kutscher die Damen und hob sie in den Wagen. Mit Hilfe zweier Volontärs, die ihre Dienste angeboten hatten, band er sodann den Koffer des Fräuleins und die Reisetasche ihres Gefolges auf das Trittbrett fest und schwang sich auf seinen luftigen Sitz. Die Volontärs forderten eine unverschämte Entlohnung für ihre Mühewaltung, Regula machte ein saures Gesicht, murmelte etwas von «idyllischen Zuständen», bezahlte, und die Equipage setzte sich in eine halb wiegende, halb schaukelnde Bewegung, die Röschen entzückte. Trotz der Abmahnungen ihrer Tante stand sie auf, kniete auf dem Rücksitz des Wagens nieder, lehnte sich an den Kutschbock und begann ein eifriges Gespräch mit dem Rosselenker. Er war ein alter Mensch mit krummem Rücken, trug einen weitläufigen Rock aus grobem grauem Tuch und auf dem Kopf einen hohen Zylinder, den er trotz des schönen Wetters unter den Schutz eines Überzugs aus Wachsleinwand gestellt hatte, dessen Bändchen ihm gemütlich um die Nase baumelten.

Regula hatte sich anfangs sehr unwirsch über die Hitze geäußert, sich aber doch nicht entschließen können, den grünen Gazeschleier zu lüften, unter dem sie beinahe erstickte. Zuletzt kam sie in so üble Laune, daß sie gar nicht mehr sprach, den Fächer dicht vor das Gesicht hielt und mit geschlossenen Augen sich in die Ecke des Wagens drückte, während Božena, wie eine japanische Zofe, einen großen Sonnenschirm über dem Haupte der Herrin ausgespannt hielt.

Röschen schwatzte indessen eifrig mit dem Kutscher weiter. Den Gegenstand ihres Gespräches bildeten die zwei Braunen, die in bequem zottelndem Trab das Gefährt hügelauf, hügelab zogen. Sie waren beide tief eingesattelt und hatten lange, abstehende Ohren, die sie unaufhörlich bewegten. Ihre Namen waren Kočka und Myška (Katze und Maus) und Florian hatte sie gewartet von ihrem ersten Lebenstage an bis zu dem ehrwürdigen Matronenalter, in dem sie jetzt standen. Er erzählte seiner aufmerksamen Zuhörerin, sie seien Schwestern, die eine sechzehn Jahre — Röschen rief: «Gerade wie ich!» — die andere siebzehn Jahre alt, und beide besäßen erwachsene Kinder. Als so klug schilderte er seine Zöglinge, daß man wohl begriff, warum er es für überflüssig hielt, ihnen irgendwelche Leitung oder Ermahnung angedeihen zu lassen. «Die spinnen so fort», sagte er, «wenn d'rauf ankommt, ganze Tog, hoben Weg in die Füß'!» Lustig tanzten die Zügel auf den Kruppen der Braunen, als hätten sie nur den Zweck, ihnen die Fliegen zu verscheuchen. Wenn Myška, was regelmäßig geschah, sooft es bergab ging, stolperte, rief Florian mit geheuchelter Verwunderung: «Oho?!»

Röschen meinte, die Fahrt habe kaum begonnen, als sie sich schon ihrem Ende nahte. Man war am Ausgange eines Wäldchens aus Laub- und Nadelholz angelangt. Florian richtete sich so gerade auf, als die

Beschaffenheit seines Rückens es erlaubte, deutete mit der Peitsche auf ein großes, viereckiges Gebäude, das inmitten der Felder vor einem langgestreckten Dorfe lag, und sprach, die Brust von Stolz geschwellt, das Haupt auf die Seite geneigt, über die Achsel zu Röschen: «Rondsperg!»

Nun wurde ein schmaler Feldweg eingeschlagen, der sich so wunderlich krümmte und wand, daß es schien, als führe er statt in die Nähe des Reiseziels weitab von ihm. Kočka und Myška wußten das aber besser. Sie stießen einander mit den Köpfen an und ließen ein gedämpftes Wiehern vernehmen, ohne Übermut, aber voll Zufriedenheit. Jedes Kind mußte verstehen, daß sie sagten: «Wir sind zu Hause!»

Jetzt fuhr der Wagen über eine Hutweide, auf der einige Kühe ihr Futter suchten, aber nicht fanden, wie ihre eingefallenen Flanken und ihre schlotternden Euter bewiesen. Florian rang mit sich selbst, ob er etwas oder nichts sagen sollte. Nach einer Weile entschloß er sich zu ersterem und erklärte in bedauerndem Tone: «Herrschaftliche Viech!» —

Doch rasch, als gälte es, den unliebsamen Eindruck, den seine Worte hervorgebracht haben mochten, schleunigst zu verwischen, streckte er den Arm mit der Peitsche aus, beschrieb einen Bogen, der den halben Horizont umfaßte, und sprach: «Herrschaftliche Grund!»

Ein unabsehbares Heer aufgescheuchter, mit den Flügeln schlagender Gänse begrüßte die Ankömmlinge mit lautem Geschnatter. Ohne sich davon beirren zu lassen, liefen die Braunen über eine breite, geländerlose Brücke, welche die Ufer eines seichten, sanft dahingleitenden Bächleins miteinander verband, und einer Allee von überständigen, meist gipfeldürren Pappeln zu, an deren Ende die Einfahrt zum Schlosse sichtbar wurde. Es war dies ein gemauerter Bogen zwischen zwei steinernen Säulen, auf denen verwitterte Unholde hockten, die unförmigen Tatzen auf Wappenschilder gestützt, deren Embleme nicht mehr sichtbar waren. Die Pferde lenkten ein, der Wagen rasselte über das Pflaster des Schloßhofes und hielt unter der Einfahrt. Nachdem Florian aus allen Kräften mit seiner Peitsche geschnalzt hatte, erschien ein Diener in einem flatternden Zwilchkittel, öffnete den Wagenschlag und half den Damen beim Aussteigen. Božena machte sich, von Florian auf das bereitwilligste unterstützt, mit der Bagage zu schaffen, Regula und Röschen traten in die Halle. An beiden Seiten derselben befanden sich hohe verhangene Glastüren; eine Doppeltreppe, dem Eingange gegenüber, führte zu dem ersten Geschosse empor. Die Bildhauerarbeit an der Steinrampe und die Stukkaturen an den Wänden waren so oft übertüncht worden, daß es kaum mehr möglich war, ihre ursprünglichen zierlichen Formen zu erkennen.

Vom Korridor her kamen der Graf und die Gräfin herbei und blieben, ihre Gäste erwartend, auf dem obersten Treppenabsatze stehen. Regula beschleunigte ihre Schritte nicht; langsam stieg sie hinan, warf schräge Blicke um sich und dachte: «Ärmlich! ... Ärmlich!» — Voll peinlicher Ungeduld folgte Röschen der Tante und flüsterte ihr zu: «Sie warten, die alten Leute warten!»

Endlich vor dem Paare angelangt, machte Regula eine tiefe Reverenz, der Graf erwiderte sie freundlich mit entblößtem Haupte, die Gräfin verbeugte sich

mehrmals nacheinander; rasch, und wie es schien, unwillkürlich bewegten sich ihre Lippen. — Wehmütig ergriffen von dem Anblick der alten Frau, trat Röschen auf sie zu und küßte ihre Hand. Der Graf bot der Tante seinen Arm, die Gräfin nahm den der Nichte und so geleiteten sie ihre Gäste zu den ihnen bestimmten Gemächern. An der Schwelle blieb der Hausherr stehen und sprach: «Es ist alles zu Ihrem Empfange bereit, treten Sie ein, meine Damen.»
Die Hausfrau stammelte einige Worte der Entschuldigung und bat, vorlieb zu nehmen.
Unzufrieden unterbrach sie ihr Gemahl: «Ohne Komplimente! Nicht wahr, meine Damen? — Lassen Sie sich's bei uns gefallen. In einer halben Stunde wird die Tischglocke das Zeichen zur Tafel geben. Auf Wiedersehen!»
Die Zimmer, welche die Ankömmlinge bezogen, waren groß und kahl: sie boten die Aussicht auf den Teich des Dorfes und auf einen Teil des verwilderten Parks. Ein kleineres, an das Röschens anstoßendes Zimmer war für Božena bestimmt.
Regula ließ sich von dieser ankleiden und fragte spöttisch: «Wie gefällt es Ihnen hier? — Ein hübsches Haus? — Ein hübscher Park?»
Dabei rieb sie sich die Hände mit Mandelkleie und sagte zu sich selbst: «Das wird anders werden.»
Sie hatte ihre Toilette eben beendet, als eine heisere Glocke ertönte und derselbe alte Diener, der sie am Wagen begrüßt hatte, die Meldung brachte, die Suppe sei aufgetragen.
Der «Lakai» war jetzt mit einem Frack nach der Fasson des Rondsperger Schneiders angetan. Er hatte ein weißes Tuch um den Hals geschlungen und

trug Gamaschen, aber keine Handschuhe. Die Wappenknöpfe, die auf seiner Kleidung angebracht waren, mochten wohl einmal versilbert gewesen sein.
Mit einer gewissen nachlässigen Grazie geleitete der Edle, sich von Zeit zu Zeit umsehend, ob sie ihm auch folgten, die Damen in den Salon. Der lag in der Mitte des Gartenflügels, hatte fünf Fenster und den Umfang einer mäßig großen Reitschule. An den Wänden ließen sich die Spuren einer äußerst feinen und zarten Malerei entdecken und Reste von Vergoldung an der weiß lackierten Einrichtung im Stile des Kaiserreichs. Über einem Kanapee, auf dem sechs Personen bequem Platz gefunden hätten, hing das Brustbild der Mutter des alten Grafen. Sie war als Hebe gemalt und nur mit einer roten Echarpe aus durchsichtigem Stoff bekleidet. Regula, deren Auge sich zufällig zuerst auf sie gerichtet hatte, dachte mit stillem Entsetzen: «Die Hebe wird verbrannt!» — Und doch war dieses Bild das einzige in dem ganzen Gemache, das nicht mit grausamer Beredsamkeit von Verfall sprach. Die blauen Seidenüberzüge der Möbel, so matt und glanzlos und so vielfach geflickt, die kunstvoll geschnitzten Trophäen über den Fenstern und Türen, die einst kostbare Vorhänge getragen hatten und jetzt so nutzlos in ihren eisernen Haken hingen, an den Pfeilern die halb erblindeten Spiegel, die traurig all diese verblichene Pracht widerstrahlten, wie deutlich bezeugten sie den Gegensatz, der hier herrschte zwischen einst und jetzt!
Am Eingange des Saales stand das greise Ehepaar, wie es im Treppenhause gestanden hatte. Er, zufrie-

den und selbstbewußt; sie, kummervoll und beschämt. In respektvoller Entfernung hielt sich ein großer alter Mann mit derben Zügen, das dichte graue Haar über der Stirn zu einer Schnecke zusammengedreht, einen goldenen Siegelring auf dem knochigen Zeigefinger. Er wurde von dem Hausherrn als «mein Burggraf» vorgestellt, und man begab sich zu Tische. Die Gräfin selbst servierte eine safrangelbe Suppe, und Peter trug mit großer Geschäftigkeit die gefüllten Teller umher und schien sich nichts daraus zu machen, wenn sein heißer Inhalt seine Daumen umspülte.
Ein bäurischer Gesell, Peters Gehilfe, den dieser seit langem mit wenig Geduld und wenig Glück in die Geheimnisse seines Berufes einzuführen suchte, schlich hinter ihm her. Peter kommandierte ihn mit Blicken, Winken und halblauten Anrufungen, wovon eine — sie lautete: «Du Roß!» — vom Grafen überhört wurde, die Gräfin in Schrecken versetzte, Regulas Indignation erweckte und den Burggrafen ergötzte.
Auf dem Tische stand prachtvolles Obst in Schalen aus Sevresporzellan und dazwischen ein Bronzeaufsatz; wunderbare Arbeit aus der besten Florentiner Zeit, ein Kunstwerk von hohem Werte.
Regula nahm sich vor, heute noch an Wenzel zu schreiben, im Kaufvertrage sei der Punkt, der von der Erwerbung des Schlosses *samt* Mobiliar handelt, ganz besonders zu betonen.
Und sie sprach: «Ein bewunderungswürdiger Tafelschmuck! — Die Figuren sind vorraffaelisch gedacht und könnten wohl von Donatello oder von Bruneleschi ausgeführt sein, wenn nicht gar von Ghiberti

— ja, ich würde es sogar wagen, sie Benvenuto Cellini zuzuschreiben.»

«Sie sind Kennerin!» antwortete der Graf vergnügt. «Ich hatte keine Ahnung von dem Werte dieses Dings. Ein Schurke von Antiquar, der hier herumreist und die Schlösser unter dem Vorwande bestiehlt, er wolle Einkäufe machen für Sabatier in Paris, hat viele tausend Frank dafür geboten. Aber wir pflegen nicht Handel zu treiben, und ich gab Befehl, den Mann an die Luft zu setzen. Unter anderm —» sprach der Greis lebhaft zum Burggrafen: «Ist es geschehen? Ich vergaß bisher, danach zu fragen: Ist es geschehen?»

Der Burggraf verneigte sich und erwiderte: «Sozusagen, gräfliche Gnaden.»

Während die Suppe gegessen wurde, stand Peter mit verschränkten Armen am Kredenztische und warf unverschämte Blicke auf die beiden Fremden. Dabei dachte er: «Nun, ihr Weinhändlerinnen, gefällt es euch bei uns? Habt ihr in eurem Leben schon etwas dergleichen gesehen? ... Was sagt ihr dazu?»

Dann servierte er weißes ausgekochtes Rindfleisch auf silberner Schüssel und Kohlrüben in einer blauen Kasserolle mit abgebrochenem Henkel.

Der Hausfrau standen Schweißtropfen auf der Stirn, der Hausherr war in der muntersten Laune, und als Peter Adlatus eine der Sevresschalen fallen ließ und diese zerbrach, sagte der Graf: «Es tut nichts; mein Peter repariert das wieder. Nicht wahr, Peter?»

Peter zog den Mund so schief, als wollte er sich in das Ohr beißen, und antwortete: «Jo.»

Der Graf sprach mehrmals von Ronald, doch geschah

dies immer in gereiztem Tone. Er stellte selten eine Behauptung auf, ohne hinzuzufügen: «Mein Sohn ist andrer Meinung.» Er bedauerte, daß Ronald nicht anwesend sei, um den Damen die Honneurs von Rondsperg zu machen — aber: Mein Sohn ist niemals da, wo er sein sollte.»

«Er kommt morgen», warf die Gräfin ein.

Ohne Notiz von den Worten seiner Frau zu nehmen, erklärte der Greis seinen Gästen, warum er sie nicht begleiten könne bei den kleinen Ausflügen in die Umgebung, die er ihnen zu unternehmen riet. Er hatte die Grenzen des Parks seit dem Jahre achtundvierzig nicht mehr überschritten, denn er wollte sich nicht der Möglichkeit aussetzen, einem Bauern zu begegnen, der sich vielleicht besänne, ob er den Hut vor ihm abziehen solle, oder gar einem, der ein Gewehr auf dem Rücken trüge. «Wenn man zu alt ist, die Anarchie zu bekämpfen, muß man zum mindesten gegen sie protestieren. Mein Sohn freilich verträgt sich mit ihr», setzte er achselzuckend hinzu.

Nach dem Speisen begab man sich in den Garten. Der Kaffee wurde auf der Terrasse getrunken, die den Gartenflügel des Schlosses umgab, und zu der man durch die Halle und eine Salle à terrain gelangte, welche einst, ihrer kühlen Lage und freundlichen Aussicht wegen, als Sommerspeisesaal gedient hatte.

Von der Terrasse aus überblickte man den Teil des Parks, der allen Anforderungen, die Jean Jacques Rousseau an einen solchen stellt, auf das vollständigste entsprach. Ringsum dehnte sich das fruchtbare, wohlgepflegte Land. Da war jedes Fleckchen ausgenützt, jeder Wegrain mit Obstbäumen bepflanzt.

Schwerlich hätte ein Maler sich hier seine «Motive» geholt; die charakterlosen Hügel in der Nähe, die grüne Bergesreihe, die den Horizont mit einer fast geraden Linie abschloß, konnten auf Schönheit keinen Anspruch machen, aber herzerfreuend wie die Großmut, wie die Dankbarkeit, war der Anblick des tausendfachen Segens, mit dem dieser Boden die Sorgfalt lohnte, die ihm zuteil wurde von Menschenhand.

Der Graf blieb neben Regula stehen und sah sie erwartungsvoll an. Sie schwieg und — schwieg.

Er sprach endlich mit Ungeduld: «Was sagen Sie zu meiner Aussicht?»

Regula liebte es nicht, interpelliert zu werden. Mit steifer Haltung und einem bösen Lächeln antwortete sie: «Wenn ich gleich Ihnen, Herr Graf, mit Polykrates sprechen dürfte: ‹Dies alles ist mir untertänig›, würde ich ohne Zweifel finden, daß Ihre Aussicht schön sei.»

Röschen hatte sich stumm neben die Gräfin gesetzt und versank ganz und gar in Bewunderung. — So große Weizenfelder, das ist ja eine Pracht! Und wie der Wind spielend darübergleitet und sanfte Wellen sich bilden, die jetzt wie Silber schimmern und jetzt wie Gold. Der Schatten einer Wolke kommt geflogen und spiegelt sich in diesem Meere von Ähren. Neben den gelben Feldern stehen grüne, dazwischen farbenprächtige Mohnblumenbeete, sie würden einen Garten schmücken! An der Ecke der Parkmauer, vor der Weg in das Dorf führt, erheben sich drei uralte Linden, ihre Zweige sind so dicht verschlungen, daß sie zusammen nur eine Krone bilden — eine Riesenkuppel über dem heiligen Johannes aus Stein, der sein graues Haupt zu dem Kreuz in seinem Arm demutvoll niederbeugt.

Die vom Acker heimkehrenden Weiber, mit schweren Grasbündeln auf dem Rücken, steigen, so müde sie sind, doch die Stufen des Standbildes hinan und küssen den halbverlöschten Namen Jesu auf seinem Sockel. Desgleichen tun die alten Bauern, und ihre aufgeklärteren Söhne entblößten zum mindesten das Haupt vor dem Schutzpatron des Dorfes. — Die Sonne neigt sich zum Untergange, immer einsamer wird es auf den Wegen, nur einzelne Nachzügler kommen noch langsam einhergeschritten. An ihnen vorbei galoppiert eine Schar kleiner Jungen mit nackten Beinen; sie reiten die Pferde von der Hutweide nach Hause unter Hurra und lautem Geschrei ...

Röschen möchte mit ihnen jauchzen, so seelenvergnügt fühlt sie sich. Sie sieht die Augen der Gräfin mit dem Ausdruck so innigen, so mütterlichen Wohlgefallens auf sich gerichtet. Ach, könnte sie etwas tun für die arme alte Frau! ... Aber sie kann nichts tun, als sich zu ihr neigen und sagen: «Wie schön ist es bei Ihnen!»

Die Greisin streichelt ihr sanft die Wange — der alte Herr blickt schalkhaft zu ihr hinüber und droht ihr mit dem Finger: «O — o diese Augen! Werden die noch Unheil genug in der Welt anrichten? ... Sehen Sie mich nicht an, Fräulein von Fehse — sehen Sie mich nicht an!»

*

Am nächsten Morgen, in aller Gottesfrühe, war Röschen schon im Garten, und zu Mittag lag schon

— niemand wußte, durch welche Zauberkünste — das Kindervolk im ganzen Umkreise des Schlosses in ihren Fesseln. Die zwei «Jüngsten» des Maiers und das «Allerjüngste» des Schmiedes und die «Sämtlichen» des Gärtnergehilfen liefen hinter ihr her wie Hündlein. Eine kleine, kugelrunde Anischka mit kurzem Näschen und roten Pausbacken pflanzte sich vor dem Schloßtore auf, als Röschen darin verschwunden war, und ließ sich so wenig wie eine treue Schildwache von ihrem Posten vertreiben. Sobald der Gegenstand ihrer Leidenschaft wieder erschien, machte sie eine dicke Lippe, ergriff eine Falte von Röschens Kleid und watschelte so resolut neben ihr her, als hieße es nun: «Durch Not und Tod!»

Während Röschen die Jugend bezwang, eroberte Božena das Alter. Gleich bei ihrer ersten Begegnung mit ihm hatte sie des alten Grafen Gunst errungen. Er erklärte sie sofort für eine der gescheitesten Personen, die ihm jemals vorgekommen seien. Sie mußte sich nachmittags auf der Terrasse einfinden und die Aussicht bewundern. Zufällig (dieser Zufall traf immer ein, sobald der Greis zehn Worte mit einem fremden Menschen gewechselt hatte) kam das Gespräch auf die Ereignisse des Jahres achtundvierzig. Božena erzählte, durch seine Fragen gedrängt, von ihrem Aufenthalte in Ungarn, von ihrer Wanderung durch das kaum niedergeworfene Land. Der Graf — honneur aux dames! — forderte sie auf, sich zu setzen, und als Božena diese Zumutung, als könne sie nur im Scherze gemeint sein, lächelnd ablehnte, nahm der alte Herr seinen Hut ab und legte ihn neben sich auf die Bank.

Beim Abendessen sprach er mit Regula mehrmals von

ihrer Magd: «Eine Libussa, Ihre —, wie heißt sie? ... Eine Fürstin Libussa! ... Eine solche Dienerin macht der Herrin Ehre. Auf Ihr Wohl, mein Fräulein!»
Er leerte ein Glas sauern Landweins mit einem solchen Behagen, als verwandle er sich auf seiner Zunge in den edelsten Johannisberger.
Regula hatte den Nachmittag ihrer Korrespondenz gewidmet. Sie schrieb einen langen Brief an Wenzel und einen nicht viel kürzeren an Mansuet. Dem letzteren trug sie Grüße auf an alle ihre Bekannten und Verehrer. In der langen Liste der angeführten Namen fehlte nur der des Professors Bauer. Von diesem Getreuen erwartete sie schon mit der morgigen Post einen Brief, den zu beantworten sie sich vornahm.
Ihr letzter Gedanke, als sie ihr Haupt auf das Kissen ihres dürftigen Lagers legte, war an ihn: «Was wird er sagen, wenn er von meiner Verlobung hört? ... Der Arme — vielleicht erschießt er sich!»

*

Es war Sitte auf Schloß Rondsperg, um neun Uhr zur Ruhe zu gehen. Drei Stunden vor Mitternacht mußte der Graf geschlafen haben, sonst hatte er, seiner Meinung nach, *nicht* geschlafen. Um zehn Uhr durfte eigentlich kein Licht mehr im Hause brennen. So war denn auch heute alles still und dunkel, als Ronald langsam in den Schloßhof ritt. Nur an einem Fenster schimmerte noch ein matter Lichtschein wie der von einer verdeckten Lampe. Zu diesem blickte Ronald eine Weile sinnend und zögernd empor, dann faßte er einen raschen Entschluß, übergab seinen Klepper — einen Sohn der Myška — dem herbeieilenden

Florian, und trat einige Minuten später, nach leisem Pochen, in das Schlafzimmer seiner Mutter.

Die alte Frau saß noch angekleidet vor dem Arbeitstischchen im Fenster. Vor ihr, auf dem Nähkissen, lag ein zerlesenes Buch: Albachs «Heilige Anklänge». — Bei dem Anblick ihres Sohnes fuhr sie erschrocken zusammen; er bemerkte es wohl und sprach beklommen: «Sie sind noch auf, gute Mutter ...»

«Ich werde sogleich Nacht machen — wollte nur noch —» wie entschuldigend wies sie auf das Buch, «ein wenig beten.»

«Der Vater schläft?»

«Seit einer Stunde.» Sie wagte nicht, ihn anzusehen; ein Gefühl peinlicher Furcht hatte sie ergriffen, das echt weibliche Gefühl der Furcht vor der Entscheidung. «O ging er wieder! ... O spräch er nicht!» dachte sie und sagte: «Es ist spät.»

Ronald blieb trotz dieses Winkes. Er holte einen Stuhl aus der Ecke des Zimmers und setzte sich seiner Mutter gegenüber.

«Wir haben Gäste?» fragte er.

«Ja. Und — die kleine Waise», fügte sie mit Lebhaftigkeit hinzu: «Welch ein holdes Geschöpf! ... Ein Herzenslabsal, dieses Kind ...»

«So?» entgegenete Ronald zerstreut und suchte vergebens nach Worten. Auch er hatte die Augen gesenkt und sah die Hände seiner Mutter in ihrem Schoße beben; und diese welken, hilflosen Hände raubten ihm den Mut, brachten ihn um seine Entschlossenheit.

Mutter und Sohn wandelten seit Jahren fast stumm nebeneinander. Was am schwersten auf ihnen lastete, darüber durften sie nicht sprechen, denn es hätte zur

Klage geführt über den Gatten, den Vater, und Sorglosigkeit zu heucheln vermochten sie nicht.
Bei ihrem Manne und bei der Tochter, die in ihrer Nähe lebte, hatte die Gräfin es endlich aufgegeben, Verständnis zu suchen; allzu verschieden von ihr waren sie geartet. Durch mehr als vierzig Jahre konnte sie es täglich erfahren: Sie lieben mich, aber sie kennen mich nicht. Von der zweiten, ihrer Lieblingstochter, war sie durch die Verhältnisse getrennt. Jahre verflossen, ohne daß sie ihres Anblicks froh wurde, Monate, ohne daß Nachrichten von ihr eintrafen. Alle an seine Frau gerichteten Briefe gingen durch des Grafen Hände, er bemerkte es mißbilligend, wenn die Korrespondenz zwischen Mutter und Tochter zuzeiten etwas lebhafter wurde.
«Eine glückliche Frau hat nichts zu schreiben», meinte er, «und glücklich zu sein ist die Pflicht einer jeden, die einen braven Mann hat.»
Es war endlich dahin gekommen, daß die Gräfin nur noch mit Bangen dem Erscheinen der Briefe entgegensah, nach denen sie doch zugleich so sehnsüchtig verlangte.
Ronald saß mit gekreuzten Armen da, starrte vor sich hin und dachte: «Könnt ich ihr's ersparen!»
Zu drückend wurde dieses Schweigen; die alte Frau unterbrach es mit der Frage: «Du gehst doch morgen auf die Jagd?»
Er nickte wie gequält: «Gewiß — gewiß.»
Seine Stimme klang so seltsam; die Gräfin blickte besorgt zu ihm empor und sah in sein bekümmertes Gesicht. Jeder seiner Züge verriet den Kampf seines Innern — ein bitterer Vorwurf gegen sich selbst, gegen ihr feiges Zagen vor dem eingestandenen Leid

regte sich in ihr. «Du armes Kind», dachte sie, und das Mitleid mit dem Sohne gab der Schwachen Kraft, mit einemmal das Schwerste und mit wenigen Worten alles zu sagen: «Ronald — Lieber — sprich getrost. Wann müssen wir wegziehen von hier?»
Aufatmend ergriff er mit beiden Händen die Hand, die sie ihm reichte und rief: «Niemals, gute Mutter! Sie werden Rondsperg nie verlassen!»
«Wie kann das sein, da wir's doch nicht behaupten können?»
«Der Kauf wird nur unter der Bedingung geschlossen, daß Sie hier fortleben, genau wie bisher.»
Die Greisin schüttelte bedenklich den Kopf: «Wenn diese Bedingung angenommen wurde, dann hast du sie teuer bezahlt ...» Er wollte verneinen. «Leugne nicht», sprach sie, «es kann nicht anders sein ...»
«O Mutter», fiel er ihr mit erzwungener Heiterkeit ins Wort, «Fräulein Heißenstein verzichtet gern auf das Glück, in unserm alten Neste zu wohnen.»
«Es wird mehr von ihr verlangt als nur das. Sie darf die Rechte, die sie erwirbt, nicht geltend machen, wenn wir hier — wie du sagst — fortleben sollen wie bisher.»
«Auch dazu ist sie bereit.»
«Weil ihr Vorteil es ihr rät. Nicht wahr? .. Nicht wahr?» wiederholte sie angstvoll. «Du hast dein Eigentum verschleudert, damit zwei alte Leute ihre letzten Jahre in altgewohnter Weise hindämmern können!»
«Verschleudert? Was du nur denkst? Darüber mache dir keine Sorgen.»
Sie seufzte schmerzlich: «Unser Alter zehrt deine Jugend auf ... Ständ es bei mir, das sollte nicht ge-

schehen. Dürft ich sprechen, ich würde dich anflehen, Kind: Vergeude nicht länger dein Leben! — Geh, tausendmal gesegnet — gründe dir eine Zukunft, und laß zusammenstürzen, was morsch und reif zum Untergang ist — der Wechsel alles Irdischen verlangt sein Recht.»

Er wollte sich der Rührung erwehren, die ihn ergriff, und entgegnete: «Wie beredt ist meine Mutter heute geworden! Und wozu? — Um zu sagen, was sie nicht sagen darf.»

Ein leuchtendes Lächeln verklärte ihre Züge: «Beredt — ja. Bin ich nicht wie eine alte Harfe mit zerrissenen Saiten, die auf einmal zu klingen beginnt? Es ist ein Wunder — ein gar vergängliches. Weil mir aber die Zunge gelöst ist, so höre, Sohn, deine stumme Mutter sieht und zählt jeden Schweißtropfen auf deiner lieben Stirn, jeden unterdrückten Widerspruch, jedes still und freudig gebrachte Opfer ...»

Plötzlich beugte sie sich nieder und preßte ihre Lippen auf seine Hand.

Im selben Augenblick lag er auf seinen Knien und schloß mit ehrfurchtsvoller Zärtlichkeit die gebrochene Gestalt in seine Arme ...

«Und Sie, Mutter?» flüsterte er, «leiden Sie nicht auch?»

«Schweig, mein Kind!» mahnte sie und zog sein Haupt an ihre Brust. Und an diesem schweren Tage war ihnen beiden leichter ums Herz, als seit langer Zeit.

17.

Ronald kam von der Jagd zurück. An seiner Weidtasche hingen zwei Hasen und ein Dutzend Rebhühner und Wachteln. Er ging die Hügellehne, die zum Schlosse führte, langsam hinauf, denn die Sonne stand im Scheitel, und die Hitze war groß. Sein Hund zottelte hinter ihm her mit weit aus dem Maule hängender Zunge. Nun waren sie am Pförtchen in der Parkmauer angelangt, das auf die Felder führte. Während Ronald den Schlüssel aus der Tasche zog und sich bemühte, das vom letzten Regen her noch stark verrostete Schloß zu öffnen, hatte sich der Hund hingelegt, keuchend, mit fliegenden Flanken, den Kopf auf den ausgestreckten Vorderpfoten, und verwandte kein Auge von seinem Herrn, der nun, im Begriffe, die Tür aufzustoßen, lächelnd zu ihm niederblickte, als wollt er sagen: Ist dir's recht, daß wir heimgekommen sind? Und Herr und Hund sahen einander an mit inniger Freundschaft und mit einem Ausdruck so voll von Rührung, daß er sich beinahe komisch ausnahm in den Angesichtern zweier solcher Recken. Dann gingen sie durch verwachsene Laubgänge über Wege, von Disteln und Hasenkraut überwuchert, dem Hause zu.
Ronald hatte die Terrasse erreicht und schritt dem Saal zu, der zwischen ihr und der Halle lag. Auf der Schwelle, die Klinke der halbgeöffneten Tür in der Hand, blieb er plötzlich stehen und winkte seinem Hunde, der sogleich, wie zu Stein geworden, sich nicht mehr regte, nicht einmal mehr keuchte, sondern seinen Herrn mit derselben atemlosen Aufmerksamkeit anblickte, mit welcher dieser das Bild betrachtete, das sich ihm darbot.

Mitten im Saale auf einem Schemel saß Röschen und erzählte einem Auditorium von sechs kleinen Personen eine, wie es schien, bewegliche Geschichte. Ihre Stimme hob sich hell und laut bis zu einem Ausrufe, dem eine Pause höchster Spannung folgte, dann sank sie zu geheimnisvollem Geflüster herab. Was sie erzählte, verstand Ronald kaum, er lauschte auch nicht ihren Worten, er lauschte nur dieser holden Stimme, ganz ergriffen von ihrem Klang, in dem eine Fülle von Empfindungen nach Ausdruck zu ringen schien. Röschen saß von ihm abgewandt, er konnte ihr Gesicht nur zum Teile sehen, nur den Umriß ihrer zarten Wange, nur die dunkelblonden Zöpfe des reichen Haares, die über ihre Schultern fielen, und die Löckchen in ihrem schlanken Nacken.
Das Publikum der Erzählerin hingegen war eitel Neugier. Die eine der Zuhörerinnen hatte den Zeigefinger in den Mund gesteckt, so tief es ging, riß die Augen und blies die Backen auf, und hörte zu aus allen ihren Kräften. Eine andere preßte das Kinn an die Brust, glühte über und über, hielt beide Fäuste fest geballt, und die trotzige Ungeduld ihrer Mienen sprach: «Weiter! Weiter! — Was kommt jetzt?»
Anitschka, im höchsten Staate, mit buntem, turbanähnlich um den Kopf gewundenem Tuche und breiter Halskrause, saß steif und feierlich neben ihrem Abgotte. Ihr dreijähriges Schwesterchen und noch ein zweites leichtsinniges Wesen in gleichem Alter hockten auf dem Boden und teilten ihre Aufmerksamkeit zwischen der Rednerin und einem goldgrün schimmernden Rosenkäfer, den sie in einem Schächtelchen mitgebracht hatten und nun auf der Diele herumspazieren ließen.

Ronald blieb eine Weile in der Betrachtung dieser Gruppe versunken, bald jedoch, als würde er beschämt inne, daß er hier die unwürdige Rolle eines Lauschers spiele, zog er vorsichtig einen seiner schwerbestiefelten Füße nach dem andern zurück und trat von der Türe weg, die er unhörbar wieder schloß. Dann wendete er sich rasch und — — stand Aug' in Auge mit Božena.

Sie war hinter ihm durch den Gang gekommen, ohne daß er sie bemerkt hatte.

Die beiden maßen einander mit den Blicken. Fast drohend schien der ihre zu fragen: «Was hast du hier zu lauschen?»

Mit harmlosem Erstaunen schien der seine zu sagen: «Warum mißgönnst du mir den holden Anblick?»

Ronald legte grüßend die Hand an seinen Hut. «Sie sind Božena», sprach er, «wir haben uns vor zehn Jahren am Grabe Ihres Herrn gesehen.»

Božena bejahte.

«Und die Märchenerzählerin dort ist das kleine Mädchen, das Sie damals vom Friedhof hinweg in Ihren Armen trugen. Nicht wahr?»

«Ja, Herr Graf.»

«Wie ist die hold und lieblich geworden!» sprach er mehr zu sich selbst als zu ihr.

Das Gesicht der Magd wurde immer finsterer; sie warf den Kopf in den Nacken, sah Ronald wieder an wie früher, mit dem mißtrauisch forschenden Blick, und schritt an ihm vorüber in den Saal.

Ronald gab seine Jagdbeute in der Küche ab und wanderte nach seinen Zimmern. Auf dem Schreibtisch, neben den hochaufgestapelten Wirtschaftsbüchern und Rechnungen, fand er neuangelangte

Briefe, alle dringenden, alle gleichen Inhalts. «Ihr sollt bald erledigt werden», dachte er und ergriff die Feder, um den Auszug aus der Gutsbeschreibung zu beenden, die er für Regula entworfen hatte. Die Arbeit wollte nicht vom Fleck gehen; lächerlich zu sagen, denn — wer könnte diese optische Täuschung erklären? — über die Katastralmappe, auf die er von Zeit zu Zeit einen Blick werfen mußte, sah er ganz deutlich kleine braune Locken fliegen, wie man sie doch nur, natürlich gekräuselt und seidenweich im Nacken eines Mädchen schimmern sieht ... Und auf dem länglichen Viereck, das zyrillische Buchstaben als «Wiese» bezeichneten, lagen Rosen — Rosen die Fülle ... Eine Knospe darunter, die aufgeblühten alle an Schönheit überstrahlend, wunderbar in sich geschlossen, den grünen Kelch in zartes Moos gehüllt. Sie schien sich leise zu regen, ihr duftendes Blättergefüge sich zu lösen, sich atmend zu entfalten unter seinem Blicke ... Wie kindisch doch und störend, solch ein müßiges Spiel der Phantasie! — Am störendsten aber und wirklich unerträglich ist ein Vorwurf, den er sich machen muß. Seine Mutter hat gestern zu sprechen begonnen von einem jungen Geschöpf, einem Kinde, dessen Anwesenheit für sie ein wahres Herzenslabsal sei, und er, nur mit dem beschäftigt, was er selbst zu sagen hatte, schenkte ihr kein Gehör. Ein Unrecht, das er sogleich gutmachen will.

Er hat sich rasch umgekleidet und schreitet durch die Halle; heiß strömt die Luft ihm entgegen, die Hitze ist drückend, ein schweres Gewitter steigt am Horizonte auf; wie dichter bleigrauer Qualm türmen die Wolken sich übereinander, dazwischen schießen Blitze ihre glühenden Pfeile.

Ein Knecht rennt über den Hof und ruft Ronald zu: «Das kommt! Das kommt»
Ronald stieg die Treppe empor und begab sich nach dem Zimmer seiner Mutter. Er fand sie nicht allein, das Fräulein von Fehse leistete ihr Gesellschaft; sehr angenehme wie es schien, denn beide lachten herzlich. Die Wände haben Ohren, aber keine Zungen, sonst hätten die alten ihre Bewunderung ausgesprochen über den ihnen völlig fremd gewordenen Schall, der heute so munter an sie anprallte.
Die Gräfin stellte Ronald ihrer kleinen Freundin vor. Diese wurde etwas verlegen, als sie hörte, daß er sie heute schon gesehen, und beinahe in Versuchung geraten war, sie zu belauschen, und sagte: «Das wäre nicht recht gewesen.» Er wisse das wohl, meinte Ronald, deshalb sei es auch nicht geschehen. Sie sprachen angelegentlich zusammen, von Weinberg, von dem alten Hause, in dem Röschen aufgewachsen, von Božena und Mansuet. So unbefangen auch ihr Auge dem seinen begegnete, es lag etwas in ihrem ganzen Wesen, das sagte: «Wie weit bist du mir jungem Kinde überlegen und lässest mich's doch nicht empfinden!» — Ihn aber machte der Anblick dieses anmutigen Röschens gar nachdenklich. Für wen bist du erblüht in Dunkel und Stille? Welche Hand ist bestimmt, dich einst zu pflücken? O wär sie stark, dich zu behüten im rauhen Leben ... O wär sie zart, den Schimmer nicht abzustreifen, der wie Himmelsabglanz dein Wesen verklärt, ja, stark und zart, und bewahrte dir die Unschuld deiner Seele!
Das Gewitter war immer näher gekommen und stand nun senkrecht über dem Schlosse; keine Pause mehr zwischen dem Aufleuchten des Blitzes und dem Rol-

len des Donners. Die Gräfin und Röschen waren an das Fenster getreten und blickten hinaus, als plötzlich ein harter, rasselnder Schlag niederfuhr, der das Haus bis in seine Grundmauern erschütterte. Der Graf stürzte mit den Worten herein: «Das hat eingeschlagen!» Ronald eilte aus dem Zimmer, und sein Vater rief ihm nach: «Im Gartenflügel war's!» ... «Nein — nein!» hörte man ihn schon aus der Ferne antworten. — «Doch!» schrie der Graf, «im Gartenflügel!» Und so rasch er konnte, gefolgt von seiner Frau und Röschen, lief er in den Saal hinüber. An der Altanentüre angelangt, schlug der Greis die Hände laut zusammen und jammerte: «Meine Linden brennen! ... Der Sturm erhebt sich — kein Tropfen Regen fällt vom Himmel, wir haben so lange Dürre gehabt ... Meine Linden sind verloren!»

In der Tat, der große Ast des mittleren der Bäume, der wegstrebend aus der gemeinsamen Krone einen buschigen Bogen über die Straße bildete, stand in Flammen. Knechte und Landleute hatten sich um die Linden versammelt, blickten hinauf, schüttelten die Köpfe und teilten einander mit: «Dort oben brennt's.» Jetzt aber drängte sich ein Mann durch die Gruppe der müßigen Zuschauer, erstieg den Sockel der Johannesstatue und schwang sich von da aus in die Zweige, in denen er verschwand. Bald sah man ihn, in der halben Höhe des vom Sturme gerüttelten Baumes, auf einem Ast stehen und gegen den brennenden wuchtige Beilhiebe führen, um ihn vom Stamme zu trennen.

«Wer ist der Narr?» fragte der Graf, mit schlecht verhehlter Besorgnis.

«Es ist Ronald», antwortete die Gräfin, kaum des Wortes mächtig. Eine kleine Hand streckte sich nach der ihren aus, Stütze bietend und — suchend, und die alte Frau blieb, an Röschen gelehnt, in stummer, von dem Kinde treulich geteilter Angst, im Fenster stehen.

Die Leute unten hatten inzwischen Feuerhaken herbeigeholt, und zerrten aus allen Kräften an den ihnen erreichbaren Zweigen des brennenden Astes. Das Feuer griff immer weiter um sich, beleckte schon das dürre Holz am Stamme, loderte schon zu Ronalds Füßen empor ... Da strömte, wie aus plötzlich geöffneten Schleusen, ein Platzregen aus den Wolken nieder, und fast zugleich stürzte rauchend und prasselnd der gewaltige Ast unter weithin vernehmbarem Gekrache zur Erde. Die Heldenschar am Fuße der Linde machte sich über ihn her und löschte die aufzüngelnden Flammen, die noch um den Leichnam ihres Opfers kämpften. Erstaunliche Tätigkeit entfalteten dabei der Burggraf, Kutscher Florian, vor allen jedoch — Meister Peter.

Von dem Augenblicke an, da der Regen zu strömen begann, war der Graf ungeduldig geworden.

«Da haben wir's!» rief er, «der Himmel löscht selbst, was er angezündet hat ... Warum mir meine schönste Linde ruinieren?» ... Er wandte sich um — — und sah mitten im Saale, möglichst fern von Fenstern und Türen, eine schwarz verhüllte Gestalt auf dem Sessel sitzen. Während die Anwesenden das Schauspiel an der Parkmauer mit leidenschaftlichem Interesse verfolgten, mußte sie sich, von ihnen unbemerkt, eingefunden haben.

«Fräulein Heißenstein?» fragte der Graf.

«Jawohl», antwortete eine Stimme unter der seidenen Mantille hervor, die ihre Eigentümerin sich um den Kopf gewickelt hatte: «Aber — sprechen Sie nicht! Der geringste Luftzug könnte einen Blitzstrahl herbeilocken.»

Der Graf versicherte, das Gewitter sei vorübergezogen, und bat sie, «sich zu developpieren.»

Die Gräfin und Röschen halfen ihr bei dieser Operation, denn allein vermochte sie sich nicht zu helfen. Sie war noch zu angegriffen und stammelte nur mit bleichen Lippen: «Ich glaubte, mich in das größte Gemach des Hauses flüchten und mich in Seide isolieren zu sollen . . . wegen der gefährlichen Elektrizität, Herr Graf, welche jetzt über unserer Atmosphäre schwebt.»

«Bravo, bravo, mein Fräulein», sagte der Greis, «das ist Vorsicht — deren Verwandtschaft mit der Weisheit wir kennen.»

Jetzt kam der Burggraf, pustend und sich den Schweiß von der Stirn wischend: «Keine Gefahr mehr! . . . Wir haben alles gerettet!»

«Ihr habt! Ihr habt! — Der liebe Herrgott hat — Ihr habt nichts getan als Unsinn, mir meinen Baum verstümmelt . . . Gibt es denn keine Feuerspritze? Hat keiner von den Dummköpfen an eine Feuerspritze gedacht?» rief der Graf zornig — in diesem Augenblicke war das nächstliegende Auskunftsmittel ihm selbst eingefallen.

«Die Feuerspritze ist noch nicht zurück von dem Waldhof, wohin sie gestern geschickt wurde, weil ein paar leere Bauernscheunen brannten — ganz unnötigerweise — ich hab es gleich gesagt», versetzte der Burggraf.

Sein Herr fuhr ihn an: «Da haben Sie etwas Sauberes gesagt! . . . Aber lassen Sie das jetzt gut sein. Kümmern Sie sich auch ein wenig um mich — sorgen Sie dafür, daß endlich aufgetragen werde. Meine ganze Hausordnung ist gestört . . . Wo bleibt Peter?»

Trotz aller Eile, mit der man nun das Auftragen des Mittagsmahles betrieb, wurde es vier Uhr, bevor die Herrschaften sich zu Tische setzen konnten. Der Gewitterregen war in einen dichten, anhaltenden Landregen übergegangen, man mußte den Rest des Tages im Zimmer zubringen, was die üble Laune des Grafen nicht wenig erhöhte.

Er hatte Ronald mit den Worten empfangen: «Trop de zèle, mein guter Ronald — trop de zèle», und sah ihn, schmollend wie ein Kind, entweder verdrießlich, oder gar nicht an. Der Nachmittag drohte langweilig zu werden; die Gesellschaft hatte sich in den großen Saal begeben. Regula dachte im stillen darüber nach, ob Ronald sie wohl verstehe? Der Graf vertiefte sich in die erstaunlichen Kombinationen eines Kapuzinerspieles, auch die Gräfin und Ronald schwiegen. Da sagte Röschen, die bisher ganz still und nachdenklich gewesen war, plötzlich: «Es war schrecklich, das Gewitter!»

«Haben Sie Angst gehabt?» fragte Ronald.

«O sehr», erwiderte Röschen, «um Sie!»

Regula warf ihrer Nichte einen mißbilligenden Blick zu, der Graf jedoch hob den Kopf empor und ein schalkhaftes Lächeln erhellte sein altes Gesicht. Seine Liebe zu seinen Kindern kam ihm augenblicklich zum Bewußtsein, sobald andere ihnen Teilnahme zeigten. Mit unnachahmlicher Liebens-

würdigkeit sagte er zu Röschen: «Erlauben Sie, mein Fräulein, daß ich Ihnen im Namen dieses Landjunkers ohne Lebensart ergebenst danke!»
Seine Verstimmung war wie durch Zauber verschwunden, er machte Fräulein Heißenstein förmlich den Hof, was sie entzückte, und bat sie endlich, eine Partie Bézique mit ihm zu spielen: «Um die Ehre, natürlich.» Ronald könne indessen der Gräfin und Röschen etwas vorlesen. «Etwas Heiteres, etwas von Kotzebue. Nur mit deinen Klassikern verschone die Damen!»
Der Graf und Regula gingen an den Spieltisch, der in einer Ecke des Saales stand, und Ronald erkundigte sich nach Fräulein Röschens Geschmack in der Literatur. Die Schülerin Mansuet Weberleins legte arglos ihre Kenntnisse an den Tag, und welch eine drollige Raritätensammlung kam da zum Vorschein! Ronald konnte sich nicht genug wundern. Dieses reichbegabte, begeisterungsfähige Geschöpf hatte in die lichte Zauberwelt der Poesie niemals einen Blick getan; fremd geblieben war ihr alles Schöne, was je gesungen und gesagt worden.
Nach kurzem Besinnen holte Ronald ein stattliches Buch herbei; vielgelesen gab es Zeugnis von der Freundschaft, in welcher sein Besitzer zu ihm stand. Es enthielt einfache und hehre Gesänge aus uralter Zeit. Teils las, teils erzählte Ronald «dem freudig blickenden Mägdlein» von den Kämpfen herrlicher Helden um ein zauberisches Weib, um eine Stadt, die mit dem Urbilde der Schönheit das Verderben in ihre Mauern aufgenommen; vom unversöhnlichen Haß der Menschen und der Götter — — aber auch von Vaterlandsliebe, häuslicher Tugend, von Kindes-

und Gattentreue. Er las, wie der tapferste all der Königssöhne, die hinausgezogen, um ihren bedrängten Herd zu verteidigen, Abschied nahm von seiner Gattin und von seinem lieben Kinde, wie er es geküßt und sanft in den Armen gewiegt ... Ein tiefes Atmen, ein leises Schluchzen unterbrach Ronald. Röschen, die ihn eben noch mit leuchtenden Augen angesehen hatte, saß nun da mit gesenkten Lidern, bebenden Lippen und rang mit ihren Tränen.

Die Gräfin legte den Arm um sie, Ronald sprang bestürzt empor ...

«Double Bézique!» rief der Graf triumphierend und lachte aus vollem Herzen: «Sie hätten das verhindern können, mein Fräulein!»

Aber das Fräulein war zerstreut gewesen. Sie hatte, statt ihre Aufmerksamkeit auf das Spiel zu konzentrieren, Ronalds verwünschtem «Tik-tak-tak» zugehört, wie der Graf, den Silbenfall des Hexameters nachahmend, sagte.

«O Herr Graf!» sprach Regel, ihre Karten auf den Tisch legend, «verunglimpfen Sie nicht den traulichen Sänger von Chios!»

Sie wünschte, daß Ronald weiterlese, aber dieser entschuldigte sich und sah dabei so verlegen, ja fast verstört aus, daß Fräulein Heißenstein der Behauptung des Grafen, eine gelehrte Dame, wie sie, imponiere seinem Sohne viel zu sehr, allen Ernstes Glauben schenkte.

Röschen blieb den Rest des Abends schweigsam; sie hatte einen mächtigen Eindruck empfangen; einen Blick in eine neue Welt getan; Gestalten, von unsterblichem Leben erfüllt, groß in Tugend und Schuld, an sich vorüberwandeln gesehen. Und aus dem Bilde voll Erhabenheit und Glanz war, umstrahlt von der Majestät des Schmerzes, ein liebes, schönes Menschenpaar hervorgetreten, und hatte sie an eine Erinnerung aus frühen Kindertagen gemahnt, die in ihr noch dämmerte.

«Es hat Sie allzusehr ergiffen», sagte Ronald zu Röschen, «den Abschied des Kriegers von Frau und Kind wollen wir nicht mehr lesen.»

«Im Gegenteil, noch oft, sehr oft!» erwiderte sie.

Ronalds Gedanken beschäftigten sich noch lange mit ihr, und kamen auch immer wieder auf eine vorläufig noch fiktive Persönlichkeit, auf den Mann zurück, der sie einst heimführen sollte. Wird er seines Glückes wert sein? — Wird er es zu ermessen verstehen? ... Der Beneidenswerte! — Nicht das Leben nur darf er sie kennen lehren, auch dessen verklärtes Bild, die Poesie. Weiß unter Hunderten einer, was das bedeutet? Was es bei *ihr* bedeuten würde?

*

Im Laufe des nächsten Vormittags suchte Ronald das Fräulein Heißenstein im Garten auf, wo sie sich nach Boženas Angabe befand, um ihr die inzwischen beendete Gutsbeschreibung zu übergeben und um mit ihr die Angelegenheiten Rondspergs zu besprechen. Regula versuchte mehrmals, der Unterhaltung einigen Schwung zu verleihen, aber es wollte nicht gelingen. Einmal wurde Ronald sogar fürchterlich zerstreut und antwortete auf ihre Bemerkung, es gebe nichts Träumerischeres, als einen sonnigen Sommertag, besonders nach einem Regentag: «Achthundert Joch, mein Fräulein!» Ein paar Minuten früher waren sie Röschen und Anitschka begegnet, die große

Sträuße von Wiesenblumen trugen. Röschen hatte den ihren emporgehalten und Ronald im Vorübereilen zugerufen: «Für Ihre Mutter!»
Er wanderte weiter an Regulas Seite, und in einiger Entfernung von ihnen ging sein Vater mit dem Burggrafen im Garten spazieren; er hatte Ronald und das Fräulein wohl bemerkt, schien ihnen aber sorgfältig auszuweichen. Eine böse Vorbedeutung! Ronald wußte, wenn der alte Herr es vormittags vermeidet, mit ihm zu sprechen, so geschieht es, weil er etwas gegen ihn auf dem Herzen hat. Vor Tisch darf aber keine unangenehme Erörterung stattfinden, das wäre gegen alle Regeln der Hygiene. Ärgern darf man sich ohne Schaden für die Gesundheit erst nachmittags.
Bis dahin versparte sich denn auch heute der Greis das Aussprechen seines Verdrusses; der tückische Anstifter desselben, sein Günstling, wurde ausnahmsweise zum schwarzen Kaffee auf die Terrasse geladen. Und kaum hatte sich die Gesellschaft um den runden Tisch versammelt, als der Graf auch schon seinem ihm gegenübersitzenden Sohne zurief: «Unter anderm! Mir ist gemeldet worden, daß die Bauern Tag und Nacht an der Grenze jagen. Weißt du davon?»
«Nein, Vater», erwiderte Ronald und sah dabei den Burggrafen strafend an, was der mit dreister Gelassenheit ertrug.
«Mein guter Sohn kümmert sich um derlei Lappalien nicht», spöttelte der Graf. «Was liegt ihm daran? ... Warum sollte der Bauer nicht jagen? — Es freut auch ihn, und seine Freude wiegt die des Edelmanns auf. Vor Gott sind wir alle gleich. Deshalb nehmen wohl

die Hannaken, wie ich ebenfalls höre, die Pfeife nicht mehr aus dem Munde, wenn sie mit dir sprechen.»

Den Anfang seiner Rede hatte der alte Herr an die ganze Gesellschaft, ihren letzten Satz an seinen Sohn allein gerichtet; es war ein direkter Angriff, den Ronald mit lächelnder Ruhe hinnahm und mit dem offenen Geständnis beantwortete: «Es kommt freilich vor.»

Der Graf schüttelte sich, wie durchfröstelt von Widerwillen. «Zu meiner Zeit», fuhr er fort, «steckte der Bauer, wenn er mich von weitem sah, auf die Gefahr hin, in Flammen aufzugehen, die brennende Pfeife in seine Tasche. Dir — klopft er sie einmal auf der Nase aus.»

Dies sollte im Scherz gesprochen sein, kam aber um so bitterer heraus, je mehr der Graf sich bemühte, die in ihm gärende Entrüstung hinter seinem Spotte zu verbergen.

Die Gräfin erbebte leise, Regula verzog den Mund und dachte: «Wie kann man sich das bieten lassen?»

Der Burggraf kicherte untertänig und Röschen erschrak und erbleichte... Was wird geschehen? — Wird Ronald zornig auffahren gegen seinen Vater?... Angstvoll schoß ihr Blick zu ihm hinüber und traf ein ernstes, aber unbewegtes Angesicht, auf dem ihr Auge ruhen blieb so voll Mitgefühl, so voll Bewunderung, daß der Mann unter diesem begeisterten Kinderblicke errötete und den seinen senkte.

Es war eine schwüle Sekunde, und allen gereichte es zur Erquickung, einen Wagen in den Hof rollen und Peter melden zu hören: «Frau Baronin kummen.»

«Meine Thilde!» rief der Graf lebhaft und erhob sich, um die Tochter zu begrüßen, deren sonore Stimme sich bereits in der Halle vernehmen ließ.
Gleich bei ihrem Erscheinen erklärte die Baronin, sie käme heute weder um Papas, noch um Mamas, sondern nur um Regulas willen, auf welche sie auch zuerst zuging und der sie flüchtig einen Kuß auf die Wange gab.
«Ronald und ich», rief die Freifrau, «wollen diese Städterin mit unserer Landwirtschaft bekannt machen, für die sie sich außerordentlich interessiert.»
Der Graf dachte zwar, davon habe er bis jetzt nichts bemerkt, aber es freute ihn immer, wenn sich jemand geneigt zeigte, die Herrlichkeiten Rondspergs in Augenschein zu nehmen.
Auf den Wunsch der Baronin mußte ohne Verzug angespannt werden; sie lachte, als ihre Mutter sie bat, doch ein wenig von ihrer Fahrt auszuruhen. Was tut man denn beim Fahren anderes als ruhen? Sie hatte keine Zeit zu verlieren, übermorgen in aller Gottesfrühe mußte sie wieder fort; denn: «Wir nehmen die Sommerbirnen ab und fangen schon Montag an, das Korn zu schneiden.»
Während die Baronin von der bevorstehenden Ernte sprach, hörte sie nicht auf, Röschen zu beobachten, und zwar mit einem Interesse und einem Wohlwollen, das ihr ein fremdes Wesen nicht leicht einflößte.
Sie hatte dem Unglück ihres Bruders heiße Tränen gezollt, damit war aber auch die Sentimentalität abgetan; nun hieß es, sich eine Räson machen, sich in das Unvermeidliche fügen. Ronald kann nichts Gescheiteres tun, als in den sauren Apfel beißen und

die Weinhändlerin heiraten. Wenn die einmal ihre Schwägerin ist, wird Thilde sie schon dahin bringen, ihre allerliebste Nichte so großmütig auszustatten, daß sie ohne weiteres auf das Glück Anspruch machen darf, eine Schwiegertochter der Baronin Waffenau zu werden.
«Das kann sich alles finden», dachte die praktische Frau und mahnte zum Aufbruch.
«Auf Wiedersehen, Papa, auf Wiedersehen, Mama, auf Wiedersehen, Kleine!» Sie fuhr schmeichelnd mit der Hand über Röschens Scheitel. «Mich wundert», sagte sie zu sich selbst, «daß die kluge Regula dieses bezaubernde Ding mitgenommen hat. Ronald ist zwar sehr verständig, aber — er ist ein Mann; und ihn so geradezu herausfordern zum Vergleiche... Ich hätt es an ihrer Stelle nicht gewagt.»
Sie nahm Regulas Arm und führte sie hinweg. Fräulein Heißenstein aber fand, die Baronin erweise Höflichkeiten, die sie füglich ihrem Bruder überlassen sollte.
Ein hoher Jagdwagen war vorgefahren; die beiden Damen installierten sich darin, Ronald schwang sich auf den Vordersitz und ergriff die Zügel. Florian wurde, zu seiner großen Unzufriedenheit, daheim gelassen. Er hätte sich so gern zum Cicerone des Stadtfräulein gemacht, weil der junge Herr Graf gar nicht verstand, den Leuten, wie sich's gehört, Sand in die Augen zu streuen.
Das Ziel, nach dem Ronald lenkte, war ein ansehnlicher, zu Rondsperg gehörender Hof, der von ziemlicher Höhe aus die Gegend beherrschte. Nach einer Viertelstunde raschen Fahrens hielt der Wagen vor einem Gebäude, das ehemals ein Schlößchen gewesen

und später in einen Schüttkasten umgewandelt worden war. Leere Scheunen und Ställe schlossen sich hufeisenförmig an ihn an. In der Mitte des Hofes stand ein Kastanienbaum, in dessen Schatten ein alter Hahn mit gichtisch zuckenden Beinen und zerzaustem Gefieder seinen ihn umgebenden Harem bewachte. Ein paar Schritte weiter befand sich ein Ziehbrunnen, neben dem einige Holzrinnen, die ein Knabe mit Wasser zu füllen beschäftigt war, auf dem Boden lagen. Dieser Junge wurde herbeigerufen und ihm die Hut der Pferde anvertraut.

«Gib acht auf Kočka und Myška!» rief ihm die Baronin zu, und hüpfte leicht, wie ein sechzehnjähriges Mädchen, aus dem Wagen.

Regula zeigte sich beim Aussteigen so unbeholfen, hatte so gar keine Ahnung, wohin sie den Fuß setzen sollte, daß Ronald sich genötigt sah, sie in seine Arme zu nehmen und aus dem Wagen zu heben, was er denn auch ohne Umstände tat und was ihr recht zu sein schien. Dann geleitete er sie durch das offene Tor der Scheune zu einem mit Erlen bewachsenen Platze, der eine weite Fernsicht gewährte.

«Von hier aus», sagte Ronald, «überblicken Sie so ziemlich die Rondsperger Flur. Die Wiese dort unten, hinter dem breiten Gerstenfeld ... Mein Gott, Fräulein, wohin sehen Sie denn? Links — noch weiter — so! ... Die Wiese dort, die Pappeln auf jener Hügelkette, zu deren Füßen Sie das Schloß sehen ... sehen Sie es?»

Regula versicherte, sie «nehme es ganz deutlich wahr».

«Und das Flüßchen drüben im Tale, das stellenweise herüberschimmert, wo seine Ufer sich verflachen — bilden die Grenzen Ihres Reiches. Hier, mein Fräulein, übergebe ich Ihnen Rondsperg. Die gerichtlichen Schritte macht Doktor Wenzel, unser beiderseitiger Vertrauensmann. Für Sie und mich ist der Kauf mit diesem Handschlage geschlossen.»

Er reichte ihr die Hand und seine Schwester bemerkte, daß er leicht erblaßte, als Regulas Hand in die seine sank. Fräulein Heißenstein blickte ihn dabei an, schmachtend — erwartungsvoll, und sah so komisch aus, daß die Baronin ein Lachen verbeißen mußte, obwohl sie in einer Stimmung war — einer Stimmung! ... Sie hätte alle Welt prügeln mögen.

Regula warf Kennerblicke um sich, fragte vor einer Stechapfelstaude, ob dies nicht Enzian sei; verwechselte Schierlings- mit Eibischblüte und Hirse mit Reps, und erklärte zuletzt, sie müsse gestehen, daß sie die umliegenden Felder schön finde.

«Sie sind leider verpachtet auf Jahre hinaus», rief die Baronin, «parzellenweise verpachtet und — unter welchen Bedingungen! ...»

Sie lief in Verzweiflung zwischen der Scheune und einem Hühnerstalle hin und her. «Das ist der gute Papa gewesen, sehen Sie — der gute Papa! Ganz Rondsperg verpachten, was uns vor Jahren noch hätte retten können — o eher sterben! ... Aber hie und da einen abgelegenen Acker an einen Gläubiger, warum nicht? — Dann aber auch um ein Stück Brot! ...»

Ronald fiel seiner Schwester ins Wort: «Es bietet sich jetzt die Gelegenheit», sagte er, «den größten Teil der Pächter mit geringen Opfern abzufinden. Sie müssen es tun, Fräulein. Ich rate Ihnen, diesen

Ihren besten Hof einzulösen und, wenigstens solange ich noch hier als Ihr Bevollmächtigter fungiere, in eigener Regie zu behalten.»

«Ich werde tun, was Sie mir raten, Herr Graf», sprach Regula und trat an seine Seite, und als die beiden nebeneinander standen, dachte die Baronin: «Es ist doch nicht möglich! — Nein, es ist doch nicht möglich!»

«Auch wollte ich Ihnen ankündigen«, fuhr Regula fort, daß mein Sekretär mit der ersten Rate des Kaufschillings morgen früh hier eintrifft und ...»

«Aber, liebste Regula!» unterbrach sie die Baronin, «was fällt Ihnen ein, den Mann hierher zu bestellen? Seine Ankunft würde Aufsehen in Rondsperg machen. Er darf nicht kommen. Ronald muß ihren Schimmel» — sie nahm sich niemals Zeit, Schimmelreiters ganzen Namen auszusprechen — «auf der Station erwarten, das Geld in Empfang nehmen, den Überbringer aber bitten, um Gottes willen wieder heimzufahren. Wenn der Burggraf zehn Worte mit dem Sekretär tauscht, so kommt er euch hinter euren frommen Betrug und rapportiert ihn Papa in einer Weise, die an uns allen zusammen nicht ein gutes Haar läßt!»

Ein alter Schäfer, der den Tieren, die er trieb, ähnlich sah, kam mit seiner kleinen Herde den Berg herauf und wünschte «guten Nachmittag». Während Ronald sich mit ihm in ein Gespräch einließ, spazierte Thilde von einem Gebäude zum andern, öffnete die Türen, sah in die Fenster hinein und rief: «Diese Mauer stürzt nächstens zusammen, — hier braucht's einen neuen Dachstuhl, — der Stall muß eingerissen werden! ... Prickelt es einem nicht in allen Fingern? Möchte man nicht gleich selbst Hand anlegen?»

Jetzt kam auch das Weib des Schäfers herbei und begrüßte die Baronin mit großen Freudenbezeugungen, brach aber sofort in heftiges Schluchzen aus und klagte unter beständiger Anrufung des göttlichen Heilands und der «svatá panenka» Maria: «Daß ich meine gnädigen Herrschaften so selten sehe! Dreizehn Jahr — dreizehn Jahr sind der Herr Vater und die Frau Mutter nicht mehr bei uns gewesen ... Es ist ihnen hier zu traurig ... Freilich, wie sieht es auch aus!»

Die Baronin tröstete sie: «Sei ruhig, Liborka! Es wird anders werden. Nicht wahr?» sprach sie zu ihrem Bruder, der sich genähert hatte, «nächstens schickst du Maurer und Zimmerleute herauf?»

Ronald erwiderte, dies könne, mit Erlaubnis Fräulein Heißensteins, schon morgen geschehen. Fräulein Heißenstein freute sich darüber sehr, erkundigte sich nach den Ziegelpreisen und legte beachtenswerte Kenntnisse im Baufache an den Tag.

*

Die Heimfahrt wurde unter tiefem Schweigen zurückgelegt. Die Baronin gab sich ihren Betrachtungen hin und das Ergebnis derselben war: «Ronald hat ganz recht, in den sauren Apfel zu beißen. Wenn meine Wirtschaft in einem solchen Zustand wäre, wie die seine — und müßt ich, um ihr aufzuhelfen, die Frau des Teufels werden — ich nähm den Teufel, weiß Gott!»

Ronald dachte an ein Paar braune Augen, an einen leuchtenden Blick. Er dachte: «Röschen, Röschen, wie wird es dir ergehen in dieser argen Welt, du Herz voll Mitleid, du Seele voll Begeisterung?»
Regula hingegen sagte zu sich selbst: «Dieser arme Graf, man muß ihn bedauern ... Er *kann* nicht sprechen — aus Delikatesse ... Ich werde — es ist schrecklich — die ersten Schritte tun müssen!»
Die Sonne stand schon ziemlich tief, als die Equipage in der Nähe des Parks anlangte; die Baronin schrie plötzlich auf: »Unerhört! Da steht Papa mit Röschen unter den Linden — außerhalb seiner vier Mauern, außerhalb seines ‹freiwilligen Kerkers› ... Ein Ereignis! Das ist ja ein Ereignis!» rief sie dem Grafen zu, vor dem jetzt der Wagen hielt.
«Jawohl, aber» — der alte Herr deutete auf seine Begleiterin — «wo es Feen gibt, da geschehen Zeichen und Wunder. Sie befehlen, der Sterbliche gehorcht. Jetzt jedoch, bitte ich euch, mich aufzunehmen. Thilde, räume mir den Platz und ergreife die Zügel. Mein Sohn wird die Ehre haben, Ihnen auf dem Heimwege seinen Schutz angedeihen zu lassen, oder vielmehr, ich empfehle ihn dem Ihren!» sagte er zu Röschen.
Die Baronin hatte sich beeilt, auszusteigen und half ihrem Vater in den Wagen. Dann besann sie sich einen Augenblick und wollte schon sagen: «Fahr zu, Ronald, ich will Röschen geleiten.» Aber als sie zu ihm hinaufblickte, ergriff sie ein menschlich Rühren. Es war ein solcher Glanz des Glückes über sein Gesicht verbreitet, daß sie dachte: Er hat der Bitternisse genug, mag er auch einmal eine Freude haben! ... Und schon saß sie auf dem Bock und nahm die Zügel

aus Ronalds Hand. Mit einem Satze sprang er herab, die Baronin trieb die Pferde an und rasch rollte der Wagen längs der Mauer des Parks davon.
Ronald sah ihm nach und ihm war zumute, als entführe dieser enteilende Wagen alle seine Sorgen und als stände er nun allein und frei auf der Erde mit dem Lieblichsten, das sie trug, und ihn überkam eine Empfindung der Seligkeit, wie er sie nicht mehr gekannt seit seiner Knabenzeit; seit den Tagen unbewußter Wonne, wo man sich noch nicht wundert, daß man glücklich ist.
Nicht minder froh als er schien Röschen, und als er fragte: «Wohin nun? Welchen Weg nehmen wir?» antwortete sie, ohne sich zu besinnen: «Den weitesten!»
«Das mein ich auch», rief er, «am liebsten führt ich Sie über jene Berge dort!»
Er glitt rasch mit der Hand über die Augen. «Wie wär's, was denken Sie, wenn wir so zusammen wandern gingen, weit — weit, und erst heimkehrten in unzählig vielen Jahren ... Da klopfen ein Paar uralte Leute an der Pforte des Schlosses: ‹Wer ist's?› fragt eine Stimme, die wir nicht kennen. Ronald und Röschen, die eines schönen Abends spazieren gegangen sind und länger, als sie anfangs dachten, verweilten auf dem Weg ...»
«Traurige Heimkehr!» sagte Röschen. «Ihre Mutter tot — Božena tot — und wir so alt! ...»
«Gut denn! Wenn Sie sich vor einer großen Reise fürchten, so wird nur eine kleine unternommen. Wir gehen durchs Dorf, in den Hain, über die Hutweide zu den Pappeln, denselben Weg von dort an, den Sie gekommen sind. Ist das recht?»

«Es ist recht. Sie müssen aber nicht glauben, daß ich mich vor einer großen Reise fürchte. Schon als kleines Kind bin ich aus Siebenbürgen nach Weinberg gereist, durch ganz Ungarn.»

«Ja — auf Boženas Arm.»

«Und auch zu Fuße.»

«Was hilft's, daß Sie eine so tapfere Reisende sind, wenn Sie nicht mehr reisen wollen?» Ronald blieb stehen und fragte plötzlich: «Wissen Sie, daß ich Ihr Vater sein könnte?»

Röschen antwortete, ohne ihren Blick von dem seinen abzuwenden: «Ich kann mir meinen Vater nur denken, wie ich ihn zum letztenmal gesehen habe...» Sie stockte.

«Erinnern Sie sich seiner?»

«O ganz deutlich — und doch...» Sie hielt von neuem inne.

«Röschen, was denken Sie jetzt?»

«Ob Sie ihm nicht ähnlich sehen? — Er war auch jung wie Sie, und war... Fragen Sie nur Božena und Mansuet, die haben ihn gekannt.»

Sie schritten weiter, langsam und ernst und dabei glücklich wie Kinder. Bauersleute gingen und fuhren an ihnen vorüber, und mit jedem tauschte Ronald einen Anruf oder einige Worte.

Im Dorf hatte man bereits Feierabend gemacht. Vor einem hübschen Hause, das sich durch den Anschein von Wohlhabenheit vor seinen Nachbarn auszeichnete, saßen drei Männer auf einer Bank: Großvater, Vater und Enkel. Als Ronald sich ihnen näherte, nahm der Greis die Pelzmütze vom Kopfe und erhob sich; der Mann blieb sitzen, zog aber den breitkrempigen Hut grüßend ab. Der Jüngling hatte die Arme

gekreuzt, rührte sich nicht und blickte gleichgültig vor sich hin.
Ronald sagte zu Röschen: «Ein Beispiel für viele. An die Art des Greises war mein Vater gewöhnt.»
Er dankte dem Gruße der Männer, trat dicht vor den Jüngling und streifte ihm ruhig das Käppchen ab.
«Nicht meinetwegen», sprach er, «aber deinetwegen. Hut ab, mein Junge, wenn dein Vater und dein Großvater ihre Häupter entblößen, sonst stehst du einst mit dem Hut in der Hand vor deinen Kindern.»
Der Bursche blickte trotzig zu ihm auf und schien von der Lehre wenig erbaut. Aber der Großvater sagte zu seinem Enkel: «Es ist dir recht geschehen.»
Ein junges Weib, das am Zaune ihres Gartens stand, riß die Augen weit auf, als sie Ronald vertraulich mit Röschen plaudernd daherkommen sah, und rief ihm zu: «Aha! Das ist die Braut aus der Stadt.» Sie stemmte beide Hände in die Seiten und betrachtete das Mädchen mit Wohlgefallen: «Meiner Treu, eine Hübsche haben Sie sich ausgesucht.»
«Was fällt Euch ein?» erwiderte er, «das ist nicht meine Braut. Die würde mich ja nicht nehmen, die wartet auf einen Jüngeren.»
«Sie soll sich nicht versündigen!» sprach das Weib und schien sehr aufgelegt, Röschen eine wohlgemeinte Zurechtweisung zu erteilen. Aber Ronald kam ihr zuvor und sagte scherzend: «Die Frau meint mir's gut!»
An einem der letzten Häuser des Dorfes eilte Röschen rasch vorbei — «denn», sagte sie, «hier wohnt Anitschka, wenn sie mich sieht, will sie wieder mit.

An der Hand habe ich sie nach Hause führen müssen, sie wäre sonst nicht gegangen.»
«Wie?» fragte Ronald, «Sie waren heute schon hier?»
«Eben — mit Ihrem Vater.»
«Armer Vater», dachte er, «heute vergaß er seines langjährigen Grolles, heute, da sich das letzte Band gelöst hat zwischen ihm und den Bewohnern seines Rondsperg. Er hat, ohne es zu wissen, Abschied von ihnen genommen.»
Am Ausgange des Dorfes befand sich ein Hain, aus dichtem Gebüsch gebildet, das einzelne Buchen und Birken überragten. Ein klares Wässerchen schlug sich durch das Gehölz, längs seines Ufers führte ein Fußsteig zu einem freien Platze empor. Eine Hügellehne umschloß, eine mächtige Eiche beherrschte die grüne Bucht. Die alte Riesin streckte drohend einen abgestorbenen Zweig in die Lüfte hinaus; ihre dunkel belaubten Äste verschlangen sich wie zu Schutz und Trutz. Finster stand sie da mit ihrem zerklüfteten Stamm und ihrem breiten, von manchem Sturm arg mitgenommenen Wipfel, inmitten des üppigen, strotzenden Anwuchses, und sie schien zu sagen: «Solche wie ihr, hab ich schon viele kommen und — verschwinden gesehen.»
Zu ihren Füßen, unter einem schindelgedeckten Dache, erhob sich ein Standbild der heiligen Anna, die ein Buch in der Hand hielt, aus dem sie eine außerordentlich kleine Jungfrau Maria lesen lehrte. Die Figuren waren aus Holz und von einem einheimischen Künstler bunt bemalt. Auf den Blättern des aufgeschlagenen Buches stand das ABC; demjenigen treu nachgebildet, das der Schulmeister von Rondsperg seiner Jugend vorschrieb.

An den Bergesabhang nebenan war ein Kapellchen angebaut. Es hatte einen niedrigen, dreieckigen Giebel und wölbte sich über einen Brunnen voll reinsten Wassers. Röschen schöpfte sogleich daraus mit der hohlen Hand. — Nein! so wie dieser hatte sie noch nie ein Trunk gelabt. Sie kniete am Rande des Brunnens und sah hinein. Ruhig und dunkel schimmerte der Wasserspiegel, und von der Tiefe herauf drangen, sich regelmäßig wiederholend, glucksende Laute.

Ein leises Lüftchen erhob sich und rauschte wie Gesang in den Wipfeln der Buchen und Birken, und wie ein dumpfes Brausen in dem Gezweig der Eiche. Die kecken Vöglein, die darin hausten, fielen mit lustigem Gezwitscher ein und umflogen geschäftig die traulich sichere Wohnstätte, die ihnen der alte Baum in dem Gewirre seiner Äste bot.

Röschen hatte sich auf eine der Wurzeln gesetzt, die wie gepanzerte Schlangen aus dem Boden ragten; glückselig schaute sie vor sich hin. Eine schlanke, blaue Glockenblume, hoch emporgeschossen aus dem Moose, schien ihre besondere Bewunderung zu erregen; Ronald wollte sie brechen: «Lassen Sie die Blume leben!» rief Röschen, «es sind noch nicht einmal alle ihre Glocken aufgeblüht, und — sehen Sie nicht, wie sie sich freut, daß sie dastehen darf im kühlen Schatten auf ihrem samtenen Teppich? . . . Aber —» fragte sie plötzlich mit einem forschenden Blick, «warum so traurig?»

»O Fräulein Röschen!» antwortete Ronald, «ich bin es lange nicht so sehr, als ich Ursache dazu hätte . . . Eine törichte Behauptung — nicht wahr?» beeilte sie hinzuzufügen, als er sah, wie bei diesen Worten die

Heiterkeit auf ihrem Gesichte erlosch: «Es kann kein großes Leid sein, das nicht einmal vermag, uns recht traurig zu machen. Und überdies — wer hat nicht seine Sorgen?»

«Ich», sprach Röschen, «habe bis jetzt keine Sorgen gehabt.»

«Jetzt aber haben Sie welche?» versetzte er und beugte sich lächelnd näher zu ihr. Ein sanfter Vorwurf lag in ihren Augen und der Seherblick der Liebe las mit innigem Entzücken Röschens Antwort darin und alle ihre unausgesprochenen Gedanken. Sie sagten in ihrer stummen Sprache: «Wie kannst du so fragen? Weißt du nicht, daß fortan deine Sorgen die meinen sind? . . . Seit jetzt, — seit dem Augenblick, wo ich dich bewundert habe in deiner Güte, du starker Mann. Plötzlich ist's gekommen und wird immer bleiben, die Empfindung stirbt nicht, die uns beide zueinander zieht. Kann ich aufhören, das Edle zu lieben? Kannst du aufhören, zu beschützen, was sich dir so vertrauensvoll hingegeben hat?

In gar lieblicher Gestalt tritt die Versuchung an ihn heran, doch er muß ihr widerstehen. Der Traum des Kindes ist zu schön, um Wirklichkeit zu werden . . . Ein Wort würde den Zauber zerstören. Soll er es sprechen?

Röschen hatte sich erhoben: «Wir vergessen ja, daß wir heute noch heim wollen!» sagte sie.

Er ging voran, bog mit beiden Händen die Zweige auseinander, die den schmalen, steil aufwärts steigenden Pfad überdeckten, und bahnte so seiner Begleiterin den Weg. Sie folgte schweigend. Hinter ihr schlugen die Zweige wieder zusammen, und wenn er anhielt und sich umwandte, sah er sie dastehen unter dem grünen, lebendigen Gewölbe wie ein Heiligenbild in laubgeschmückter Nische. «So bist du mein» dachte er, «so bin ich allein mit dir abgeschlossen von der ganzen Welt.»

Tiefe Stelle senkte sich über den Hain, leise nur zwitscherte noch hie und da ein silbernes Stimmchen in den Wipfeln, bewegte sich ein Blatt an den hängenden Zweigen der Birken; ein rosenroter Schimmer fiel durch das Dickicht, es lichtete sich immer mehr, Ronald und Röschen traten in das Freie. — Der Himmel war mit runden, flockigen Wolken überzogen, die im Widerschein der untergehenden Sonne leuchtend das Firmament bedeckten wie ein ungeheures purpurnes Vließ.

Röschen breitete die Arme aus: «Schön!» rief sie, «wunderbar schön!»

«Ich bin so glücklich, Fräulein Röschen», begann Ronald etwas unsicher und zögernd, «daß es Ihnen hier gefällt. Rondsperg ist vielleicht bestimmt, Ihr zukünftiger Aufenthalt zu werden.»

Sie sah ihn mit schmerzlichem Erstaunen an, der Ton, in dem er diese Worte gesprochen hatte, klang so seltsam, fremd und kühl.

«Es ist doch etwas Ernstes an dem, was ich vorhin im Scherze zu Ihnen sagte», fuhr er fort. «Ich muß wandern, liebes Röschen, wer weiß wie bald — wer weiß wie weit ... über die Berge, die Ihnen von den Linden aus so fern erschienen sind. Ich gehe einer ungewissen Zukunft entgegen und darf niemandem sagen: teile sie mit mir. Aber das Schicksal ist mir doch günstig ... *Sie* sollen ja daheim sein an dem Orte, den ich von meiner Kindheit an geliebt habe, und ich werde an Rondsberg nicht denken können, ohne zugleich an Sie zu denken ... Das wird mir die Seele erhellen — immer und überall!»

Röschen war sehr blaß geworden, ihr Herz klopfte rasch und bang, tausend Fragen drängten sich auf ihre Lippen, doch sprach sie nur die eine aus: «Sie wollen fort?»

«Nicht heute, noch morgen», antwortete er hastig und beklommen, «und daß ich gehe, ist ein Geheimnis, das nur Sie erfahren, weil ich vor Ihnen keines haben will, und weil ich Ihnen alles Gute zutraue, demnach auch Verschwiegenheit.»

Bestürzt erhob ihr Blick sich zu ihm, er hatte den seinen abgewendet und eilte rasch vorwärts, sie hielt Schritt mit ihm, in wenigen Minuten war die Allee erreicht.

«Wir sind so fröhlich ausgegangen und kommen nun so traurig heim», sagte Ronald, «und ich bin schuld daran ...»

«Es tut nichts,» erwiderte Röschen, «traurig sein ist auch gut.»

«Sie sind es nie gewesen ... niemals — sagten Sie nicht?»

Sie schüttelte den Kopf und lächelte ihn mit feuchten Augen an.

«O Röschen!» sprach er ...

«Willkommen!» rief eine Stimme, und aus dem Schloßhofe trat ihnen der alte Graf entgegen, den Hut auf dem Ohr, gerade aufgerichtet, mit Augen so frisch und hell wie die eines Jünglings. Erbarmungslos ließ er seinen Blick auf dem Gesichte seines Sohnes ruhen und weidete sich an dessen Verwirrung mit herzlichstem Ergötzen.

«Nun, mein Fräulein», sagte er zu Röschen, «ich

hoffe, Sie haben meine Begleitung bitter vermißt?»
«Ja — nein — — ja», stotterte sie in größter Verlegenheit und entfloh in das Haus.
«Ich lege mich Ihnen zu Füßen», rief der Greis ihr nach und klopfte mit einer plötzlichen Anwandlung von Zärtlichkeit seinem Sohne auf die Schultern: «Nicht übel die kleine Person? — — Was sagst du? — Flößt dir Aversion ein? . . . Schade!»
Er lachte, und als Ronald stockend erwiderte: «Was denken Sie, lieber Vater?» sprach er: «Nichts — was sollte ich denken? — Ein alter Mann — wer kümmert sich heutzutage um die Gedanken eines alten Mannes? . . .»
Er sah Ronald an, und es ward ihm weich und liebevoll zumute wie lange nicht. «Basta . . . Lassen wir das gut sein . . .» und wieder klopfte er ihm auf die Schulter. «Wir verstehen uns!» Er war davon überzeugt.
Dieses Mal aber hatte er seltsamerweise recht.

*

Röschen wurde aus dem Schlafe, in den sie gesunken war, sobald sie ihr Haupt auf das Kissen gelegt hatte, durch melodische Klänge geweckt, die leise und lieblich durch das offene Fenster hereinschwebten. Aus einem Zimmer des Erdgeschosses stiegen sie zu der Schlummerstätte des jungen Mädchens empor. Eine Geige sang in ihrer wortlosen Sprache ein beredtes Lied . . . Kein Lied der Sehnsucht und der werbenden Liebe! — Wie innig und heiß auch seine Töne erklangen, sie sprachen nicht von den ungestümen Wünschen der Menschenbrust, sie sprachen von überwundenem Schmerz, von gebändigter Leidenschaft, von Frieden und von seliger Erhebung über alles Erdenweh.

Röschen lauschte, aufrecht sitzend auf ihrem Lager, mit halbgeöffneten Lippen, mit gefalteten Händen. Wie durchsichtig schimmerte ihr Angesicht im Mondenschein. Sie hörte nicht, daß eine Tür aufgestoßen worden, daß jemand sich näherte, sie zuckte zusammen, als eine wohlbekannte Hand sie berührte, und — lag im nächsten Augenblicke weinend in den Armen Boženas. Diese schloß das Kind an ihre Brust und sprach ihm beruhigend zu, bis Röschen in den süßen und tiefen Schlummer fiel, der sich so rasch auf müde junge Augenlider senkt.

Božena beugte sich über die Schlafende: «Armes Kind, streckst du die Hand nach dem Gute deiner Feindin aus? . . . Was hat der Himmel mit dir vor? — Will er sie strafen durch dich oder mußt auch du zugrunde gehn, damit drüben noch eine steht, die Klage führt über sie vor Gottes Thron? . . . Über sie — und über mich!»

Božena rang die Hände: «O hätt ich noch meine alte Kraft!»

*

Im Nebenzimmer hatte sich indessen folgendes begeben: Regula erhob sich, nachdem sie eine Weile dem Spiele Ronalds gelauscht, aus ihrem jungfräulichen Bett, zog ihre gelben Pantoffel an und trat an den Tisch, auf dem in einem Glase eine Rose stand, die die Baronin von Waffenau ihr verehrt hatte. Diese Rose nahm Regula und warf sie zum Fenster hinaus, das sie möglichst geräuschlos geöffnet hatte. Sie dachte dabei an «Des Sängers Fluch». Sodann schlüpfte sie wieder unter ihre Decke und schlief unter den Klängen von Ronalds Geige ein. Gegen Morgen träumte sie, Napoleon der Erste sei angekommen und werbe um ihre Hand.

18.

«Fremdes Eigentum!» dachte Ronald, als er um die Mittagszeit von der Eisenbahnstation zurückkehrend, auf welcher er Schimmelreiter erwartet hatte, über die Rondsperger Grenze ritt. Ein Fußsteig führte durch die Felder, den schlug er ein. Das Korn stand dicht und mannshoch; vom Winde bewegt, beugten sich die Halme, als ob sie grüßten, und trauliches Geflüster erhob sich in ihren goldig schimmernden Wogen. «Wie bald, und ich werde nicht mehr dein pflegen dürfen, du mütterliche Erde», dachte Ronald.

Wer liebt den Boden nicht, den er bebaut! Dem Landmann war zumute, als er so dahinritt zwischen seinen Feldern, wie einem Herrscher, der scheiden muß von seinem treuen Volke. — —

Baronin Thilde hatte soeben ihre anspruchslose Dinertoilette beendet, da pochte es an die Tür und Ronald trat ein. Sie empfing ihn mit der Frage: «Nun, das Geld erhalten?»

«Ja.»

«Auf dem Heimwege den Notar gesprochen? Mit den Pächtern unterhandelt?»

«Mit zweien schon abgeschlossen.»

«Ja, ja, es ist unglaublich, was man auf dem Lande mit barem Gelde ausrichten kann», sagte die Baronin seufzend.

Sie ließ sich genau Bericht erstatten über die Bedingungen, die vereinbart worden waren, und begleitete Ronalds Auseinandersetzung mit den Ausdrücken ihrer Zufriedenheit.

«Ist recht. — Gebührt ihm. — Gebührt dir. — Der Nutzen gleich groß für beide Teile. — Das sind Geschäfte, wie ich sie liebe, und wie unsereins sie machen darf.»

Während des Gespräches ordnete sie auf dem Tisch die eben benützten Gegenstände aus ihrer Reisetoilette, nachdem sie jeden sorgfältig mit einem Rehfellchen abgewischt hatte, und fuhr fort: «Nimm dich nur vor dem Burggrafen in acht. Ich habe dem alten Spion anvertraut, du hättest ein billiges Anlehen gemacht, das dich in den Stand setzt, alle die Einlösungen und Bauten, die im Werke sind, durchzuführen. Das mag er getrost rapportieren, das schadet nicht. Daß man Schulden machen müsse, leuchtet dem guten Papa immer ein. — Nun aber denk auch an dich, mein Sohn! und daran, dich selbst sicher zu stellen.»

«Wie meinst du das?»

Die Speiseglocke sandte ihre schrillen Töne durch das Haus und die Geschwister beeilten sich, ihrem Rufe zu folgen. Der Graf forderte Pünktlichkeit von seinen Kindern, nicht er wollte sie — sie sollten ihn im Speisesaal erwarten. Es lief niemals ohne Rüge ab, wenn dieses Gesetz auch nur minutenlang übertreten wurde.

«Hast du denn mit ihr gesprochen?» fragte die Baronin im raschen Weiterschreiten.

«Mit wem?»

«Nun — mit ihr — mit der dame de vos pensées...»

«Was fällt dir ein?» antwortete Ronald, seine Stimme war bewegt, «wie dürfte ich ... Ein solches Glück ist nicht für mich.»

Er blieb plötzlich stehen, erfaßte die Hand seiner Schwester und preßte sie so gewaltig, daß Thilde einen Ausruf des Schmerzes nicht unterdrücken konnte.

«Nun höre!» rief die Baronin, in der das Blut der Rondsperg aufwallte, mit heftigem Unwillen, «Gott danken auf ihren Knien kann sie jede Stunde — die ...»

Sie bogen eben um die Ecke des Ganges und erblickten Regula und Röschen, die ihnen entgegen kamen, ebenfalls auf dem Wege nach dem Speisesaal begriffen.

Man begrüßte einander und die Baronin bot Fräulein Heißenstein den Arm.

«Nein!» dachte sie «kostbar wirst du dich nicht machen, meine Beste, schön bitten wirst du, daß man dich aufnehme, denn ‹das Glück› — ach, die Männer sind doch unbegreiflich! — ist ganz und gar auf deiner Seite.»

«Seien Sie barmherzig, Regula», flüsterte sie dem Fräulein zu. «Unser Recke ist schüchtern, wagt es nicht, seine Gefühle auszusprechen — man muß ihm zu Hilfe kommen.»

Regula erwiderte: «O Baronin!» Ihr Gesicht glänzte von jener kalten Freude, die befriedigte Eitelkeit allen eines tieferen Gefühls Unfähigen gewährt.

«Schüchtern ist er allerdings über die Maßen!» sagte sie zu sich selbst. «Er hat nicht einmal gewagt, die Rose aufzuheben, die gestern abends aus meinem Fenster flog.» Sie lag am Morgen noch auf derselben Stelle, auf die Regula sie geworfen hatte, und es blieb dem Fräulein nichts übrig, als hinzuschleichen und das inzwischen verwelkte, verräterische Symbol ihrer Huld — wieder abzuholen.

Ronald hatte (vermutlich um nicht unhöflich zu erscheinen im Vergleiche mit seiner Schwester) Röschen seinen Arm geboten. Die kleine Hand, die sich auf denselben legte, zitterte so sehr, sah so schutzbedürftig aus, daß es unmöglich gewesen wäre, sie nicht mit der freigebliebenen Linken zu erfassen, sie nicht zu drücken, treuherzig und warm. Und dann war es wieder unmöglich, die freudige Bestürzung zu sehen, die die Augen des Mädchens aussprachen, ohne mit innigster Teilnahme zu fragen: «Was ist Ihnen, liebes Röschen?»

Es erfolgte keine Antwort. Sehr beängstigend — — und doch auch wieder sehr natürlich. Man war ja mechanisch weiter geschritten, man trat ja schon in den Saal, wo der Graf und die Gräfin soeben von Fräulein Heißenstein bekomplimentiert wurden. Arm in Arm und Hand in Hand stand das junge Paar vor dem alten.

Der Vater warf einen triumphierenden Blick auf seinen Sohn — wie aus dem Traum erwachend ließ Ronald den Arm plötzlich sinken und stammelte einige unverständliche Worte. Die Gräfin aber zog Röschen, die in lieblicher Verwirrung auf sie zueilte, an ihr Herz.

Zu Anfang des Mittagessens trug der alte Graf die

Kosten der Unterhaltung fast allein. Er erzählte Anekdoten, denen man gleich anmerkte, daß sie einer bedenklichen Pointe zusteuerten, sobald er sich der jedoch näherte, hielt er inne, mit gespielter Verwirrung und sprach: «Die Ehrfurcht, die ich für Sie hege, meine Damen, verbietet mir, Ihnen das Ende dieser Geschichte zu erzählen.»

Er überbot sich an Liebenswürdigkeit gegen Regula und sagte ihr sogar etwas Schmeichelhaftes über die Farbe ihres Kleides, die er — da sein Geschmack ein ausgezeichneter war — abscheulich fand; er gab sich Mühe, sie zu bereden, ein Gläschen Wein zu trinken, sie lehnte es ab mit einem obligaten Schreckensrufe. Als der Braten kam, wurde Fräulein Heißenstein gelehrt und brachte mancherlei wissenschaftliche Dinge zur Kenntnis der Gesellschaft. Sie befliß sich einer besonderen Vornehmheit in jeder ihrer Bewegungen, und steckte keinen Bissen in den Mund, ohne dabei ein Gesicht zu machen, das ihre Verachtung einer so untergeordneten Beschäftigung, wie es die Ernährung des leiblichen Menschen ist, an den Tag legte. Sie war ganz Geist, ganz Verstand, und bediente sich nur der gewähltesten Ausdrücke; sie sagte Kossaten statt Halbbauern und Pretia rerum statt Preise der Lebensmittel.

Nachmittags hatte Ronald einen Auftrag seines Vaters auszuführen, entschuldigte sich und fuhr davon. Die Gräfin begab sich mit Regula und Röschen nach der Terrasse, die Baronin, die ihnen folgen wollte, wurde von ihrem Vater zurückgehalten, da er mit ihr zu sprechen wünschte.

«Wir werden die Ehre haben, Sie bald einzuholen, meine Damen, und hoffen Sie dann in günstiger, huldvoller Stimmung zu finden», sprach der alte Herr und zwinkerte dabei Regula schalkhaft zu. Sie fand es angemessen, die Augen niederzuschlagen — sie verstand ihn ja so wohl! Ronald hatte sich seinem Vater anvertraut und ihm die Förderung seiner Herzensangelegenheit übertragen. Der Graf will sich nun mit seiner Tochter beraten, in welcher Weise dies am besten geschähe. Das alles liegt auf der Hand. Die Entscheidung naht — morgen vermutlich wird die Verlobung gefeiert. Regula kann nicht umhin, mit dem größten Erbarmen an Ludwig Bauer zu denken. In den letzten drei Tagen hatte er dreimal geschrieben. Es tut ihr leid um ihn — aber wer kann helfen? Der Augenblick, in dem man die Hand nach einer Grafenkrone ausstreckt, ist nicht der, in dem man in Versuchung kommt, Frau Professor zu werden. Regulas Wege sind gewiesen, und Ehrgeiz ist und bleibt die Leidenschaft großer Seelen.

«Nun Thilde!» fragte der Graf, indem er sich auf seinen mit gesteiftem Kattun überzogenen Diwan niederließ, «was habe ich dir zu sagen?»

«Nun, lieber Papa», erwiderte die Baronin, die sich an seine Seite gesetzt hatte und sofort eifrig an ihrer Häkelei zu arbeiten begann, «wenn Sie das nicht selbst wissen —»

Er lachte, lehnte sich behaglich zurück und sprach: «Sag einmal an, Thilde, was sind von jeher meine Ansichten gewesen über den Wert der Gabel im Stammbaume? Was halte ich davon?»

«Nicht viel», erwiderte die Baronin und sah ihren Vater verwundert an. «Ja», sagte sie zu sich selbst, «wenn sich's nur um die Gabel handelte — ich sehe aber nicht einmal eine Zinke.»

«Ich bin für das englische Prinzip!» rief der Graf. «Der Mann gibt seiner Frau mit seinem Namen auch seine Ahnen.»
«Jawohl, Papa, das ist Ihre Ansicht.»
«Und so habe ich denn nichts gegen eine Verbindung deines Bruders mit dem kleinen Fräulein von Fehse einzuwenden», fuhr der Graf fort, «es ist mir gleichgültig, daß ihre Mutter aus bürgerlichem Hause stammte. Der Adel ihres Vaters macht alles wieder gut.»
«O Gott, der arme Papa!» dachte die Baronin, und ließ in stummer Bestürzung die Arbeit in ihren Schoß sinken.
«Du kannst mit der Tante sprechen», sagte der alte Herr in einem Tone, als ob er seiner Tochter die huldvollste Vergünstigung erwiese. «Heiraten einleiten ist Weibersache. Mein guter Ronald, obwohl rechtschaffen verliebt, tut den Mund nicht auf. Wenn man ihn sich selbst überläßt, findet er Mittel, sich die Sache am Ende gar noch auszureden. Lauter Vernunft, lauter Überlegung und kein Entschluß, das sind die Liebhaber von heute. Was meinst du, Thilde?» fragte er etwas ungeduldig nach einer Pause, in welcher er vergeblich auf ein Wort der Zustimmung gewartet hatte.
Die Baronin war — ein seltener Fall — ratlos und außer Fassung. Wie es kam, wußte sie nicht, aber es kam, es ging ihr plötzlich auf, deutlich und überzeugend: der unpraktische Papa versteht diesmal seinen unpraktischen Sohn. Ronald hat die Torheit begangen, sich in die kleine rosige Fee zu verlieben. Thilde erklärte sich jetzt alles: seine erregte Antwort von vorhin, seinen leidenschaftlichen Händedruck.

An eine Verbindung mit dem Fräulein Heißenstein hat er nie gedacht, er hat Rondsperg ohne jeden eigennützigen Vorbehalt verkauft. Die Baronin irrte sich, wie schon so oft, in ihm, indem sie meinte, das Vernünftige erscheine auch ihm einmal als das Selbstverständliche. Sie ist voll Unmut gegen ihn, und doch — welch ein Wirrsal von Gefühlen in ihrer Brust! — doch auch wieder stolz auf diesen törichten Bruder, mit seiner verwünschten Selbstlosigkeit, mit seiner Großmut, die an Tollheit grenzt. Das Abscheulichste ist das Klügste in gar vielen Fällen und wär's in diesem ganz gewiß. Wie hatte sie es ihrem edlen Ronald zutrauen können? — Sie begreift sich nicht! Sie fühlt sich beschämt über ihre Kurzsichtigkeit, sie ist entsetzt über den voreiligen Wink, den sie Regula gab. Diese denkt nichts andres, als Gräfin Rondsperg zu werden — das ist ausgemacht. Sie wird sich bitter rächen, wenn ihre Hoffnungen nicht in Erfüllung gehen, die kalte Kreatur, und sie kann es — Ronald ist in ihren Krallen.

Die Baronin war eine zu starke Seele, um durch ihre Mienen zu verraten, was in ihr vorging. Ihr Vater las darin nichts von ihrer Angst und ihrer Bestürzung, aber gar ernst sah die Tochter aus, und ihr langes Schweigen verdroß ihn. In gereiztem Tone wiederholte er den letzten Satz seiner unbeantwortet gebliebenen Rede: «Was meinst du, Thilde?»

Sie erwiderte langsam und zögernd: «Ach — Papa — es ist schwer ...»

Der alte Herr fuhr auf: «Was ist schwer? — Einem Menschen ankündigen, daß man beabsichtigt, ihm eine Ehre zu erweisen? ... Die Weinhändlerin hat sich wohl in ihren kühnsten Träumen nicht bis zu einer Verbindung mit unserm Hause verstiegen. Ich meine, sie würde, um eine solche zu ermöglichen, alle denkbaren Opfer bringen. Nun — Opfer fordern wir gerade nicht, aber sie kann etwas tun für ihre Nichte. Ronald braucht nichts von seiner Frau, aber seine Frau braucht etwas für sich. Sie wird bei uns nicht einziehen wollen wie Griseldis bei Percival von Wales. Und so wünsche ich denn», fügte der Graf freundlich und fast bittend hinzu, «daß meine kluge Thilde die Sache mit der alten Tante in Ordnung bringe, und zwar gleich; wir haben keine Zeit zu verlieren, wenn du uns durchaus morgen schon verlassen willst.»

Die Baronin hatte ihre Häkelei wieder aufgenommen und schien ganz vertieft in ihre Arbeit. Jetzt erhob sie den Kopf und sprach: «Lieber Papa, das geht nicht so schnell.»

Ihr Vater stand mit einer zornigen Gebärde auf. Er machte, leise und ungeduldig vor sich hinsummend, einige Gänge durch das Zimmer, blieb dann plötzlich stehen und sprach: «Du legst großen Eifer für das Wohl deines Bruders an den Tag.»

«Was ich irgend kann, will ich für ihn tun.»

«So tu es gleich», sagte er, etwas besänftigt.

«Unmöglich — ärgern Sie sich nicht, Papa!» rief sie, als er wieder Miene machte, aufzufahren, «aber ich werde morgen noch hier bleiben, und dann wollen wir sehen.»

«Wollen wir sehen», spöttelte er giftig, und mit der Absicht, zu verletzen. «Du sprichst wie ein Minister ... Meine Kinder dürfen sich nicht oft rühmen oder — beklagen, daß ich Ansprüche an sie stelle.

Wenn es aber einmal geschieht, dann lassen sie mich fühlen, daß es nie geschehen sollte!»

«Der arme Papa — der arme Papa!» dachte die Baronin wieder. Sie legte ihre Arbeit zusammen. Ganz und gar mit ihren eigenen Sorgen beschäftigt, fiel ihr nicht ein, dem heftigen Ausfall ihres Vaters die geringste Beachtung zu schenken. Sie hatte sich erhoben und schritt dem Ausgange zu.

«Wohin?» rief der Graf.

«Ich will einen Boten nach Haluschka senden, damit sie mich dort nicht umsonst erwarten», antwortete sie und verließ das Zimmer.

Der alte Herr blieb sehr unzufrieden zurück; ein Verdacht steigt ihm auf. Die Baronin hat vielleicht die Nichte der Millionärin einem ihrer Söhne bestimmt, aber das soll sich die kluge Thilde aus dem Kopf schlagen. Daraus wird nichts. Der Graf wünscht seinen Enkeln alles mögliche Gute, aber ein Röschen verdient keiner von ihnen, denn sie sind doch nur — tölpelhafte Krautjunker.

Er ging noch lange in seinem Zimmer auf und ab und sann über einen Entschluß nach, den er gefaßt hatte, und ohne Verzug ins Werk zu setzen gedachte.

*

Als Ronald gegen Abend in den Schloßhof fuhr, saß Božena auf einer Bank unter einer der Kugelakazien. Sobald er sie erblickte, hielt er an, übergab Florian die Zügel, sprang vom Wagen und eilte auf sie zu. Sie hatte sich erhoben und blieb, ihn erwartend, ruhig stehen.

«Das ist ja eine Gnade», sagte Ronald, «daß Sie nicht

wie gewöhnlich vor mir davonlaufen. Was haben Sie gegen mich, Božena? Seien Sie aufrichtig, mit mir kann man's sein.»

«Und mit mir *soll* man's sein», antwortete Božena. «Obwohl mir's niemand gesagt hat, Herr Graf, weiß ich ja, weshalb wir hierhergekommen sind.»

«Kein Wunder», sprach er. «Alle Leute — meinen Vater ausgenommen — kennen meine Verhältnisse.»

«Also!» rief Božena, und der Ernst, mit dem sie ihn angesehen hatte, verwandelte sich in Strenge: «Betören Sie mir das kleine Mädchen nicht.»

«O weh!» erwiderte Ronald, und indes er sich bemühte zu scherzen, zuckte es schmerzlich über sein Gesicht, «das kleine Mädchen hat *mich* betört. Ich bin ein ganzer Narr geworden, der oft das Gegenteil von dem tut, was er tun möchte.»

Sie schoß einen finster funkelnden Blick nach ihm und sprach: «Wenn's so ist —»

«Seien Sie ruhig», fiel er ihr ins Wort, «Sie können dennoch ruhig sein. Ich hab Übung in der Kunst, zu mir selbst zu sagen: ‹Möchtest das wohl gern? — Du sollst es nicht haben.› — Als ich dieses Röschen neulich sah, da wußt ich, bei meiner Treu, zugleich: ‹Nach dem hast dich dein Leben lang gesehnt›, und: ‹Es soll nicht blühen an deiner Brust,› — Glauben Sie mir», setzte er nach einer kleinen Pause hinzu, «ich hab mein Herz in der Hand.» Er ballte dabei die Faust, als ob er darin etwas zerdrücken wollte.

«Das ist schon gut», sagte Božena, «machen Sie aber auch dem Kind das Herz nicht schwer.»

«Ich will ja nicht,» rief er «aber gestern ... Ich sage Ihnen alles, Božena — gestern war ein Augenblick,

in dem ich dachte: ‹Warum soll ich mein Glück von mir weisen? Ich hab ein Recht auf Glück so gut wie ein andrer.› Da wollt ich schon zu Ihnen gehen — denn Röschen gehört Ihnen; Sie sind so gut die Mutter des Mädchens, als ob Sie es geboren hätten — und Ihnen sagen: ‹Trauen Sie mir's zu, daß ich ein Weib ernähren kann? ›Ich weiß, was es heißt, sich plagen, man wird mir auftun, wo ich anklopfe. Ich wollt Ihnen sagen: ‹Sie sind schon einmal mit einem armen Paare in die Welt gezogen . . .›»
Božena schüttelte den Kopf: «Weil ich's schon einmal getan habe, tu ich's nicht wieder, Herr Graf.»
«Und ich, bin auch nicht gekommen, Sie darum zu bitten», sprach Ronald. «Ich habe mir den schönen Traum aus dem Sinn geschlagen. Ich darf an mich nicht denken, solange meine Eltern leben, und mir sagen: ‹Wenn sie tot sind, wirst du anfangen glücklich zu sein› — das geht auch nicht. Auf Gräber pflanzt man Zypressen, nicht Myrten. Ich mag auf den Tod meiner Eltern nicht warten.»
Boženas Augen senkten sich und sie sagte: «Brav.»
«So heißt es Abschied nehmen.» Er brauchte alle Kraft der Selbstüberwindung, um mit fester Stimme sagen zu können: «Ich werde sie vielleicht gar nicht mehr sehen. Wie ich höre, fährt Ihr Fräulein schon übermorgen nach Weinberg zurück. Und ich komme ohnedies spät nach Hause, und bin auch wieder fort beim ersten Morgengrauen.»
«Damit wird Fräulein Heißenstein schlecht zufrieden sein», sagte Božena. Er fragte jedoch mit solcher Unbefangenheit, was dem Fräulein an ihm läge? und sagte, als sie entgegnete: «Das wissen Sie nicht?» so vorwurfsvoll und doch mit einem so unwillkürlichen

Lächeln: «Aber Božena!» daß sie ihm plötzlich mit den Worten: «Nichts für ungut!» ihre Hand reichte.
Ronald hielt sie fest: «Glauben Sie mir?»
«Ich glaube Ihnen.»
«Nun denn. Ich habe Röschen unaussprechlich lieb, aber jetzt, hier, ohne daß sie es hört, sage ich ihr: Lebewohl.»
Sie schüttelten einander die Hände und traten beide in das Haus.

## 19.

Am nächsten Tage, um zehn Uhr morgens, stand der alte Graf vor dem Spiegel und warf einen letzten Blick auf sein Ebenbild, das ihm daraus wohlgefällig entgegenlächelte. Die Gräfin hielt sich auf einige Schritte Entfernung und betrachtete ihn mit wehmütiger Freude.
Der Frack mit dem hohen Kragen und den Schwalbenschwänzen, den er trug, stammte aus den dreißiger Jahren und hätte besser in ein Museum als in eine Garderobe gepaßt. Nicht viel größerer Jugend durften sich das schwarze Beinkleid, die weiße Weste und Krawatte rühmen, die der Greis angetan hatte.
«Etwas gelblich meine Atours!» sagte er, indem er die Falten seiner Krawatte zurechtstrich, «aber es schadet nicht. Fräulein Heißenstein wird das als eine zarte Rücksicht ansehen — auf ihren Teint, den ich nicht in Schatten stellen will. Nun mein Amtszeichen!» rief er und trat vor seine Gemahlin hin. Die Gräfin steckte ihm ein Sträußchen mit winziger

Masche in das Knopfloch des alten Fracks, aus dem ein farblos gewordenes Band des Leopoldordens hervorragte. Ihre Finger zitterten dabei, und fast wäre er ärgerlich geworden über ihre Ungeschicklichkeit. Doch er nahm sich zusammen, zog die Luft durch seine geschlossenen Zähne und sagte nur: «Kommt der Peter noch nicht?»

Er ging wieder an den Spiegel und glättete sein dichtes, wie Silber schimmerndes Haar.

Trotz der abgetragenen, ja ärmlichen Kleider, die seine abgemagerte Gestalt in scharfen Falten umschlotterten, hatte er ein gar adeliges Aussehen.

Seine alte Frau folgte ihm mit ihren Blicken, wie er so rasch und aufrecht, Ungeduld in jeder Miene, im Zimmer hin und her schritt. Sie dachte an die Zeiten zurück, da ihr dieser Mann als der höchste aller Menschen erschienen war, an das lange Leben, das sie an der Seite des einzig und ewig Geliebten — vertrauert. Sie dachte, wie sich am Ende doch alles habe ertragen lassen, weil er, wenn auch selbst oft lieblos, doch auf ihre Liebe immer vertraut hatte. In dieser Stunde aber flammte ihre ganze Seele in *einer* Empfindung des Dankes gegen ihn auf; ging er doch hin um die lieblichste Braut für seinen Sohn zu werben! Konnte, wenn er es tat, der Erfolg zweifelhaft sein? Das Glück, nach dem der bescheidene Ronald die Hand nicht auszustrecken wagt, sein Vater wird es ihm erringen. Und dann — dann hilft Gott weiter! denkt die fromme alte Frau.

Peter erschien und meldete: «Die Freile» ließe bitten.

Die Gräfin sagte: «Ich warte hier auf dich» — ihr Gemahl nickte beistimmend, ergriff seinen Hut und seine Handschuhe und trat mit wichtiger Miene seinen Weg an.

Regula war, als der Besuch des Grafen ihr angekündigt worden, mit einem Briefe an Bauer beschäftigt gewesen. Derselbe begann also:

«Sie wissen, lieber Freund, wie tief ich Houwald immer bewundert habe:

«Und Segen floß auf ihre Tritte,
Wie Himmelstau auf Blumen drauf.»

*das* — *so* — sollte mein Leben sein ... Aber —

«Begrüßt der Mensch nicht weinend seine Welt?» —

Gibt es etwas, das uns bestimmt, Bester — wenn nicht — *die Verhältnisse*? ... *Die lieben mich gewiß, die mich verstehen!!* Verstehen *Sie* die *Opfer*, die man *seinem besseren Selbst* bringt? ... Achten Sie mich!! ... O Freund! — Bleiben Sie es! ...»

Da meldete Peter seinen Herrn, und im Taumel ihres Triumphes wollte Regula mit den Worten schließen: Ich bin die Braut des Grafen Ronald von Rondsperg. Als sie aber: «Ich bin» niedergeschrieben hatte, legte sie die Feder hin. Abergläubische Besorgnisse hielten sie zurück von der Verkündigung einer noch nicht vollzogenen Tatsache.

Sie erhob sich von dem Sessel in der Fensternische, nahm Platz auf dem Kanapee, und gab sich der angenehmsten Erwartung hin. Ihr Herz hüpfte wie ein junges Lämmlein.

Als angehende Gräfin von Rondsperg wird sie also nach Weinberg, der getreuen Stadt, zurückkehren. Sie wird mit namenlosem Jubel empfangen werden, sie wird keine Neider haben; vielmehr wird sich in ihr jeder geehrt fühlen, und ein Fest wird es geben, als ob die gesamte Bevölkerung in den Grafenstand erhoben worden wäre. Sie nimmt sich vor, huldvoll und herablassend zu sein, und so leutselig, als ob sich nichts verändert hätte in ihrem Verhältnisse zu ihren Bekannten. Diese werden entzückt, und ihre Anbeter verliebter sein als je. Wenn sie in die Stadt gefahren kommt mit vier Pferden, feurig und schnaubend wie Drachen, werden die Hüte der Männer fliegen, und die Frauen werden knixen, und jeder wird fragen: «Haben Sie unsere Gräfin gesehen?» Einmal kommt es noch zu einer öffentlichen Ovation ...

Da pocht es an der Tür. Sie ruft: «Herein!» Der Graf steht auf der Schwelle.

«O — Herr Graf», stammelte Regula sich erhebend, «in pontificalibus? ... Was bedeutet ...?»

Der Greis verneigt sich und weist schmunzelnd auf das Sträußchen in seinem Knopfloch.

«Beinahe wie ein Freiwerber», spricht das Fräulein leise, erschrickt aber sofort über diese unpassende Äußerung. Wirklich, sie weiß nicht mehr, was sie sagt, sie muß sich zusammennehmen.

Der alte Herr stellte sich in Positur, drückte die Absätze aneinander, hielt mit beiden an die Brust gepreßten Händen seinen Hut vor sich, neigte das Haupt und sprach mit heiterer Feierlichkeit: «Ich komme, Fräulein Heißenstein, im Namen meines Sohnes, um bei Ihnen, in aller Form und schuldigen Ehrfurcht, anzuhalten um die Hand ihrer Nichte, des Fräuleins Rosa von Fehse.»

Hölle und Tod, was ist das?! — Regula hatte sich lächelnd vorgebeugt, um die lieblichste Botschaft zu vernehmen, und erhielt einen Schlag ins Gesicht. Sie fuhr zusammen und trat keines Wortes mächtig, einen Schritt zurück.

Der Graf war kein Menschenkenner; er hielt ihr stummes Entsetzen für sprachlose Überraschung, und dachte nur: «Diese alte Jungfer sieht sogar in der Freude widerwärtig aus.» Er gönnte ihr einige Augenblicke, um sich zu erholen von dem unerwarteten Glück, das er ihr verkündigt hatte, und hub dann mit herzlicher Selbstzufriedenheit wieder an: «Nun, mein Fräulein? Wird es mir gestattet sein, meinem Sohne eine gute Botschaft zu bringen?»

In einem Tone, der ihn durch seinen gereizten und feindlichen Klang befremdete, erwiderte Regula: «Darf ich fragen, ob Sie als Bevollmächtigter Ihres Sohnes, mit seinem Wissen und Willen kommen, Herr Graf?»

Ohne sich zu besinnen, mit der größten Unbefangenheit, rief der Greis: «Jawohl, mein Fräulein! Und ich kann nicht glauben, daß es Sie in Erstaunen setzt. Ihrem Scharfsinn ist nicht entgangen, was mein guter Ronald so wenig zu verbergen vermag: Seine Liebe zu Fräulein Rosa.»

Regula stieß ein: «Oh!» hervor, das dem Greis trotz all seiner Zuversicht bedenklich erschien. Sollte die «Weinhändlerin» Ronalds Bewerbung um ihre Nichte doch nicht mit unbedingtem Entzücken aufnehmen?

Augenblicklich, beim ersten Zweifel empörte sich sein Stolz.

«Ich hätte nicht gedacht, mein Fräulein, so lange als Bittsteller vor Ihnen stehen zu müssen», sprach er.

Das Fräulein wies ihm einen Stuhl an und nahm

Platz auf dem Kanapee. Sie hatte allmählich die Herrschaft über sich wiedererlangt, und sagte so ruhig sie konnte: «Ich gestehe Ihnen, Herr Graf, daß mich diese Bewerbung um die Hand eines Kindes befremdet.» Er wollte Einsprache tun, sie ließ ihn nicht zu Worte kommen, «und daß ich bisher noch nicht daran gedacht habe, Rosa zu verheiraten.»

«Um so mehr Grund, jetzt daran zu denken!» rief der Graf. «Die Gelegenheit, die sich bietet, ist nicht zu verschmähen. Einen brillanteren Mann als meinen Ronald können Sie für Ihre Nichte finden, aber keinen braveren. — Übrigens kommt es mir nicht zu, meinen Sohn zu loben.»

«Mir gegenüber», sprach Regula scharf und spöttisch, «hieße das wohl Eulen nach Athen tragen. Ich kenne seinen Wert.»

«Nun, dann zögern Sie nicht länger», sagte der Greis munter. «Legen Sie die Hände der jungen Leute ineinander, die nur gar zu gern sich in die Arme fallen möchten.»

«So?» hauchte Regula.

Nein! — Daß eine solche Schmach ihr widerfahren könne, hätte sie niemals für möglich gehalten. Man hat sie unter falschen Vorspielungen hierher gelockt und überfällt sie nun mit der Zumutung, ihre Ansprüche aufzugeben, zurückzutreten vor einer andern — und vor wem? Vor einem Geschöpf, das von ihrer Gnade lebt, das betteln ginge ohne sie!

Der Graf denkt: «Sie schweigt lange. Sie meint vermutlich, es sei anständig, nicht merken zu lassen, wie geehrt sie sich fühlt. Gönnen wir ihr dieses unschuldige Vergnügen!» Nach einer kleinen Weile hebt er wieder an: «Fassen Sie einen für uns günstigen Entschluß, verehrtes Fräulein! Tun Sie's in einer Weise, die Ihrer würdig ist, und würdig des Rufes Ihrer Großmut und Freigebigkeit.»

«Freilich — auf diese war es abgesehen!» sagte Regula zu sich selbst. «Mein Geld wollt ihr, nicht mich.»

Ihr unruhig umherschweifender Blick fällt auf den Brief, den sie eben geschrieben hat, und wie ein Blitz durchzuckt es sie . . . Das ist's — da liegt die Lösung. Geschehe, was wolle, strafe sich's, wie's mag — was liegt an der Zukunft? Der große Augenblick fordert sein Recht!

«Verständigen wir uns, Herr Graf», spricht Regula; «handelt es sich nur um meine Einwilligung zu der Verbindung der jungen Rosa mit Ihrem Sohne, oder erwarten Sie, daß meine ‹Großmut und Freigebigkeit› dieselbe ermögliche?»

«Mein Fräulein!» rief der Greis auffahrend.

Regula setzte mit erzwungener Gleichgültigkeit hinzu: «Wenn das letztere der Fall wäre, müßte ich Ihnen zu meinem Bedauern erklären, daß ich nichts für meine Nichte tun kann. Ich habe nähere Verpflichtungen, ich bin — verlobt.»

Er war unfähig, die unangenehme Überraschung, in die diese Nachricht ihn versetzte, zu verbergen, und hätte jedes Wort, mit dem er an die Freigebigkeit des Fräuleins appelliert hatte, mit einem Tropfen seines Herzblutes zurückerkaufen mögen.

«Ich wünsche Ihnen und Ihrem Herrn Bräutigam Glück!» sagte er sarkastisch lächelnd, «wäre Ihnen aber dankbar, wenn Sie mir die Erlaubnis geben wollten, auch meinem Sohne Glück wünschen zu dürfen — zu Ihrer Einwilligung . . .»

Regula unterbrach ihn: «Ich versage sie nicht, Herr Graf. Es kann mir nur lieb sein, meine Nichte in eine Familie treten zu sehen, in welcher auf irdische Güter ein so geringer Wert gelegt wird, denn diese — sind ihr nicht zuteil geworden.»

«Verlieren Sie darüber kein Wort, mein Fräulein!» rief der Graf. «Geldheiraten zu schließen war in unserm Hause niemals Brauch, und heute noch darf, trotz der Ungunst der Zeiten, der Eigentümer von Rondsperg eine Braut nach seinem Herzen wählen.»

Regula erbebte vom Wirbel bis zur Sohle. Der Gegner selbst hatte ihr den vergifteten Pfeil in die Hand gedrückt, den sie nur abzuschnellen brauchte, um tödlich zu treffen und sich zu befreien von dem lechzenden Durst nach Rache, der in ihrem Innern so qualvoll brannte und Befriedigung heischte. Eine Sekunde lang zögerte sie ... Ihr Wort war verpfändet, aber ein Narr, der Betrügern Wort hält, Regula ist nicht gewillt, das Unrecht zu beschützen, sondern — es zu entlarven!

«Ihr Sohn ist nicht mehr Eigentümer von Rondsperg», sagte sie gepreßt und stammelnd: «Er hat es mir verkauft.»

Der alte Mann sprang auf, starrte sie an — stumm, verständnislos.

Regula erhob sich gleichfalls und wiederholte jetzt bestimmter, mit fester Stimme: «Er hat es mir verkauft. Rondsperg ist mein — seit gestern.»

Er taumelte zurück unter diesem Schlage — er war totenbleich, der Atem stockte in seiner Brust.

Erschrocken, aber nicht gerührt, betrachtete ihn Regula. «Fassung, Herr Graf», sprach sie kalt.

«So bin ich Ihr Gast? ... In Rondsperg Ihr Gast?!»

schrie der Greis, und schmerzlich verband sich die Heftigkeit des Zornes, der Entrüstung, der Beschämung, die in ihm rangen, mit dem Bewußtsein seiner Hilflosigkeit. Plötzlich raffte er alle Kraft zusammen, richtete sich auf und stürzte aus dem Zimmer.

Regula war von einem nervösen Zittern ergriffen worden, das ihre Glieder kläglich schüttelte. Es dauerte lange, bis sie vermochte, an den Tisch im Fenster zu treten und den begonnenen Satz: «Ich bin . . .» zu Ende zu schreiben. Er schloß jetzt anders, als sie es vor einer Weile im Sinne gehabt, und zwar: «Ich bin die Ihre. Regula Heißenstein.»

Sie rief Božena und trug ihr auf, den Brief sofort durch einen Boten nach der Bahnhofstation zu befördern. Er konnte um fünf Uhr nachmittags in Bauers Händen sein.

«Frau Professor also? . . . Dies das Ende . . . Frau Professor Bauer!» Regula brach in unaufhaltsames Weinen aus.

*

Die Baronin von Waffenau erwartete an der Seite ihrer Mutter in banger Besorgnis den Erfolg der Unterredung des Grafen mit Regula. Als der Greis jetzt erschien, verriet ihr ein Blick auf sein gestörtes Gesicht, was geschehen war.

«Oh, die Schlange, sie hat uns verraten!» rief Thilde.

Diese Worte brachten den Grafen noch mehr außer sich.

«Sie euch — Ihr mich!» keuchte er; die Stimme versagte ihm, er stampfte heftig mit dem Fuße und brachte mühsam die Worte hervor: «Ronald — her — hierher.»

«Ich will um ihn schicken», sprach die Baronin in beruhigendem Tone. «Regen Sie sich nicht so auf, Papa. Was geschehen ist, ist geschehen, weil es mußte, weil es anders nicht möglich war.»

Zu ihrer Mutter sagte sie leise: «Verlieren Sie nicht den Mut, Mama, ich komme gleich wieder», und eilte, einen besorgten Blick auf die Eltern werfend, hinweg.

Der Greis hatte sich auf den Rohrsessel vor seinem Schreibtisch geworfen, die Gräfin trat zu ihm.

«Karl», sprach sie flehend und legte die Hand auf seine Schulter. Er bäumte sich auf, als ob der Verrat ihn berührt hätte, und schleuderte ihre Hand von sich.

«Du hast alles gewußt! Warst einverstanden mit dieser — Brut ... Still!» fuhr er sie an, als sie antworten wollte, und die arme Frau wankte eingeschüchtert und bebend zu ihrem vorigen Platz zurück.

Wuchtige Schritte erdröhnten im Gange; der Burggraf erschien .

«Ah!» rief ihm sein Herr mit unheimlichem Gelächter entgegen, «wissen Sie schon? Rondsperg ist — verkauft, verkauft!»

Der Alte schlug schallend die Hände zusammen: «Hatt ich mir's doch gedacht!»

«Ja», fuhr der Graf fort, «jawohl! Meine Kinder verkaufen mir das Dach über dem Kopf, zum Dank dafür, daß ich es ihnen geschenkt habe. Ich lebe hier, in meinem Rondsperg, von einer Krämerin Gnaden — mache vor ihr die lächerliche Figur eines alten Narren, der in fremdem Hause den Herrn spielt. Aber was liegt daran? Die Schmach ihres Vaters wird meinen Kindern — bezahlt. Für Geld ist ja alles feil, das Vätererbe, das uns den Namen gegeben hat, die Gräber der Ahnen, — alles zu haben für Geld ... Auf die Trommel damit! Die Millionärin kauft, und mein Sohn macht ein brillantes Geschäft.»

Die Baronin, die inzwischen zurückgekehrt war, trat unerschrocken auf ihren Vater zu. Sie trug ein riesiges Wirtschaftsbuch in den Armen, das sie vor ihn auf den Schreibtisch hinlegte.

«Es ist jetzt nicht mehr Zeit zu verhehlen und zu schonen, Papa. Die ganze Wahrheit wird Ihnen weniger weh tun als die halbe», sagte sie und schlug das Buch auf. «Öffnen Sie die Augen, seien Sie gerecht gegen den besten Sohn. Hier steht, in Zahlen ausgedrückt, die Geschichte seines langen, furchtlosen Kampfes. Sie können auch leicht sehen, was ihm bleibt bei dem brillanten Geschäfte, das er mit Fräulein Heißenstein abgeschlossen hat.»

Der Burggraf spannte hastig seine Brille auf die Nase und fiel wie ein Raubvogel über das Buch her.

Es war sein größter Verdruß, daß ihm konsequent der Einblick in Ronalds Buchführung verweigert worden war. Jetzt endlich lag der Gegenstand seiner Neugier vor ihm, jetzt konnte er sich und andere überzeugen, daß die Leitung der Rondspergschen Güter in einer Reihe von Mißgriffen bestanden hatte, seitdem sie ihm und seinem Freunde, dem Direktor, entzogen worden war. Er nahm auf einen Wink des Grafen Platz neben ihm, und die beiden begannen eifrigst zu rechnen und zu lesen. Der Graf, der seit Jahren nur noch in den Träumen seiner sanguinischen Einbildungen gelebt hatte, mutete plötzlich seinem Verstande eine gewaltige Anstrengung zu. Er rang

seine Gemütsbewegung nieder und rief die schlummernden Kräfte seines Urteilsvermögens wach, um mit kaltem Blute beweisen zu können «So viel habe ich gegeben — und so wird's mir gedankt!»
Blatt um Blatt wurde umgeschlagen. Von Zeit zu Zeit sprach der Graf: «Wie? — *Der* Acker nicht mit einbezogen?» — «Wie? *Der* Wald kommt gar nicht vor?»
Und jedesmal erhob sich die Baronin und bewies aus dem Buche mit Scharfsinn und raschem Überblick: «An Zahlungsstatt angenommen von dem und dem.» «Versetzt für so und so viel.»
Wohl glühten ihr die Augen wie im Fieber, wohl war sie rot wie eine Mohnblume, doch blieb die innere Ruhe, die trotz aller äußeren Lebhaftigkeit sie niemals verließ, ihr auch jetzt treu.
Fast zwei Stunden vergingen, die Züge des Grafen wurden immer gespannter, ihr Ausdruck immer düsterer und kalter Schweiß trat auf seine Stirn.
Hingegen schien das Interesse des Burggrafen an dem Studium der Wirtschaftsrechnungen allmählich zu erlöschen. Er richtete sich unter verschiedenen «Ahs» und «Ohs» aus seiner gebückten Stellung auf, rieb seine lange Nase mit dem ringgeschmückten Zeigefinger und erhob sich endlich. Seine farblosen borstigen Haare, durch die er fortwährend wider den Strich gefahren war, standen jedes einzeln in die Höhe; er wandte sich zu der Baronin und sagte mit einer Mischung von Frechheit, Bosheit und Beschämung: «Das Papier ist geduldig.»
Der Baronin wallte einen Augenblick die Galle über: «Sie wissen recht gut —» begann sie mit zorniger Stimme, aber sie mäßigte sich sogleich, senkte den Blick auf die Häkelei, an der sie unermüdlich arbei-

tete, und murmelte: «Wer mit Ihnen streiten wollte, Tropf!»

Als sie nach einer Weile wieder emporsah, war der Platz, an dem der Burggraf gestanden hatte, leer. Der ländliche Intrigant hatte sich leise davongeschlichen.

Der Graf aber saß steif und stumm in seinen Sessel zurückgelehnt. Seine rechte Hand lag auf dem offenen Buche, die linke hing schlaff herab. Weder seine Frau noch seine Tochter wagten ihn anzusprechen. Dumpfe Stille herrschte im Gemache.

Da schlug es zwölf Uhr vom Kirchturm und das Mittagsglöcklein sandte seine hellen Töne durch das geöffnete Fenster herein, sie schienen zu sprechen: «Ruh aus, gequältes Menschenvolk! — Ein Augenblick der kühlen Rast am heißen Tage ist dir gegönnt.»

Die Baronin legte ihre Hand an die brennende Stirn, die Gräfin betete leise. Jetzt: «O Himmel sei uns gnädig!» — Sachte war die Tür geöffnet worden, Ronald trat ein. Er sah seine Mutter und seine Schwester fragend an, bestürzt über den Ausdruck von Todesangst in ihren Zügen.

«Sie haben mich rufen lassen, Vater», sprach er.

Bei dem Laute seiner Stimme fuhr der Greis empor, schwankte, als hätte Schwindel ihn ergriffen. Seine Augen schlossen, seine Lippen bewegten sich: «Ronald», sagte er mit bebender, gebrochener Stimme. Er breitete die Arme nach seinem Sohne aus: «Ronald — verzeihe mir!»

*

Es war der Wunsch des Grafen, Rondsperg, sogleich zu verlassen und sich nach Haluschka zu begeben, wo

seine Tochter ihn und seine Frau einstweilen aufnehmen sollte. Mit Mühe brachte man ihn dahin, die Abreise auf den morgigen Tag zu verschieben, damit der Freiherr von Waffenau von der Ankunft seiner Schwiegereltern verständigt werden und Anstalten zu ihrer Aufnahme treffen könne. Ronald schickte sich an, sofort nach Haluschka zu fahren, um seinem Schwager die Lage der Dinge auseinanderzusetzen. Am folgenden Morgen wollte er wieder zurück sein. Die Baronin schrieb in seinem Auftrage an Regula und teilte ihr mit, daß Ronald am nächsten Tage, um zwölf Uhr mittags, zur förmlichen Übergabe von Rondsperg bereit sein werde.
Der Tag verging mit eifrigen Vorbereitungen zur Abfahrt; dem alten Herrn schien der Boden unter den Füßen zu brennen, die Gräfin beschäftigte sich mit dem Packen ihrer Habseligkeiten. Sie ging still und lautlos im Zimmer umher mit ihrem gewohnten Ausdruck geduldigen Sichfügens in das Unvermeidliche. Ihre Kammerjungfer saß in einem Lehnstuhl, seufzend unter der Last ihrer Gicht und ihres Fettes, und jammerte, daß sie sich der Gebieterin nicht nützlich machen konnte. Neben dem Koffer kniete Röschen, legte Stück für Stück hinein und benetze die Hand der Gräfin, die es ihr reichte, mit ihren Tränen. Die alte Frau versuchte nicht, sie zu trösten, aber wenn das Kind gar zu bitterlich weinte, strich sie ihr sanft über Haare und Wangen, und sagte mit ihrer ängstlichen und hilflosen Stimme: «Nur Mut, nur Mut!»
Regula hatte indessen den Brief der Baronin erhalten und einen zweiten Boten nach der Eisenbahnstation expediert. Er war der Träger eines Telegramms, das

an Doktor Wenzel gerichtet war und denselben in Begleitung der Herren Weberlein und Schimmelreiter nach Rondsperg beschied. Die Anwesenheit des Advokaten hätte bei der Übergabe des Gutes vollkommen genügt, aber Regula empfand in diesem schwierigen Augenblick das Bedürfnis, sich mit ihren Getreuen zu umgeben. Sie wurde etwas ruhiger, als diese Vorkehrung getroffen war, doch nagte eine Empfindung an ihr, die sie bisher nicht gekannt hatte, die ihr immer als das größte aller Schrecknisse erschienen war, die Empfindung: es gibt Menschen, die mich nicht bewundern, die mich anklagen, mich vielleicht geringschätzen!

Sie überlegte die Motive ihrer Handlungsweise, rechtfertigte jedes, erschöpfte sich in Beweisen, daß sie das Notwendige, das Richtige getan — und dennoch war ihr die Brust wie zusammengeschnürt, und dennoch wollte der Druck nicht weichen, der beklemmend und schwer auf ihr lastete.

Eine gedämpfte Stimme, die sie leise ansprach, weckte sie aus ihrem Sinnen. Sie erhob den Kopf.

Neben ihr stand Božena.

Ihre Lippen bebten, sie war totenblaß, leidenschaftliche, aber unterdrückte Erregung verriet sich in ihrem ganzen Wesen. «Die Herrschaften lassen packen», sagte sie. «Es heißt, sie wollen Rondsperg für immer verlassen.»

«Mögen sie», erwiderte Regula mit scheinbarer Gleichgültigkeit. «Ich habe Rondsperg gekauft, bin hier die Herrin und kann niemanden, der nicht gern mein Gast ist, zwingen, es zu sein. Sie wollen fort, ich werde sie nicht bitten zu bleiben.»

«Tun Sie es doch, Fräulein», sprach Božena. «Die

plötzliche Abreise der alten Herrschaften würde gegen Sie, Fräulein, böses Blut machen.»
Regel stieß ein kleines höhnisches Gekicher hervor, das Božena nicht irre zu machen vermochte; sie fuhr fort: «Niemand weiß, wie sehr Sie beleidigt worden sind —»
«Wissen Sie's?»
«Ja, Fräulein, ich lebe in Ihrer Nähe und hab offene Augen. Die andern — die Menschen, die Sie nicht kennen, werden sagen: ‹Sie hat sich eingebildet, der junge Graf werde sie heiraten, und weil er ihr das Röschen vorzieht, jagt sie aus Rache seine Eltern aus dem Hause.›»
«Wahr — wahr!» denkt Regula; ihre schlimmsten, geheimsten Befürchtungen, eben erst mühsam zum Schweigen gebracht, gewinnen eine Stimme, die aus fremdem Munde doppelt schrecklich klingt. «Božena», ruft sie zugleich entrüstet und unsicher, «wie dürfen Sie es wagen . . .»
«'s ist meine Schuldigkeit, daß ich Sie warne», spricht die Magd. «Was wissen Sie von der Bosheit der Menschen? . . . Die größte Freude der Menschen ist Lästern, die Besten zu lästern, denn bei den Schlechten, da zahlt sich's nicht aus. Sie, Fräulein, sind — nach Gebühr —» Božena neigte ihr Haupt bei diesen letzten Worten, «bisher nur geachtet und geehrt worden. Geben Sie acht, was geschieht, wenn es einmal heißt: ‹Sie hat's nicht verdient — sie hat uns um unsere Achtung und Ehrfurcht betrogen!›»
«Niemand wird das sagen», rief Regel und streckte die kalten Hände zitternd aus.
«Das und noch viel Schlimmeres, verlassen Sie sich drauf», fuhr Božena hart und unerbittlich fort.

«Plötzlich wird jeder etwas wissen. Der eine: ‹Die ältere Schwester hat im Elend sterben müssen, damit ihr alles zukomme, der Erbschleicherin . . .›»

«Still!» kreischte das Fräulein.

Božena jedoch, ruhiger und ruhiger werdend, je furchtbarer Regels Aufregung wuchs, sprach weiter, langsam und nachdrücklich: «Ein andrer steht auf und sagt: ‹Auf dem Totenbette hat ihr der alte Herr das Kind seiner armen Rosa empfohlen, und hat ihr mit seinem letzten Hauch zugerufen: ‹Deine heiligste Pflicht!› . . . Sie hat sie nicht erfüllt, hat dem Kind nicht gegeben, was ihm gebührt.›»

Regula machte einen verzweifelten Versuch, sich aufzuraffen: «Gebührt?» wiederholte sie, «ihm gebührt nichts. Was ich für das Kind getan habe, geschah aus Gnade und gutem Willen. Jeder billig Denkende sieht das ein. An dem Urteil der bösen Zungen, der Verleumder — braucht mir nichts zu liegen.»

In welchem Widerspruch standen diese Worte mit dem Ausdruck, in dem sie gesprochen wurden!

«Fräulein», sagte Božena warnend und eindringlich. «Sie wissen es nicht, Ihr Haus ist auf Ungerechtigkeit erbaut. Das ist ein Grund so schmal — er trägt Sie nur, solange Sie geradeaus gehen . . . Biegen Sie einmal vom rechten Weg ab — um die Breite eines Haares, so stürzt unter Ihnen alles zusammen! . . . Sie brauchen den Schutz Gottes . . . geben Sie dem Kind, nicht was ihm vor den Menschen, sondern was ihm vor Gott gebührt. Tun Sie's, weil Sie großmütig sind und brav! Tun Sie's von selbst, Fräulein, sonst müßt ich Sie dazu zwingen — — zu Ihrem Besten, gutes Fräulein!»

Ihre Augen funkelten — sie schlägt sie nieder; ihre

ganze Gestalt strebt empor — aber Božena beugt sich. Regula wirft ihr unter den herabgesenkten Brauen einen mißtrauischen Blick zu, sie weiß nicht, ob ihre Magd schmeichelt oder droht. Diese fährt fort, Nachdruck legend auf jede Silbe: «Um Ihretwillen ist Ihre Schwester verstoßen worden . . .»

«Weil sie's verdient hat, nicht um meinetwillen!» ruft das Fräulein.

«Doch — um Ihretwillen! Rosa ist um die Verzeihung ihres Vaters bestohlen worden. Das weiß ich, Fräulein, denn, gefoltert von Gewissensqualen, hat es mir Ihre Mutter in ihrer Todesstunde anvertraut. Der Brief . . .»

«Schweigen Sie!» schreit Regula, «ich weiß nichts; ich will nichts wissen von einem Briefe — ich kann's beschwören: Ich habe keinen Brief gesehen . . . und — wer hat ihn gesehen?»

«Niemand», antwortete Božena mit kalter Ruhe, «denn er ist unterschlagen worden und — verbrannt.»

«Ha!» Regula atmete auf, befreit von einer Zentnerlast. «So gibt es auch keinen unterschlagenen Brief! . . . Wer kann beweisen, daß es einen gab? Wer wird es glauben?»

Die Magd stand da, umflossen von einer wunderbaren, stillen, stolzen Majestät; ihre große Gestalt schien noch zu wachsen, ihr ganzes Wesen atmete Macht, und wie Erz klang ihre Stimme, als sie sprach: «Beweisen kann ich es nicht, aber ich werde es sagen und — mir wird man glauben!»

Mit schrecklicher Wucht fielen diese Worte auf die Seele Regulas. «Ja, der wird man glauben!»

Deutlich und lebendig in jedem Zug erhob sich vor

ihr ein längst vergessenes Bild. Sie sah ihre Magd zwischen Mansuet und den Jäger treten und hörte sie sprechen: «Es ist wahr! . . .» Božena hätte damals nicht zu lügen, sie hätte nur zu schweigen brauchen und der Jäger wäre als Verleumder gebrandmarkt gewesen; an ihr — hätte keiner gezweifelt. Aber sie sprach, sie gab der Wahrheit die Ehre. Ja, der wird man glauben! . . . Und ein zweites Bild tauchte auf vor Regula. Sie erblickte sich auf dem schmalen Pfade, von dem Božena gesprochen, hoch über allen Menschen und von allen vergöttert. Und nun ein unseliger Schritt, aus Rache getan, im Zorn beleidigter Eitelkeit, und der Glanz, der sie umgab, erlischt, und sie sinkt, sinkt immer tiefer in einen Abgrund — gräßlich, schauderhaft: Die Verachtung der Menschen! . . . Alles verläßt sie — der zuerst, der sie so redlich geliebt und ihren Reichtum so redlich gehaßt hat . . . Schon gehaßt, bevor er wußte, daß sie ihn einem Verbrechen dankte.

«Božena», stöhnt Regel, ihre Zähne schlagen zusammen, ihre Hände greifen stützesuchend umher, «Božena, was soll ich tun? Was verlangen Sie?» Sie denkt nur noch an Rettung, an Rettung um jeden Preis.

Mühsam ihre Fassung bewahrend, pochenden Herzens, antwortet Božena demütig und zögernd: «Ich habe meinem Fräulein nichts vorzuschreiben, aber wäre ich Sie, ich würde zu den alten Leuten sagen: Bleibt, Rondsperg gehört eurem Sohn, dem es Röschen zur Morgengabe bringt.»

Regula lachte grell auf und brach dann in ein krampfhaftes Schluchzen aus. Plötzlich schien ein schwacher Hoffnungsschimmer in ihr aufzuleuchten.

«Božena», sprach sie — oh, mit gar geringer Zuversicht und zitternd wie Espenlaub: «Wenn ich — Sie — bäte — zu schweigen?»

Die Magd erwiderte kein einziges Wort, aber sie bäumte sich mit einer Gebärde auf, so wild, so stolz, so voll grimmigen Hohnes, daß Regula keinen Ausweg vor sich sehend: wimmerte: «Nein, nein, ich bitte Sie nicht — — ich will tun — was Sie verlangen . . .»

Da stieg ein Schrei maßlosen Jubels aus Boženas Brust. «Engel», rief sie jauchzend, «Erlöserin! . . . meine ewige Seligkeit dank ich Ihnen und meinen zeitlichen Frieden!» Sie warf sich vor der Herrin nieder und berührte den Boden mit ihrer Stirn; ihr ganzer Körper bebte, mit Anstrengung rang sich der Atem aus ihrer Brust. «Erlöserin! Erlöserin!» wiederholte sie weinend und frohlockend, im Taumel eines an Schmerz grenzenden Entzückens.

Regula meinte einen Augenblick, daß ihre immer so ruhige und zurückhaltende Dienerin wahnsinnig geworden sei.

Božena richtete sich auf die Knie empor, sie erhob den Kopf und die Arme, als bringe sie dem Himmel ein Opfer dar und rief: «Das Glück des Kindes für das Glück der Mutter . . . Herr! Herr! Sie hätte getauscht! Nimm du es an, und nimm damit die Sünde von mir!»

## 20.

Als Professor Bauer den Brief Regulas erhielt, machte er alle Stadien eines mit dem Jawort der Geliebten überraschten Liebhabers durch. Vor allem traute er seinen Augen nicht, dann traute er ihnen und geriet in ein dithyrambisches Entzücken, aus dem er in elegische Rührung überging und sich fragte: «Verdiene ich auch ein solches Glück?» Im heißen Drang seines mitteilungsbedürftigen Herzens eilte er hinüber zu Mansuet, ihm das große Ereignis zu verkünden. Auf halbem Wege jedoch besann er sich eines andern, machte plötzlich kehrt, rannte ebenso schnell nach Hause zurück, als er davongerannt war, stopfte in größter Hast seinen schwarzen Anzug und einige Wäsche in einen Reisesack und stürmte nach dem Bahnhofe, wo er eben noch Zeit hatte, ein Billett zu dem in der Richtung nach Rondsperg abgehenden Zug zu lösen. In der ersten halben Stunde der Fahrt hielt sich seine Stimmung auf ihrer schwindelnden Höhe, in der zweiten begann sie zu sinken, und in der dritten schoß — wie eine schwarze Schlange, die die Fähigkeit abzufärben besäße, der Zweifel trübend über das spiegelglatte Meer seiner Wonne.

Enthalten die Worte: «Ich bin die Ihre», auch wirklich ein Eheversprechen? ... Lassen sie sich auch wirklich dem Sinn und Geiste nach mit: «Ich will Sie heiraten», übersetzen? Sind sie nicht etwa nur als bloße Höflichkeitsform zu betrachten — wie sie oft angewendet wurde von unsern größten Dichtern — wie etwa Schiller an Cotta schreibt: «Der Ihrige — Schiller?» ... Regulas klassische Bildung, die ihn so oft zur Bewunderung hinriß, erweckt ihm in diesem Augenblicke Grauen.

Der Zug hält in der Station für Rondsperg, der Kondukteur reißt den Schlag des Waggons auf: «Eine Minute Aufenthalt!» ... Nein, Bauer steigt nicht aus! — Er fährt weiter — wohin, ist ihm gleichgültig, nur weiter, nur hinweg! ... Die Lokomotive läßt einen scharfen Pfiff vernehmen, er gellt: «Feigling!» O Schmach, das gilt ihm ... Der Kondukteur steckt sein zorniges Gesicht in den Wagen: «Ist kein Passagier für Hullein da?» ... Der Professor schnellt bestürzt empor. «Aber zum Teufel, so steigen Sie doch aus! Sind Sie denn taub?» fährt ihn der Eisenbahnbedienstete mit der Höflichkeit seines Standes für Insassen der zweiten Wagenklasse an. In größter Verlegenheit, wie ein ertappter Schulknabe, beeilt sich Bauer, schleunigst zu gehorchen. Er steht auf dem Boden; eine mitleidige alte Frau wirft ihm seine im Wagen vergessene Reisetasche zu — der Zug braust davon. Er blickt ihm nach und denkt, er hätte nie geglaubt, daß ein gesetzter Mann und Professor in eine zugleich so traurige und lächerliche Lage kommen könne. Was nun beginnen? Bauer ist ratlos. Da hilft ihm einer der menschenfreundlichen Volontärs, die vor wenigen Tagen durch ihre Habgier Regulas Entrüstung erweckten, indem er die Frage an den Professor stellt, ob er nach dem Städtchen fahren wolle, das eine halbe Stunde weit von der Station und auf dem Weg nach Rondsperg liegt. Bauer bejaht es — jetzt ist sein Plan gemacht; er wird im Städtchen übernachten und sich's dort überlegen, ob er umkehren oder weiterreisen solle. Unter dem Beistande des Volontärs, gegen den er sich in Danksagungen erschöpft, besteigt der Professor einen scheppernden Einspänner, der ihn und seine Effekten um zehn Uhr abends vor dem Tore des «Goldenen Schwan», des ersten Hotels in K., absetzt. Nach einem sehr frugalen Abendessen begibt sich Bauer in das ihm angewiesene Zimmer, wo er die Nacht, zusammengekauert in einem sehr kurzen und sehr hohen Bett, zubringt; seine langen Glieder darin auszustrecken, wäre unmöglich gewesen. An Schlaf denkt Bauer nicht. Er gerät allmählich in eine begeistert resignierte, über Erdenweh und Erdenlust erhabene Stimmung. Wunderbar hat das Schicksal ihn geführt, man möchte sagen, fast gegen seinen eigenen Willen, aus seiner kleinen Studierstube bis hierher in das katafalkähnliche Bett im Gastzimmer Nr. 3 des «Goldenen Schwan» zu K. «Nimm mich auf deine Flügel, Fatum!» denkt der Professor, und das Fatum scheint bestimmt zu haben, ihn schlafend seinem Ziele entgegenzutragen, denn trotz aller Aufgeregtheit nickt Bauer fest und fester ein, und als er erwacht, schlägt es eben neun Uhr vom Rathausturme. Bauer kleidet sich an und begibt sich in den Speisesaal zum Frühstück. Auf der Schwelle bleibt er stehen wie angewurzelt, vor Überraschung zur Salzsäule verwandelt. Er hat im Zimmer, in einem lebhaften Gespräche mit dem Wirte begriffen, die Herren Wenzel, Weberlein und Schimmelreiter erblickt.

«Ah! auch berufen! auch berufen!» spricht der Advokat in seiner freundlichen Weise, «das ist allerliebst. Sie haben doch noch keinen Wagen bestellt? — Und wenn, sagen Sie ihn wieder ab. Sie fahren mit uns nach Rondsperg ...»

Fatum! Fatum! Der Professor tauscht Händedrücke mit den Freunden, protestiert gegen ihre Einladung und nimmt sie, natürlich, an. Er kann ja unterwegs noch aussteigen, er kann selbst noch, am ersehnten Ziele angelangt, die Flucht ergreifen, sich bescheiden zurückziehen, wenn seine Anwesenheit unerwünscht sein sollte ...

Inzwischen aber trägt ihn der mit kräftigen Pferden bespannte Wagen des Wirtes zum «Goldenen Schwan» im raschen Trabe immer näher zu dem Orte, wo die Geliebte weilt. Seine Reisegefährten beobachten alle ein, wie ihm scheint, ostensibles Schweigen. Nur von Zeit zu Zeit nickt Wenzel und sagt, auf die Felder deutend, zwischen denen der Weg läuft: «Herrliche Frucht!» Und Mansuet bestätigt und fügt hinzu: «Prächtiger Boden!» Der Sekretär enthält sich eines jeden Zeichens der Teilnahme. Stolz und aufrecht sitzt er da, wie das personifizierte Selbstbewußtsein, und scheint zu sagen: «Was liegt mir an alledem?» Er nahm, besonders gegen Bauer und Mansuet, Mienen an von einer Feierlichkeit, von einer mitleidigen Herablassung — nicht zu beschreiben!

Bauer dachte: «Wahrlich, neben diesem Schimmelreiter nähme Cäsar sich aus wie ein Hanswurst!»

Und nun rollen sie bereits über das Pflaster des Schloßhofes. Vor dem Tore steht Božena und ruft ihnen zu: «Kommen Sie — kommen Sie — es ist die höchste Zeit!» Über die Anwesenheit des Professors scheint sie sich besonders zu freuen; dieser hat ihr nur gleich zu folgen, während die andern drei Herren gebeten werden, einen Augenblick zu verziehen.

«Wie sehen Sie denn aus?» fragt Mansuet die Magd, «Sie leuchten ja wie die liebe Sonne.»

Božena antwortet ihm nicht, sie eilt mit Bauer, dessen Hand sie erfaßt hat, die Treppe hinauf. Wenzel und Mansuet sehen einander befremdet an. — Ein sonderbarer Empfang! . . . Was hat das zu bedeuten? — Das Haus ist wie ausgestorben, im Hofe steht die Britschka der Baronin Waffenau und ein bepackter

Wagen. Jetzt öffnet sich die Stalltür in der Ecke gegenüber, Kočka und Myška kommen heraus mit gesenkten Köpfen und herabhängenden Ohren, und stellen sich von selbst jede an ihren Platz, an die Deichsel. Florian folgt in Hemdärmeln, seinen Rock auf dem Arme; er wirft, brummend und gestikulierend, das Kleidungsstück auf den Bock, und beginnt die Stränge einzulegen.

Wenzel, gefolgt von seinen Begleitern, tritt den Alten mit der Frage an: «Wer reist denn ab?»

Aber Florian verschmäht zum erstenmal in seinem Leben die Gelegenheit, sich beredsam zu zeigen, und antwortet nur mit einem trotzigen Kopfschütteln, das deutlich sagt: «Von mir erfahrt ihr nichts!»

Da schlägt Wenzel vor, hinaufzugehen und eine mitleidige Seele aufzusuchen, die sie bei dem Fräulein anmelde. Der Wirtskutscher hat ihre Mantelsäcke, Überröcke und Regenschirme auf den nackten Boden deponiert und ist davongefahren. Schimmelreiter, der sonst so anspruchslose, fühlt sich verletzt. «Man hätte Lust umzukehren», spricht er, «ist das eine Art? ... Einen kommen lassen, so weit her, und sich dann um einen nicht kümmern — sehr kurios, wirklich!»

Die Herren treten in die Halle und zögern wieder, sie wissen nicht, wohin sich wenden. — Vom Korridor her lassen sich endlich Schritte vernehmen, und die Stiege herabgeschlichen kommt ein kleiner, stiller Zug. Voran Peter, mit Reiseeffekten beladen, in außerdienstlichem Phantasieanzug, den anzulegen er der Gelegenheit entsprechend fand, vermutlich wegen des Inkognitos. Ihm folgte die Gräfin, von Ronald geleitet. Der Widerschein ihrer klaren Seele liegt fast

wie ein Schimmer von Heiterkeit auf ihrem ehrwürdigen Angesicht. So geübt, wie von ihr, wird die Demut zur Würde, die Geduld zur Überwindlichkeit. Ein zweites Paar erscheint; der Graf, gestützt auf den kräftigen Arm seiner Tochter. — Er trennt sich schwer von seinem Rondsperg! Ein jeder Schritt, den er vorwärts tut, scheint ihn zu schmerzen. Seine Kraft ist gebrochen, über Nacht hat er sich verwandelt, er scheint nun auch, was er ja längst gewesen: ein armer, alter Mann!
Die Stadtherren entblößen ihre Häupter, als die Herrschaften sich ihnen nähern. Ihr Gruß wird erwidert, aber kein Wort mit ihnen gesprochen: Der Graf drängt zur Eile: «Nur fort! nur fort!» flüstert er kaum hörbar seiner Tochter zu.
In diesem Augenblick ertönt der Klang einer lieben, angstvollen Stimme. Röschen kommt die Treppe herabgeflogen, wirft sich abwechselnd dem Grafen und der Gräfin in die Arme und weint und beschwört sie, die sich ihrer vergeblich zu erwehren suchen: «Bleiben Sie, um Gottes willen, bleiben Sie!»
«Lassen Sie uns, liebes Kind«, sagt die Baronin bewegt und in Gefahr, ihre Fassung zu verlieren.
Aber nun steht Regula vor ihr am Arme eines freudetrunkenen Mannes, des Herrn Professor Bauer, und auch diese beiden sprechen wie aus einem Munde: «Bleiben Sie!»
«Nimmermehr», entgegnet der Graf, «im fremden Hause!»
«In dem Ihres Sohnes, Herr Graf», spricht Regula feierlich, während der glückverklärte Bauer in Bewunderung zerschmilzt — und dort an der Tür des Saales eine hohe Gestalt steht, deren Blick unverwandt

auf ihr ruht, als wollte er sie unter seinem Banne halten. Aber Božena kann zufrieden sein, das Fräulein wiederholt sogar ihre Worte: «Rondsperg gehört Ihrem Sohne, dem es meine Nichte zur Morgengabe bringt.»

«Oh!» riefen Mansuet, Wenzel und Schimmelreiter.

«O liebe Regula!» rief die Baronin.

«O Röschen!» rief Ronald.

Der Graf und die Gräfin schwiegen. In ihren wunden Seelen vollzog sich der Übergang vom Schmerz zur Freude nicht so rasch.

«Die Demütigung bleibt», dachte der Greis, aber er blickte auf seinen Sohn, er blickte auf das holde Röslein, und sprach mit tiefer Verbeugung zu Fräulein Heißenstein: «Ich danke Ihnen!»

Die Gräfin ging auf Regula zu, und diese, von einer ihr fremden Regung ergriffen, drückte ihre Lippen auf die Hand, die sich ihr entgegenstreckte. Dem Grafen aber sagte sie: «Zu dem, was jetzt geschieht, war ich — eigentlich — immer entschlossen, aber Sie begreifen, daß ich diesen Entschluß nicht ankündigen durfte ohne die Einwilligung meines Verlobten . . .»

«Ihres Verliebten!» platzte Bauer heraus, den manchmal ein satanisches Gelüste ergriff, am unpassendsten Orte den schlechtesten Witz zu machen. «Sie hatten nur einen Fehler in meinen Augen: Ihren Reichtum — ich bin selig, daß er sich ein wenig vermindert hat!»

«Schön! Vortrefflich!» sprach Doktor Wenzel gerührt und wollte einige wohlgesetzte Worte hinzufügen, aber Mansuet vereitelte diesen Vorsatz. Er wurde — wie Božena sagte, wenn sie später von den Begebenheiten dieses Tages erzählte — «der reine Narr».

Der erste Kuß, den Manneslippen auf den Mund der spröden Regula drückten, sie erhielt ihn nicht von ihrem Bräutigam, sondern von ihrem alten Kommis; er wurde nicht durch heißes Flehen gewonnen, unter dem duftenden Fliederstrauche, beim Gesang der Nachtigallen — er wurde ihr öffentlich geraubt, und zwar unter einem solchen Ausbruch von Wonne, Begeisterung und Entzücken, daß Regula nicht einmal zu zürnen vermochte. Ach, dies alles tat so wohl nach den schweren Träumen dieser Nacht, in denen sie Bauer gesehen hatte, sie verlassend und ihr Rübchen schabend, und Mansuet auf Fledermausflügeln sie umschwirrend in immer engeren Kreisen, und ihr dabei zukrächzend: «An den Pranger! An den Pranger!»

Bauer hatte bei dem Kusse Mansuets ein wenig die Stirn gerunzelt, Regula lächelte ihn auf das süßeste an und hauchte: «Lieben Sie mich, Ludwig, achten Sie mich!»

Nun näherte sich Schimmelreiter und pries seine Herrin in gehaltener und würdevoller Weise. Dann aber schloß er also: «Gnädiges Fräulein haben mir dereinst die Ehre erwiesen, meiner Vermählung beizuwohnen, erlauben Sie nun auch . . .»

Er beschirmte seinen Mund mit der Hand und sagte ihr einige Worte ins Ohr.

Regula schlug die Augen nieder, errötete und sprach: «So? — Ei, ei! — Ich gratuliere!»

Als auch Ronald und Röschen dem edlen Fräulein gehörig gedankt hatten, eilten sie, einem gemeinsamen Gefühle folgend, zu Božena, die sich in ihre Stube zurückgezogen hatte. Die jungen Leute fanden sie in die Betrachtung eines kleinen armseligen Bildchens versunken, das einst in Arad von einer kunstbegeisterten Dilettantin gemalt worden war und Rosa vorstellen sollte.

Ronald hielt bei Božena förmlich um sein Röschen an, in Worten so warm und gut, daß sie ihrer niemals vergaß. Lange verweilte das Brautpaar bei der Getreuen. Den Kopf an ihre Brust gelehnt, von ihrem Arm umschlungen, saß das Kind neben ihr, als wollte es zum letztenmal den Schutz genießen, in dem es durch sein ganzes Leben so sicher geruht hatte. Ronald blickte die beiden an, glücklich, selig — er sagte: «Gott segne Sie, Božena!» und wußte doch nicht, wie viel er ihr verdankte.

*

Die Stadt Weinberg war in freudiger Aufregung an dem Tage, an dem Regula als Braut Ludwig Bauers in ihr Haus zurückkehrte. Allenthalben hieß es: «Sie hätte einen Grafen haben können, und wählt einen armen Gelehrten. Welcher Edelmut! Welche Bescheidenheit!»

Regula Bauer, geborene Heißenstein, blieb zeitlebens der Gegenstand der Bewunderung ihrer Vaterstadt und ihres Gatten. «Sie fühlt tiefer als wir alle, aber sie will es nicht zeigen», pflegte er mit bedeutsamer Miene zu sagen. Seine Ehrfurcht vor dieser geheimnisvollen Gefühlstiefe wuchs von Jahr zu Jahr, und Regula gewöhnte sich nachgerade, den Mann, der sie so völlig verstand und zu schätzen wußte, als einen Halbgott anzusehen.

Schimmelreiter und seine Kathi bekamen nach sechsjähriger Ehe das allerschönste Kind, das seit Menschengedenken in Weinberg geboren ward. Ein blondes Mägdlein mit einem Madonnenangesicht, mit Augen so blau wie der Himmel und so tief wie das Meer. «Der Engel von Weinberg» wurde sie später genannt.

Mansuet übersiedelte nach Röschens Vermählung ganz und gar nach Rondsperg. Er saß stundenlang auf der Terrasse, ließ sich von der Sonne bescheinen und behauptete, er fühle täglich mehr ihre verjüngende Kraft. Der alte Graf leistete ihm fleißig Gesellschaft, sie bewunderten zusammen die Aussicht und sprachen von dem Jahre achtundvierzig.

Božena erbat und erhielt ihre Entlassung aus dem Dienste der Frau Professor Bauer und nahm gleichfalls ihren Aufenthalt in Rondsperg. Sie wiegte noch eine dritte Generation auf ihren Armen, und dieses kleine Volk kannte sie, die man einst die schöne, die große genannt, nur als — die *gute Božena.*

# ANHANG

*Edgar Groß: Božena, die Geschichte einer Magd*

*Biographische Notiz*

*Anmerkungen*

Im ersten Novellenband, den die fünfundvierzigjährige Marie von Ebner-Eschenbach herausgab, steht die ergreifende Geschichte einer Großmutter, die ihren ertrunkenen Enkel im Leichenschauhaus wiederfindet und sich zum Schluß die alte Jacke des geliebten Toten ausbittet. Damit hatte die Dichterin ein Thema angeschlagen, das sich, innerlich wachsend, durch ihr Werk hindurchziehen sollte: das Thema vom menschlichen Duldertum. Auch ihr erster Roman «Božena», der ein Jahr später (1876) erschien, handelt von einer Dulderin, die sich zwischen schuldloser Schuld und selbstbestimmter Sühne zu fast antiker Größe erhebt, wie sie Marie von Ebner-Eschenbach mehrfach, so auch in der «Totenwacht» oder in der Schlußszene des Romans «Das Gemeindekind», erreicht hat*.

Schon seit früher Jugend hatte die österreichische Dichterin Beispiele selbstloser Treue und Aufopferung unter den slawischen Bauern und Dienerinnen des väterlichen Gutes kennengelernt, sie hatte, selbst auf Grenzgebiet geboren, die Gegensätze der Nationalitäten gesehen, sie hatte später das oft verantwortungslose Gebaren der Adligen und Höhergestellten mit kritischem Auge und wehem Herzen beobachtet, sie war literarisch mit dem klassischen Idealismus und dem liberalen Humanismus ihres eigenen Zeitalters in Berührung gekommen — alle diese Eindrücke und Erlebnisse schließen sich in der «Božena» zu einem Familienroman zusammen, in dem sie zum erstenmal sozialer und seelischer Unterdrückung ihr neues Lebensideal entgegensetzt: die Selbstüberwindung des Menschen, die zur sittlichen Reife, aber ebenso zur Güte gegen die

* Die Erzählungen «Die Großmutter» und «Die Totenwacht» sind wieder abgedruckt in dem Band «Die schönsten Erzählungen der Ebner-Eschenbach», Nymphenburger Verlagshandlung, München. Im gleichen Verlag liegt auch der Roman «Das Gemeindekind» vor.

vom Glück stiefmütterlich Behandelten führen muß. Über alles Gegensätzliche spannt sie den großen Bogen adliger Gesinnung, die in allen menschlichen Schichten zu finden ist.

Die schöne Magd Božena besitzt bei aller Leidenschaft und Wildheit diesen natürlichen Adel: ihr Lieben, Kämpfen und Sühnen zeugt von ungewöhnlichem Mut zur Wahrhaftigkeit. In der Sorge für das mutterlose Kind Röschen findet sie die Erfüllung, die ihr als armer Dienerin versagt ist. Sie lebt «in tätiger Ruhe dahin», bis sie durch die zweite Heirat ihres Dienstherrn mit einem Blaustrumpf aus ihrer bevorzugten Stellung herausgedrängt wird. Ihre Selbstherrlichkeit empfängt den ersten empfindlichen Stoß: sie demütigt sich vor der verhaßten neuen Herrin, um bei dem Kinde bleiben zu können. Aber sie wird beiseite geschoben und «verbraucht ihre Seelenstärke für sich». Vereinsamt und ohne Lebensaufgabe verfällt sie, von Sehnsucht nach wirklicher Liebe getrieben, dem windigen Jäger Bernhard. Rosas Flucht mit einem jungen Offizier läßt Božena aus ihrer Verirrung erwachen und wird entscheidend für ihre Wandlung. Sie mißt sich allein die Schuld am Schicksal des dem Elend ausgelieferten Mädchens bei. Sie weiß — und gerade diesem Gedanken hat die Dichterin immer wieder Ausdruck verliehen —, daß Reue nicht genügt, um ein Vergehen zu sühnen. Das Bewußtsein einer Schuld kann niemals erlöschen. Auch an Božena muß sich nach dem Empfinden des Volkes die Unterlassungssünde rächen, wenn es ihr nicht gelänge, durch strenge Selbstzucht den Fluch von sich abzuwenden. Darum macht sie sich, innerlich aufgewühlt, auf den Weg, um den Entflohenen in der Fremde helfend beizustehen.

Fortan betrachtet sie es als ihre heilige Pflicht, ihr Leben für das elternlose Kind des verstorbenen Paares aufzuopfern. Für dieses zweite Röschen nimmt sie, ohne zu klagen, alle Leiden und Erniedrigungen auf sich. Als der verwahrloste Jäger auf einer Hochzeitsfeier haßerfüllt

ihre Verfehlung aufdeckt, befreit sie sich in erschütternder Selbstanklage mit den drei Worten «Es ist wahr» von den letzten Schrecken innerer Unwahrhaftigkeit. Nun kann sie, noch erbarmungsloser gegen sich selbst, frei ihrer Aufgabe nachgehen, bis sie der Tochter ihres ersten Schützlings das ihr zustehende Erbteil und die Hand des geliebten Mannes gesichert hat. Dann kommt Ruhe über ihre Seele: sie hat sich von alter Verfehlung durch höchste Selbstüberwindung gereinigt. Im Glück des fremden Kindes erfüllt sich ihre mütterliche Sehnsucht. Hat die kinderlose Dichterin ihr diesen Trost aus eigenem Erleben mitgegeben? Wir möchten es annehmen, zumal diese Erzählung auch sonst autobiographische Züge aufweist.
Eine Fülle von Gestalten aus bürgerlichen, bäuerlichen und adligen Ständen hat Marie von Ebner-Eschenbach aufgeboten, um den Leidensweg einer Magd auf dem farbigen Hintergrund menschlicher, sozialer und politischer Wirren zu schildern. Der ungarische Freiheitskampf von 1847/49 erscheint, nach dem Aufstand von 1956, in merkwürdig aktuellem Licht. Marie von Ebner-Eschenbach umspannt in ihrer Erzählung drei Generationen — man hat das Gefühl, sie möchte ein ganzes Leben und eine ganze Zeit buchstäblich ausschöpfen. Einflüsse aus der russischen Literatur sind bei diesem ihrem ersten Schritt auf das Gebiet des Romans spürbar, besonders von Turgenjews Erzählungen, die das Bild einer neuen sozialen Ordung aufsteigen ließen. Sie strebt seinem künstlerischen Realismus nach, wenn auch hier und da in der «Božena» noch gewisse klassisch-romantische Elemente zu erkennen sind. Die Überfülle des Stoffes bringt es auch mit sich, daß sie manchmal die Zügel etwas lockerer läßt, denn noch geht ihr die sichere und überlegene Technik der späteren Meisterwerke ab. Aber mit dem ihr eingeborenen starken Gefühl für dichterische Entwicklungen und wirksame Szenen findet sie ihren eigenen Weg. Sie besitzt ein sicheres Empfinden für innere Dramatik und stellt gern gleichartige

Vorgänge einander gegenüber, wie etwa den Tod ihres Dienstherrn und seiner zweiten Frau. Sie enthüllt Vergangenes und Gegenwärtiges oftmals in dramatisch gespanntem Dialog. Wiederum findet sie für eingestreute Betrachtungen bildhafte Vergleiche, die nicht nur an große Versepik, sondern auch an die erste Sammlung der unvergleichlichen Aphorismen denken lassen, die Marie von Ebner-Eschenbach wenige Jahre nach der «Božena» zusammengestellt hat. Und wenn treffend bemerkt wurde, daß sich aus ihren Lebensweisheiten Überschriften für ihre Erzählungen machen ließen, kann man umgekehrt sagen: jede ihrer Dichtungen, so auch dieser Roman, enthält eine Reihe schöner Aphorismen.

Erstaunlich ist vor allem, wie sie Charaktere zueinander in Spannung setzt, wie sie Menschen und Umgebung lebensvoll herauswachsen läßt, wie sie alle Verhältnisse — Natur und Unnatur, das Gute und das Verwerfliche — unerschrocken anpackt und der dichterischen Vision plastische Gestalt zu geben weiß.

In der Heldin aus dem Volke Božena mischen sich medeische Wildheit und Opfersinn, Demut und Tatkraft. Nur Ricarda Huch mit ihrer Farfalla (in dem Triester Roman «Aus der Triumphgasse») und Franz Werfel mit den beiden Frauengestalten Teta (in «Der veruntreute Himmel») und Barbara (in «Barbara oder die Frömmigkeit») vermochten bisher dieser böhmischen Magd verwandte Charaktere an die Seite zu stellen.

*Edgar Groß*

## Biographische Notiz

Marie Gräfin Dubsky wurde am 13. September 1830 als Tochter des Freiheitskämpfers Major Graf Dubsky und einer bürgerlichen Mutter auf dem väterlichen Gut Zdislawitz geboren. In dem reizvollen Buch «Meine Kinderjahre» hat sie selbst ihre Jugend beschrieben, die sie nach dem frühen Tod der Mutter unter stiefmütterlicher und großmütterlicher Obhut verbrachte. Mit achtzehn Jahren heiratete sie ihren Vetter, den Genie-Hauptmann Moritz Baron von Ebner-Eschenbach, mit dem sie fünfzig Jahre in glücklicher Ehe lebte, bis er 1898 als Feldmarschall-Leutnant in Wien starb. Zwischen der österreichischen Hauptstadt und dem mährischen Gut Zdislawitz verlief Marie von Ebner-Eschenbachs äußeres Leben. In Wiener Adelskreisen und auf deutsch-tschechischem Grenzgebiet spielen ihre Erzählungen. Ihre literarischen Neigungen traten sehr früh hervor. Sie las Schiller und andere Dramatiker, schrieb Gedichte, die von Grillparzer sehr aufmunternd beurteilt wurden, und erlebte voll Ergriffenheit die Aufführungen des Wiener Burgtheaters. Unter diesen Eindrücken erwachte ihr Wunsch, selbst eine große Dramatikerin zu werden. Sie schrieb historische und später auch Gesellschaftsstücke, einige wurden aufgeführt, aber nachhaltige Erfolge blieben der Dichterin versagt. Enttäuscht durch diese Mißerfolge, entdeckte sie, fast fünfzigjährig, ihre eigentliche, epische Begabung.

1875 erschienen erste Erzählungen, ein Jahr später der Roman «Božena», doch erst mit den «Dorf- und Schloßgeschichten» (1884/86), dem «Gemeindekind» (1886) und «Lotti die Uhrmacherin» (1889), denen die großen Erzählungen «Unsühnbar» und «Glaubenslos» folgten, begründete sie ihren Ruhm.

Zwei Jahrzehnte steht sie auf dem Höhepunkt ihres Schaffens. Zu ihrem siebzigsten und achtzigsten Geburts-

tag werden ihr reiche Ehrungen zuteil, die Wiener Universität verleiht ihr den Ehrendoktor. Sie hat sich als eine der bedeutendsten Erscheinungen in der deutschen Frauenliteratur europäischen Ruf erworben.
Noch wird sie, schmerzlich erfüllt, Zeuge des ersten Weltkrieges, bis sie am 12. März 1916 in Wien gestorben ist.

*E. G.*

# Anmerkungen zu «Božena»

*(Sprich: Bójena)*

Erstausgabe 1876

S. 9 „Garderegiment Friedrich Wilhelms I.": dem Regiment des Preußenkönigs gehörten besonders große Soldaten an (lange Kerls). — „Ex officio": von Amts wegen (lat.) — „aus der Brust eines Ogers": Riese im Märchen.

S. 18 „der Königinnen vor dem Dome zu Worms": Streit zwischen Kriemhild und Brunhild in der Nibelungensage. — „Der gekrönten Schwestern": die Königinnen Elisabeth und Maria Stuart in Schillers ‚Maria Stuart' (III, 4).

S. 20 „ein plötzlich ohnmächtig gewordener Simson": Buch der Richter, 13—16.

S. 27f. „als Esther gekleidet": Tragödie des klassischen französischen Dichters Jean-Baptiste Racine (1639—1699), in der Esther, die Gattin des Perserkönigs Assuerus, die jüdischen Stammesgenossen vor der Vernichtung rettet. „Du erfuhrst / Durch das Gerücht vielleicht der stolzen Vasthi / Verstoßung, deren Platz ich jetzt besetze." — „Die Schwester der Palantiden": die Fürstin Aricia in Racines Tragödie ‚Phädra'. Phädra verfolgt ihren Stiefsohn Hippolyt, den Sohn des Theseus, mit sündiger Liebe und treibt ihn in den Tod. „Begierig lauscht ich dir, ist es mir auch nicht klar, / Ob, was du sahst, vielleicht nur Täuschung war."

S. 44 „wie der Cid unter Cimenens Altan": Cid (Campeador, † 1099) ist der Held des spanischen Nationalepos, im Vorbeireiten huldigt er seiner auf dem Balkon stehenden geliebten Ximene.

S. 48 „Militärschematismus": Dienstvorschrift. — „Subordinierter": Untergebener (lat.). — „estimiert": geachtet (frz.).

S. 51 „einhundertfünf Pfund Harreisten": Hareisten ist ein böhmisch gefärbter Dialektname für Gareischeln (Karauschen), die sog. Bauernkarpfen, die in Teiche gesetzt werden, die für Karpfen ungeeignet sind. Die mit eingesetzten Hechte sollen die trägen Karauschen in Bewegung bringen. — „ein Stück Hechten": ein Stück hier in der (älteren) Bedeutung als Maß = 12 Dutzend, auch 180 Stück. — „Montmorency": altes französisches Adelsgeschlecht.

S. 52 „Imparfaits und Subjonctivs": Vergangenheit und Konjunktiv in der französischen Grammatik.

S. 53 „Löffelei": Liebelei.

S. 65 „kein savoir-vivre": Lebensart (frz.).

S. 69 „Freiherr von Münchhausen“: Verfasser der berühmten ‚Lügengeschichten‘ (1720—1797).

S. 83 „war Wenzel ein Cato“: Marcus Portius Cato (234—149 v. Chr.), sittenstrenger römischer Staatsmann. — „Abbé“: Abt (frz.).

S. 87 „vor oder nach der Hedschra“: Flucht (oder Auszug) Mohammeds von Mekka nach Medina, um 622, Beginn der mohammedanischen Zeitrechnung.

S. 95 „Nestroys letzter Posse“: der österreichische Volksdichter Johann Nestroy (1801—1862), ‚Lumpazivagabundus‘ u. a. — „Orestie des Äschylus“: Trilogie des großen griechischen Tragikers, im 5. Jh. v. Chr. — „Sozietätsinseln“: vulkanische Inseln in der Südsee (Gesellschaftsinseln). — „von der Nadowessischen Totenklage“: Gedicht von Schiller, ‚Nodowessiers Totenlied‘, das von einem sterbenden Indianer handelt. — „Huitzlipochtli“: auch Utzilopochtli, National- und Kriegsgott der Azteken, des alten indianischen Kulturvolks in Mexiko; blutiger Kult.

S. 98 „vom 15. Mai an“: an diesem Tage im Jahr 1848 drang das aufständische Wiener Volk in die Hofburg ein, Kaiser Ferdinand floh mit seiner Familie nach Innsbruck. — „Bäckenrummel in Wien“: im Juli 1805 kam es in der Wiedner Vorstadt infolge der Brotverteuerung aus nichtigem Anlaß zu einer Plünderung der Bäckerläden. Dieser Aufstand der „Wiener Jakobiner“, der sich über alle Vorstädte ausdehnte, wurde durch Militär niedergeschlagen.

S. 99 „Radetzky ... in Mailand eingezogen war“: der österreichische Heerführer Josef Graf von Radetzky (1766—1858) warf 1848/49 den Aufstand in Norditalien nieder.

S. 100 „die Patrimonialrechte“: Gerichtsbarkeit des Gutsherrn. — „betrat Karl V. das Haus Anton Fuggers“: die Fugger waren ein altes Augsburger Webergeschlecht, später Bankiers, die große Finanzoperationen von politischer Bedeutung vornahmen. Anton Fugger (1493—1560), Neffe von Jakob Fugger, der den Geldhandel begründete, schoß den deutschen Kaisern Maximilian und Karl V. große Summen vor, er unterstützte auch Karls V. Kaiserwahl.

S. 101 „im Parlamente zu Frankfurt“: das Deutsche Parlament, das am 18. Mai 1848 in Frankfurt zusammentrat.

S. 103 „die Slovanka Lipa“: slawische Vereinigung.

S. 104 „auf den Schlachtfeldern von Ungarn ... Kapitulation bei Vilagos“: wie in Wien und Prag kam es 1848 auch in Ungarn zu Volkserhebungen, doch unterlagen die ungarischen Truppen dem von Österreich zu Hilfe gerufenen russischen Heer unter Marschall Paskiewitsch, und es kam 1849 zur Kapitulation von Vilagos. — Wegen der blutigen Niederwerfung des aufständischen Brescia in Norditalien (1849) wurde der General Haynau ‚die Hyäne von Brescia' genannt. — „convivus": Gast (lat.).

S. 107 „Auditor": Kriegsgerichtsrat (lat.).

S. 108 „Kaution": im alten kaiserlichen Heer mußte ein Leutnant, bevor er die Erlaubnis zur Eheschließung erhielt, eine gewisse Geldsumme zur Sicherung seiner wirtschaftlichen Existenz nachweisen.

S. 111 „Mousseline de laine": Baumwollgewebe mit Leinenfäden (frz.).

S. 113 „ohne Progenitur": ohne Nachkommenschaft (lat.).

S. 115 „an der Szamos und an der großen Kükülü": Szamos, Nebenfluß der Theiß, Kiküllö (Kokel), ebenfalls Fluß im östlichen Ungarn.

S. 116 „kalmiere die Nerven": beruhige (lat.).

S. 120 „Feuerkieke": Blechgefäß mit Kohlenbecken zum Wärmen (niederd.).

S. 124 „nicht das kleinste Kodizill": Zusatz zu einem Testament. — „wie Lazarillo": Held des spanischen Schelmenromans (16. Jh.).

S. 125 „am Fuße des Negoi": Gipfel der Südkarpathen.

S. 132 „gekrümmt wie ein Sprenkel": Vogelschlinge an einer sich biegenden Rute.

S. 134 „nolens volens": gewollt oder nicht gewollt, wohl oder übel (lat.).

S. 137 „den fundus instructus erneuern": den verdorbenen Grund und Boden wieder herrichten (lat.).

S. 140 „sich rasch resolvierte": sich rasch entschloß (lat.). — „wie Voltaire": großer französischer Schriftsteller der Aufklärungszeit (1694—1788), der sehr eitel war.

S. 141 „die vier Spezies": die vier Rechnungsarten. — „am Ariadnefaden": in der griechischen Sage hilft Ariadne, die Tochter des Königs Minos von Kreta, dem Theseus aus dem Labyrinth, indem sie ihm ein Garnknäuel mitgibt.

S. 143 „denken Sie an Jean Paul": eig. Johann Paul Friedrich Richter (1763—1825), Dichter schwärmerischer Freundschaft und idealer Sehnsucht.

S. 144 „Der Eichwald brauset": so beginnt das Gedicht ‚Des Mädchens Klage' von Schiller, Lied der Thekla im ‚Wallenstein'. — „Robert — Robert, mein Geliebter": Arie in Giacomo Meyerbeers Oper ‚Robert der Teufel' (1831). Meyerbeer, 1791 in Berlin geboren, 1864 in Paris gestorben, war seit 1842 Generalmusikdirektor der Berliner Königlichen Oper. — „quadrillierte": gewürfelt, kariert (frz.).

S. 153 „Willst du genau erfahren ...": Worte der Prinzessin in Goethes Schauspiel ‚Torquato Tasso' (II, 1).

S. 157 „Une maîtresse-femme": eine tüchtige Frau, ein Hauptweib (frz.).

S. 160 „Madame Staël-Holstein": Madame de Staël, französische Schriftstellerin (1766—1817). Der Ausspruch lautet genau: tout comprendre, c'est tout pardonner (alles verstehen, heißt alles verzeihen). — „Affinitäten": Verwandtschaften (lat.).

S. 161 „als die Bileams": Bileams redende Eselin, vgl. 4. Mose, 22—24. — „hartnäckiger als die des Zacharias": vgl. Ev. Lukas, 1. Kap., 19—63.

S. 169 „Das Schiff streicht durch die Wellen: Fidolin! Fidolin!": genauer ‚fidelin'. Lied von Joh. v. Brassier, ‚Sehnsucht nach der Heimat' (1819). — „Guter Mond, du gehst so stille": Volksweise, um 1780.

S. 175 „die Königinnen Elisabeth von England und Christine von Schweden": beide blieben unvermählt. Essex war ein Günstling der Elisabeth (1533—1603), den sie hinrichten ließ. Christine (1626—1689), Tochter und Nachfolgerin Gustav Adolfs, dankte 1657 ab, ging nach Italien und Frankreich, wo sie ihren Geliebten, den Oberstallmeister Monaldeschi (Monaldescho), ermorden ließ.

S. 176 „Vous m'ennuyez, cher professeur": Sie langweilen mich, lieber Professor (frz.).

S. 189 „sie war als Hebe gemalt": griech. Göttin der Jugend. — „écharpe": Schärpe (frz.).

S. 190f. „vorraffaelisch gedacht": Raffael Santi, großer italienischer Maler der ebenmäßigen Schönheit und Architekt (1483—1520). — „von Donatello oder von Bruneleschi ... oder gar von Ghiberti": D. florentinischer Bildhauer der Frührenaissance (1386—1466). Filippe B. (1377—1446) Baumeister der Frührenaissance (Kuppel des Florentiner Doms). Lorenzo Gh. Bildhauer und Baumeister in Florenz (1378—1455). Benvenuto Cellini, Goldschmied und Bildhauer (1500—1571).

S. 191 „adlatus": Gehilfe (lat.).

S. 192 „Salle à terrain": Saal im Erdgeschoß (frz.). — „Jean Jaques Rousseau": französisch-schweizerischer Philosoph (1712—1778), sein Grundsatz: ‚Zurück zur Natur'.

S. 193 „mit Polycrates sprechen dürfte": s. Schillers Ballade ‚Der Ring des Polykrates'.

S. 195 „honneur aux dames": Ehre den Damen (frz.).

S. 196 „eine Libussa": die sagenhafte Gründerin Prags. Franz Grillparzer hat den Stoff in einem Trauerspiel behandelt, das 1874 am Wiener Burgtheater erstaufgeführt wurde.

S. 204 „die Katastralmappe": Kataster (lat.), Verzeichnis der

Liegenschaften für Steuerzwecke. — „zyrillische Buchstaben“: älteste slawische Schrift, so benannt nach ihrem angeblichen Erfinder, dem Apostel Cyrillus (Kyrillos) im 9. Jh.

S. 208 „sich zu developpieren“: sich zu enthüllen (frz.).

S. 209 „trop de zèle“: übereifrig (frz.).

S. 210 „eine Partie Bézique“: französisches Kartenspiel. — „etwas von Kotzebue“: August v. K. (1761—1819) beherrschte das Theater seiner Zeit mit sentimentalen Familienstücken. — „von den Kämpfen herrlicher Helden“: gemeint ist die ‚Ilias‘ von dem altgriechischen Dichter Homer, in dem der Kampf um Troja besungen wird.

S. 212 „den Abschied des Kriegers“: Abschied des trojanischen Helden Hektor von seiner Frau Andromache. Vgl. auch Schillers Gedicht ‚Hektors Abschied‘ (Will sich Hektor ewig von mir wenden . . .).

S. 214 „die Hannaken“: Bewohner der Ebene Hanna, verächtliche Bezeichnung für Tschechen.

S. 217 „in einen Schüttkasten umgewandelt“: Schüttboden, Silos (span.) = Getreidespeicher.

S. 220 „svata panenka“: Heilige Jungfrau (tschechisch).

S. 232 „des Sängers Fluch“: Ballade von Ludwig Uhland (1787—1862).

S. 234 „dame de vos pensées“: die Dame Ihrer Gedanken, an die Sie denken (frz.).

S. 240 „wie Griseldis bei Percival von Wales“: die schöne Markgräfin Griseldis wird von ihrem Gemahl verstoßen in der Absicht, ihren Gehorsam auf die Probe zu stellen. Sie kehrt zu ihrem Vater halb entblößt, nur mit einem Untergewand bekleidet, zurück.

S. 244 „etwas gelblich meine Atours“: Putz, Staat (frz.).

S. 246 „wie tief ich Houwald immer bewundert habe“: Christoph Ernst Frhr. von Houwald (1778—1845), Schicksalsdramatiker der deutschen Romantik (‚Der Leuchtturm‘ u. a.).

S. 247 „in pontificalibus“: Ornat höchster geistlicher Würdenträger, hier: im Festgewand (lat.).

S. 266 „fatum“: Schicksal (lat.).

S. 267 „ostensibles Schweigen“: offensichtlich, absichtlich (lat.).

Zu Seite 165

Abweichend von dem Grundsatz der „Nymphenburger Volksbücher“, ungekürzte Originaltexte zu bringen, ist in vorliegendem Roman eine Stelle gestrichen worden, deren Anspielungen auf längst vergessene zeitgenössische Dichtungen dem heutigen Leser schwer verständlich sind. Der Vollständigkeit wegen wird sie hier nachgetragen:

Zu den köstlichsten Bissen von Mansuets poetischem Schmaus

gehörte: „Herkules am Scheidewege", „Psychens Klagen" und „Amors Klage" von Bergel. „Die ersten Genien der Menschen" (liebenden Eltern geweiht) von Paul Lamatsch von Warnemünde. „Trinklied im Frühling" (nach Höltys Trinklied im Winter).

Das Glas gefüllt!
Kein Nord mehr brüllt — usw.

„Letzter Wunsch" von Charlemont, das so wunderschön begann:

Wenn sie einst naht, die düstre Abschiedsstunde,
Das Aug' sich trübt und leise pocht das Herz,
Wenn banges Weh' entschwebt dem starren Munde
Und jede Lust verdrungen hat der Schmerz ... usw.

Oder gar: „Der Berggeist des weißen Gebirges", Röschens Lieblingsballade, bei welcher ihr so köstlich gruselte, und bei deren letzten Strophen ihr kleines Herz so laut pochte! — Sie rückte jedesmal ganz dicht an Boženas Seite, wenn Mansuet las:

„Und die Sonne blutig scheidend,
Sinket in der Berge Schoß,
Und von wilden Peitschenschlägen
Widerhallt das ganze Schloß.
Da erbraust's wie Sturmestoben,
Rings erregend Angst und Graus,
Von vier Rossen fortgezogen,
Fährt der Geist zum Schloß hinaus!"

Hieß es dann dem alten Freunde eine Freude machen, so deklamierte Röschen in voller Begeisterung und mit merkwürdigem Tonfalle „Österreichs Thermopylen" (1809) von Charlemont. Wie glühten dabei ihre Wangen, wie glänzten die Tränen in seinen Augen! Wie befriedigend endete nach einem solchen Hochgenuß der Tag für den Greis und für das Kind!
Andere Male wieder wurde der historischen Überlieferung ihr Recht. Mansuet machte sein kleines Auditorium mit der ereignisreichen Geschichte der Kostka von Postupitz bekannt. Er erzählte, um in Röschen die Liebe zu den Wissenschaften zu wecken und ihr einen Begriff zu geben von den Ehren, zu denen man durch sie gelangen könne, von Johanna von Boskowitz, der berühmten Äbtissin des Zisterzienserinnenstiftes Maria Saal in Altbrünn. Im sechzehnten Jahrhundert lebte sie und war so gelehrt, daß ihr die Philologen Opat und Kzel ihre Übersetzung des Neuen Testamentes widmeten. Auch Nachrichten aus dem Leben des großen Kremsierers Johannes Benedikti, des weisen Bertholdus de Wischaw und des Meistersängers Bliczkowsky, wußte Mansuet mitzuteilen. Ereignete es sich, daß Röschen dabei ein klein wenig schläfrig wurde, so beeilte sich der Alte, etwas Lustigeres vorzubringen. Mit einem Sprunge versetzte er sich in das königlich städtische Nationaltheater zu Brünn, und zauberte „die Fee aus Frankreich", „die Grafen Mombelli", oder „den schwarzen Wundermann" herbei, um seinen Liebling zu ermuntern.

# Nachwort

Eine gescheite Frau hat Millionen geborener Feinde: – alle dummen Männer.

*M. v. Ebner-Eschenbach, Aphorismen*

Am 4. 1. 1863 berichtet Friedrich Hebbel in seinen ›Tagebüchern‹ vom Besuch im Hause des Wiener Astronomen Karl Ludwig v. Littrow. Er schreibt:

Amüsierte mich gut, besonders mit einer Gräfin, die recht gut sprach und mir interessante Dinge erzählte, [...] Sie ist an einen Baron Ebner verheiratet und leider, wie ich später erfuhr, heimliche Schriftstellerin.

Dieses Urteil ist bezeichnend für die ablehnende Haltung, mit der viele von Marie von Ebner-Eschenbachs Bekannten und Verwandten ihrem schriftstellerischen Bemühen gegenüberstanden. Als Hebbel sie kennenlernte, war sie von ihrem Jugendtraum, »ein Shakespeare des 19. Jahrhunderts« zu werden, wohl schon ein wenig abgekommen, aber sie fühlte sich nach wie vor zur Dramatikerin berufen, und die großen Enttäuschungen auf diesem Gebiet standen ihr noch bevor.

Heute ist Marie von Ebner-Eschenbach vor allem als Erzählerin bekannt. Viele denken sicher an den Roman ›Das Gemeindekind‹, wenn ihr Name genannt wird, aber auch an die ›Dorf- und Schloßgeschichten‹ (und hier besonders an ›Krambambuli‹ und – aus der neuen Folge dieser Geschichten – an die sozialkritische Novelle ›Er laßt die Hand küssen‹). Dem Literaturkenner ist Ebner-Eschenbach im Zusammenhang mit einer ausgesprochen männlich dominierten Gattung, dem Aphorismus, geläufig, wird die Autorin in diesem Kontext doch oft als einzige weibliche Vertreterin von Rang erwähnt. Aber nur jene, die sich ausführlicher mit ihrer Biographie beschäftigt haben, wissen von der jahrelangen dramatischen Produktion der Ebner. Sie wollte das Burgtheater erobern. Schiller, später Grillparzer waren ihre großen Vorbilder. Sie begann mit historischen Charakterdramen (›Maria Stuart in Schottland‹, 1860) und versuchte sich dann auch im ernsten und heiteren Gesellschaftsstück nach französischen Mustern. Einige dieser Stükke wurden gar nicht angenommen, einige erlebten ein paar Aufführungen und Achtungserfolge, vieles wurde immer wieder umgearbeitet, manches blieb Fragment. Die enttäuschenden Erfahrungen der Autorin mit dem Theaterpublikum erreichten 1873 mit der Aufführung des ›Waldfräuleins‹ einen Höhepunkt: Zum Mißerfolg kam das Ärgernis, das das Stück bei den Standesgenossen hervorrief, griff die adelige Dramatikerin darin doch die Pervertierung und Korrumpierung alter aristokratischer Ideale in der herrschenden Adelsgesellschaft an.

Dieses Jahr 1873 brachte eine Wende in den Intentionen Marie von Ebner-Eschenbachs: Sie war nun 43 Jahre alt und mußte sich sagen, daß sie ihr ursprüngliches Ziel nicht erreicht hatte. Wohl gab sie ihre dramatischen Ambitionen nicht gänzlich auf – sie fand allmählich die ihr adäquate Form, die »dialogisierte Novelle«, und Einakter dieses Genres erzielten in den späten achtziger und den neunziger Jahren sogar gewisse Erfolge –, aber diese liefen jetzt gleichsam nebenher. Marie von Ebner-Eschenbach konzentrierte Interesse und Energie vor allem auf ihre erzählenden Dichtungen, mit denen sie – allerdings auch erst nach einiger Zeit (noch am 8. 4. 1878 schrieb sie: »Ich werde hoffentlich die Kraft haben, mit der Schriftstellerei überhaupt ein Ende zu machen.«) – Anklang fand. Den Durchbruch erzielte sie 1879 mit der Erzählung ›Lotti, die Uhrmacherin‹, die in der führenden Monatsschrift »Deutsche Rundschau« abgedruckt wurde. Ihre Bekannheit wuchs nun rasch, und ein immer größeres Publikum feierte ihren 70. und 80. Geburtstag. Von den vielen Ehrungen und Würdigungen freute sie am meisten die Verleihung des Ehrendoktorates durch die Philosophische Fakultät der Universität Wien. Sie starb 1916, erlebte also das Ende der Monarchie nicht mehr.

In verschiedenen Variationen und verschiedener Akzentuierung zeigt sich dieses Grundmuster – Mißerfolge mit dramatischen Produktionen, Erfolge in einer anderen literarischen Gattung – in manchen Künstlerbiographien des 19. Jahrhunderts. Kleist ist das bekannteste (wenn auch atypische) Beispiel, aber auch Ferdinand von Saar (mit dem Marie von Ebner-Eschenbach befreundet war) wäre zu nennen, Otto Ludwig, Ferdinand Kürnberger und etliche andere. Zu Marie von Ebner-Eschenbachs Schwierigkeiten mit dem Drama trug sicher auch das in Hebbels Tagebuchnotiz ausgesprochene Vorurteil gegen die »schriftstellernde Gräfin« bei, die sogar Dramatikerin sein wollte. Frauen als Lyrikerinnen oder Verfasserinnen von Erzählungen und Romanen hatten immerhin schon eine gewisse Tradition. In Österreich war zwar bereits u. a. Marie Therese von Artner als Dramatikerin hervorgetreten, und auch ihre berühmtere Freundin, Karoline Pichler, Leiterin eines bekannten Salons und ebenfalls Schriftstellerin, fand mit ihren dramatischen Produktionen eine gewisse Beachtung. Karoline allerdings, Repräsentantin dieser ersten Generation schreibender Frauen in Österreich, war freilich, wie sie in ihren ›Denkwürdigkeiten‹ schreibt, überzeugt, daß »Frauenzimmer sich nicht auf den Kothurn wagen« sollten und daß, besonders was die »heroische Tragödie« angehe, deren »glückliche Bearbeitung« weibliche Kräfte weit überforderte.

Daß Marie Therese von Artner, Karoline Pichler (die eine geborene v. Greiner war) und auch Marie von Ebner-Eschenbach – man könnte hier auch die zu Burgtheater-Ehren gekommene Prinzessin Amalie von Sachsen nennen – mit ihren Dramen überhaupt Beachtung fanden und diskutiert wurden, hatten sie wohl zum Großteil ihrer privilegierten Herkunft aus Familien zu verdanken, die eine gewisse Position einnahmen, Verbindungen zu einflußreichen Persönlichkeiten und anerkannten Künstlern hatten. Wenn W. Bietak meint, daß böswillige Theaterkritiker Marie von Ebner-Eschenbach »weder Stand noch Geschlecht« verziehen hätten, so trifft er damit nur eine Seite des Problems. Denn gerade der »Stand« war es, der ihr doch auch wieder gute Startbedingungen bot:

Marie von Ebner-Eschenbach war eine geborene Freifrau Dubsky.* Ihr Vater stammte aus dem mährischen Uradel, ihre Mutter, Maria von Vockel, die sie unmittelbar nach der Geburt verlor, aus sächsischem Beamtenadel. Sie wurde 1830 auf Schloß Zdislawitz in

* Man findet oft: geb. Gräfin Dubsky, doch wurde der Vater erst 1843 in den Grafenstand erhoben

Mähren (in der Nähe von Olmütz) geboren und wuchs teils dort, teils in Wien auf. Ein solcher Wechsel zwischen sommerlichen Aufenthalten auf den Landgütern und winterlichen Aufenthalten in Wien war in adeligen Kreisen üblich. Marie und ihre ältere Schwester Friederike bekamen bald eine Stiefmutter, eine Freiin von Bartenstein, die als »Maman Eugénie« in den Kindheitserinnerungen der Autorin liebevoll erwähnt wird. Nach deren frühem Tod heiratete der Vater Gräfin Xaverine von Kolowrat, und auch zwischen dieser und Marie bestand ein herzliches Stieftochter-Stiefmutter-Verhältnis. Trotzdem aber wuchsen die Kinder natürlich, wie üblich, unter der Obhut von Amme, Kinderfrau, Gouvernanten und diversen Hauslehrern auf. Sicher erhielt sie eine bessere als die traditionelle Komtessenausbildung. Trotzdem: Es war eine Art lückenhafter Allgemeinbildung. Sie sprach Tschechisch, das sie von Amme und Kinderfrau lernte, früher als Französisch, Deutsch und Englisch. Besonders die zweite Stiefmutter sorgte für entsprechende Lektüre, und den regelmäßigen Besuch der Burgtheateraufführungen sah die Autorin noch im hohen Alter als Grundlage ihrer ästhetischen Erziehung an. Vor allem Cousin Moritz, »Onkel Moritz« genannt, weil er 15 Jahre älter war, der spätere Mann der Dichterin, war ein wichtiger Erzieher, der ihr übrigens auch zur deutschen Sprache als Medium ihrer dichterischen Versuche riet – vorher hatte sie vor allem französische Verse gemacht. Eine humanistische Ausbildung, wie Marie von Ebner-Eschenbach sie gerne gehabt hätte, war undenkbar: »Wofür würde ich angesehen werden, wenn ich anfangen wollte, Griechisch und Latein zu lernen? Ganz einfach für verrückt. Ich war ja nur ein Mädchen«, heißt es in den ›Kinderjahren‹. Der Vater, der eine typisch patriarchalische Herrschaft im Hause ausübte, hatte überhaupt eine Abneigung gegen die »Gelahrten«, was sich in seinen spöttischen Bemerkungen seinem Neffen Moritz gegenüber äußerte, der an der Militär-Ingenieur-Akademie unterrichtete. »Eine gelehrte Frau [...], das ist die größte von allen Kalamitäten.« Das sagt zwar der Vater der ›Komtesse Paula‹ in der gleichnamigen Erzählung der Autorin, aber das hätte auch ein Ausspruch ihres Vaters sein können. Eine gute »oberflächliche« Erziehung war erwünscht, insbesondere die Kenntnis moderner Sprachen, sportliche Fähigkeiten, auch Singen, Musizieren, Deklamieren. Kreative Fähigkeiten waren gelegentlich nicht unwillkommen, wenn sie sich im gesellschaftlichen Rahmen hielten und zur Bereicherung des Salonlebens dienten. Aber eine Berufung darin sehen – oder gar einen Beruf daraus machen –, das war suspekt. Friederikes Reaktion auf Maries Gedichte war ablehnendes Schweigen, auch der Rat: »Sprich nicht davon, dann vergeht's vielleicht.« Und Großmutter Vockel, sonst gütig und nachsichtig, nahm die Mitteilung, ihre Enkelin mache »Poesien«, entrüstet auf. Cousin Moritz freilich, den Marie 1848 heiratete, hatte Verständnis für den Bildungsdrang seiner Frau und stand auch ihren dichterischen Ambitionen mehr oder weniger verständnisvoll gegenüber.

Wie schon seine berufliche Karriere zeigt, gehörte er nicht zu den Männern, die in einer gelehrten Frau eine »Kalamität« gesehen hätten. Freiherr Moritz von Ebner-Eschenbach wechselte nach dem Besuch des Theresianums auf eigenen Wunsch in die Militär-Ingenieur-Akademie über und lehrte hier Physik und Chemie. Bald nach der Hochzeit wurde diese Akademie nach Klosterbruck in Mähren verlegt, und dort verbrachte Marie von Ebner-Eschenbach – bis zur Rückkehr in die Residenz – ihre intensivsten Lehr- und Studienjahre. Ihr Mann stieg in der militärischen Hierarchie bis zum General und Feldmarschall-Leutnant auf, wichtiger aber waren ihm seine Forschungen und Erfindungen. Er war nicht nur naturwissenschaftlich, sondern auch philosophisch gebildet, als Militärschriftsteller bekannt, korrespondierendes Mitglied der Akademie der Wissenschaften in Wien. Seine Spezialaufträge führten ihn auf weite Reisen, auf die ihn seine Frau jedoch nicht begleitete; eine Ausnahme bildete die Fahrt zur Weltausstellung in Paris (1867), übrigens die einzige größere Auslandsreise, die Marie von Ebner-Eschenbach während ihrer Ehe unternahm. Sie behielt den seit ihrer Kindheit gewohnten Rhythmus zwischen Stadt- und Landleben bei. Dies änderte sich auch nicht nach der frühzeitigen Pensionierung ihres Mannes (herbeigeführt durch eine Publikation, in der Mißstände im Heer aufgezeigt wurden). Die Übereinstimmung des Paares, das kinderlos blieb, war außerordentlich. Sie bestand nicht nur in geistigen Interessen, gegenseitiger Toleranz, in der Pflege von Geselligkeit und Freundschaften, sondern auch in der Tatsache, daß beide Mißstände im System der Donaumonarchie sahen.

Man hat die Übereinstimmung von Geburts- und Sterbedaten Marie von Ebner-Eschenbachs mit jenen Kaiser Franz Josephs gelegentlich symbolisch genommen und behauptet, die Dichterin habe »dessen ganze Epoche in ihren Erzählungen geschildert und verewigt.« (A. Sauer) Das trifft nur mit Einschränkungen zu. Zum einen: Das große Gesellschaftspanorama, der große Gesellschaftsroman, fehlt in ihrem Oeuvre. Man kann sogar ihre umfangreichen Erzählungen, ›Božena‹, ›Das Gemeindekind‹, ›Unsühnbar‹, nur sehr bedingt als Romane bezeichnen, es sind jedenfalls »kleine Romane« in jeder Hinsicht: Auffallend ist auch bei ihnen die Dominanz des Individualschicksals, der begrenzte Geschehnisraum, das eingeschränkte Figurenensemble, das um *eine* Begebenheit gruppiert ist, die Betonung des Psychologischen – Merkmale der Gestaltung, die häufig konstatiert wurden (F. Martini) und die zweifellos eine gewisse Verengung der künstlerischen Perspektive signalisieren. Zum anderen: Geht man nach soziologischen Gesichtspunkten vor (E. Fischer), so ergibt sich folgender Befund: Die Aristokratie – hoher und niederer Adel – ist besonders ausführlich geschildert; Wandlungen und Veränderungen in dieser Klasse, für die die sogenannte Bauernbefreiung 1848 ein entscheidendes Ereignis war, werden vielfach registriert und diagnostiziert, auch die wirtschaftlichen Folgen der Aufhebung der Erbuntertänigkeit nicht übersehen, wie z. B. der Rondsperg-Teil der ›Božena‹ deutlich zeigt. Das Bürgertum ist sowohl mit dem Typus des selbstbewußten Handelsbürgers (Heißenstein) als auch mit dem des soliden Handwerksmeisters (›Lotti, die Uhrmacherin‹) vertreten, der kleine Staatsbeamte mit seinem Aufstiegswillen und Ehrgeiz (›Ein Vorzugsschüler‹) tritt in Ebners Werk ebenso auf wie das höhere Gutspersonal, das zusammen mit dem Arzt, dem Lehrer und dem Geistlichen die sogenannte Honoratiorenschicht auf dem Lande bildete (›Oversberg‹). Bauern sind oft gestaltet, überhaupt ist das mährische Dorf manchmal Schauplatz einer Erzählung oder eines Erzählungsteiles, und es kommt in seiner sozialen Struktur vom Großbauern bis zu den dörflichen Unterschichten, den Häuslern und Armenhäuslern, in den Blick (›Das Gemeindekind‹). Noch gar nicht erwähnt sind hier die Militärs, die Gouvernanten, Erzieherinnen, Hauslehrer und Künstler, die auftreten. Das Personal ist also, betrachtet man das Gesamtwerk, erstaunlich vielfältig. Allerdings: Man hat moniert, daß Marie von Ebner-Eschenbach wohl Repräsentanten des Adels, des Bürgertums und des Bauernstandes, auch die der dörflichen Unterschicht, in ihren Erzählungen darstelle, aber die treibende Kraft der Epoche, das sich organisierende Industrieproletariat, nicht gestalte und vor allem auch die Stadt (etwa das sich rasch entwickelnde Industriezentrum Mährens, Brünn, aber auch Wien) mit ihren sozialen Spannungen nicht berücksichtige. Der Einwand ist berechtigt: Versteht man unter »Wirklichkeit« der Epoche die pragmatisch-öffentliche Realität, dann muß man tatsächlich die Aussparung entscheidender Faktoren und Bereiche konstatieren. Insofern sind die Schauplätze dieses Oeuvres – Stadtpalais und Landschloß, Dorf und Kleinstadt – nur Ausschnitte aus der zeitgenössischen Wirklichkeit, und die Räume, in denen sich arbeitende Menschen bewegen, nur einfache, vorindustrielle Arbeitsstätten. Ein Realismus-Verständnis dieser Art führt zu dem Ergebnis, daß es sich bei der gestalteten Wirklichkeit um faktisch restringierte Spielräume handelt. Schließlich ist auch von Interesse, *wie* die Autorin die gesellschaftlichen Verhältnisse ihrer Zeit sah und beurteilte. Zunächst: Der kritische Blick Ebner-Eschenbachs wurde nie bestritten.

Das glänzende Bild goldbetreßter Herren, von Juwelen strotzender Damen, des altertümlichen Prunkgemachs, worin sie sich bewegten, wurde durchscheinend und verschwand schemenhaft vor einem tiefdunklen Hintergrunde. In dem war ein Brausen und Grollen, wie es dräut im sturmgepeitschten Meer. [...] Und ein Wehgeheul entrang sich diesem grausen Getümmel gejagter, jagender, verschlingender, verschlungener Wellen: denn sie bestanden aus Tier- und Menschenleibern; sie waren das gequälte Geschlecht der Lebendigen, [...]

Diese Worte drücken zwar eine Stimmungslage Maria Dornachs in der Ehebruchsgeschichte ›Unsühnbar‹ aus, sind aber auch bezeichnend für die Perspektive Marie von Ebner-Eschenbachs auf die franzisko-josephinische Epoche. Der kritische Blick findet sich schon in dem – wenig bekannten – Erstlingswerk ›Aus Franzensbad. Sechs Episteln von keinem Propheten‹ (1858), einer anonym erschienenen Briefsatire nach dem Beispiel der ›Lettres d'un voyageur‹ von George Sand. Die Angriffe auf die Bourgeoisie und den Adel sind hier von einer Aggressivität, wie wir sie später im fiktionalen Werk kaum mehr finden. Aber die kritische Einstellung der Verfasserin bleibt erhalten, und zwar im Gesellschaftsstück so gut wie in der erzählenden Dichtung. Fast überall findet man Symptome einer nicht mehr intakten Gesellschaftsordnung registriert.

Ein solches Symptom stellt z. B. die Anmaßung adeliger Grundbesitzer den Dorfbewohnern gegenüber dar oder die Egozentrik adeliger Familien, denen die von ihnen abhängige Gesellschafterin ausgeliefert ist. Phänomene der Lockerung sozialpolitischer Strukturen sind in verschiedenen Variationen erfaßt, ob sie sich nun im öffentlichen Bereich als Aufstandsbewegungen äußern oder im engeren Bereich ehelicher Beziehungen als Treueproblematik und im Verhältnis von Eltern und Kindern als Zweifel an der Relevanz starrer Normen. Zeichen einer Gesellschaftsordnung, die sich nicht mehr im Gleichgewicht befindet, sind auch Hartherzigkeit und Grausamkeit im bäuerlichen Milieu, Überheblichkeit und Ignoranz in militärischen Kreisen, Kommerzialisierung und Korrumpierung im Literaturbetrieb, allgemein: entstellende Verbindungen von Kunst und Geschäft. Fazit: Die Sensibilität der Autorin im Aufspüren von Krisenerscheinungen ihrer Zeit läßt sich nicht leugnen, wenngleich natürlich auch hier die großen gesellschaftlichen Widersprüche der österreichisch-ungarischen Monarchie (Nationalitätenproblem, Imperialismus, Soziale Frage, Antisemitismus) selten, oder jedenfalls nicht in voller Schärfe, gesehen werden. Marie von Ebner-Eschenbach glaubte, die von ihr erkannten Widersprüche seien durch eine Rückkehr zu alten Werten, durch die Rückbesinnung auf bestimmte Ideale, aufzuheben. Sie wollte keine Revolution, sondern befürwortete eine Evolution, eine vorsichtige Reformpolitik. Das dialektische Moment an ihrer Adelskritik (und man muß hinzufügen: an ihrer Kritik an allen Ständen) wurde erst in jüngster Zeit von der Forschung betont (K. Rossbacher): Wohl kritisiert Marie von Ebner-Eschenbach zeitgenössische Vertreter von Institutionen, aber sie erachtet die Institutionen für erhaltenswert; wohl sieht sie die Degenerationserscheinungen des Adels, aber ihre Tagebuchnotiz aus dem Jahr 1867: »Diese Rasse geht unter und gehe!« meint die untergangsreifen Träger einer an sich guten Idee, eines Adels im Sinne der idealtypischen Vorstellung von »Adel des Herzens«, »Adel des Geistes«, »Adel der Gesinnung«.

Am Bürgertum stört sie die, wie Fontane es genannt hat, »Geldsackgesinnung«, aber sie lobt die alten bürgerlichen Werte der Solidität, Gründlichkeit, Tüchtigkeit. Am Bauerntum kritisiert sie Hartherzigkeit, Besitzdenken, Starrsinn, Geiz, aber positiv wertet sie Treue und »Härte gegen sich selbst«. Hier im Bauerntum sieht sie auch etwas Besonders ausgeprägt, das man vielleicht als »elementare Lebenskraft« bezeichnen könnte. Wo sich dieses Elementare, Ursprüngliche mit der Vorstellung von Natürlichkeit und Echtheit berührt, gerät es in die Kernzone des spezifisch »Humanen«, das bei Marie von Ebner-Eschenbach auch oft die Angehörigen der dörflichen Unterschicht auszeichnet. Wohl werden Verwahrlosung und Laster der dörflichen Außenseiter, der Armenhäusler, Häusler, Taglöhner und Gutsarbeiter geschildert, gehen aber nicht zu Lasten dieser Unterschichtler, die am Rande des Existenzminimums leben, sondern zu jener der herrschenden und besitzenden Klassen.

Marie von Ebner-Eschenbachs kritische Analyse der Epoche erreicht mit dem Aufstellen positiver Gegenbilder ihre Grenze; die Priorität bestimmter Werte ist unverkennbar: Treue, soziale Verantwortung, Aufrichtigkeit führen diesen Wertekatalog an. Die Betonung der Vernunft, der richtigen Erziehung, der optimistische Glaube an einen Fortschritt im Humanen, das ist Erbe der deutschen (österreichischen) Aufklärung. Die poetologische Konzeption, besonders was die Stellung des Autors in der Gesellschaft betrifft, ist ausgesprochen idealistisch. Auch Züge der Sozialromantik, wie sie sich in der deutschen und französischen Sozialliteratur finden, sind unverkennbar. Die Aufnahme und Tradierung solcher Überlieferungen hätte leicht zur raschen Einebnung von Konflikten, zur Pathetisierung und Idyllisierung führen können, und gelegentlich ist Marie von Ebner-Eschenbach dieser Gefahr auch nicht entgangen. Aber die erwähnte skeptisch-kritische Grundhaltung hat doch meist die Entschärfung von Spannungen und vorschnelle Harmonisierungen verhindert.

Repräsentanten des genannten Wertekatalogs sind vor allem Frauengestalten. Nicht ausschließlich, muß man hinzufügen, um eine zu rasche Etikettierung Marie von Ebner-Eschenbachs zu verhindern. »Oversberg« z. B. stellt das Idealbild des selbstlosen Menschen schlechthin dar, »Jakob Szela« ist vorbildlich in seinem Verantwortungsbewußtsein und der Treue dem Herrscherhaus gegenüber; auch Gottfried Feßler wäre anzuführen, der »beste Mensch«, wie »Lotti, die Uhrmacherin«, ihn nennt. Ebenso gehört Andreas Muth (›Ein Spätgeborner‹), dessen »reine Seele« nur wenige Menschen erkennen, zu jenen positiven Männergestalten. Umgekehrt finden sich auch Frauen, die dem Typ der Dämonischen (›Das Schädliche‹, ›Margarete‹), der oberflächlichen Kindfrau (Agathe von Halwig in ›Lotti, die Uhrmacherin‹) und der leichtfertigen Verführerin (Gräfin Erny in ›Rittmeister Brand‹) sowie dem »Teufelsweib« (Viktoire in ›Eine Vision‹) entsprechen. Aber es überwiegen Frauen an der Spitze der Gestaltenhierarchie. Es fällt auf, daß sich in zweien der drei – meist als Romane bezeichneten – Großerzählungen, nämlich ›Božena‹ und ›Unsühnbar‹, eine Grundstruktur findet, die auch in den kürzeren Geschichten recht häufig ist: eine Frau als wichtige Gestalt, in deren Bereich der Verführer »einbricht«, eine Zeitlang darin verbleibt, dann aber als »Element der Unordnung« wieder eliminiert wird. Die Lösung der Verbindung erfolgt wohl in verschiedener Weise und unter verschiedenen Umständen, aber stets so, daß die Frau sich als überlegen erweist. In ›Božena‹ ist dieser Unterschied im »Humanitätspotential« zwischen weiblichem und männlichem Partner besonders groß. Die Dienstmagd, deren Charakter so sehr von ihrer Wahrheitsliebe bestimmt wird, wird von ihrer Leidenschaft zu Bernhard zu dem – von ihm verlangten – heimlichen Liebesverhältnis, zu Lüge und Verstellung verleitet. Bernhard ist zwar schön, aber eitel, feige und berechnend und erweist sich schließlich auch als beruflicher Versager. Aber nicht nur er, keiner der Männer, die sich um Božena bemühen, erscheint auch nur annähernd als gleichwertiger Partner. Ihre erste Liebesleidenschaft wird als Schwäche der »starken Božena« bewertet, und die Magd begeht nicht noch einmal den Fehler, sich an einen unwürdigen Partner zu binden. Weniger kraß, aber doch sehr deutlich ist die angesprochene Differenz zwischen Maria Dornach und ihrem Verführer Felix Tessin in ›Unsühnbar‹. Durchaus nicht negativ sind auf den ersten Blick die beiden Künstler Hermann von Halwig und Arnold Bretfeld gezeichnet, beide liebenswert, gewinnend, aber doch auch egozentrisch, sehr auf Affekt bedacht, beide ein wenig illusionäre Typen, die gelegentlich sich selbst und anderen etwas vormachen. Obwohl sie also auch positive Züge aufweisen, sind ihre Partnerinnen, »Lotti, die Uhrmacherin« und Claire Dubois (›Wieder die Alte‹), Trägerinnen der Primärwerte. Extrem verknappt zeigt sich das Versagen des männlichen Partners in der Beziehung »Resels« in der gleichnamigen Geschichte zu ihrem Geliebten Toni. Während die Müllerstochter gegen den Willen ihrer Eltern den Mut zur Durchsetzung ihres Liebeswunsches hat, nimmt Toni alles nicht so ernst, reagiert launenhaft und verursacht durch seine Weigerung den Tod des Mädchens. »Mašlans Frau«, Evi, die Tochter des reichsten Bauern von Raudnowitz, hat keine der üblichen bäuerlichen Besitzheiraten geschlossen, sondern, ebenfalls gegen die elterlichen Wünsche, die Ehe mit dem Büchsenspanner Matěj Mašlan, durchgesetzt. Obwohl Matěj seine Frau liebt, nimmt er es mit der ehelichen Treue nicht so genau. Der dargestellte Ehekonflikt läßt die Ambivalenz des Titels deutlich hervortreten: Im traditionellen bäuerlich-patriarchalischen Denken ist Evi nur Mašlans Frau, keine gleichberechtigte Partnerin; in der Art und Weise aber, in der sie den Konflikt durchsteht, erweist sich Evi als die Individualität, der die Auszeichnung der Titelgestalt zukommt, weil sie unter allen Umständen an ihrer Überzeugung der ehelichen Treueverpflichtung festhält, die für Frau und Mann gilt. Ebenfalls in diese Gestaltenreihe – wenngleich nur bedingt, da es sich um keine auch von der Frau gewollte Beziehung, sondern um eine Vergewaltigung handelt – gehören der Magnat Koloman Zápolya von Ováros und die Küchenmagd Ilona (›Der Erstgeborene‹). Hier heben sich von der bis zum Exzeß gesteigerten patriarchalisch-despotischen Willkürherrschaft des Magnaten Ilonas Menschlichkeit und Mütterlichkeit um so klarer ab.

Aus dieser Übersicht ergibt sich auch: 1. Viele Frauengestalten haben verhältnismäßig aktive Züge. 2. Aktive Frauen finden sich eher in bäuerlich-ländlichen Kreisen als im adeligen Milieu. 3. Auch die traditionellen »Frauentugenden« (Mütterlichkeit im weitesten Sinn, Aufopferung, Selbstlosigkeit), die zum Primärwert der sozialen Verantwortung gehören, bleiben als Werte intakt. 4. Nirgends im fiktionalen Werk wird die Emanzipation der Frau plakativ verkündet, sondern die Konfliktstruktur verdeutlicht indirekt, wie notwendig eine Änderung der Stellung der Frau ist, eben weil sie in besonderem Maß die Trägerin der Primärwerte ist. 5. Es ist unkorrekt zu behaupten, Ebners »particular target« sei »the aristocratic man, who is seen as the originator and perpetrator of social evils.« (D. S. Lloyd) Zweifellos sind Graf Wolfsberg (›Unsühnbar‹) und Koloman Zápolya typisch männliche Chauvinisten, aber sie finden ihre weiblichen Gegenstücke in der Baronin im ›Gemeindekind‹ und vor allem in der Gräfin der Novelle ›Er laßt die Hand küssen‹. Und Baron Schwarzburg (›Komtesse Paula‹) und Graf Ronald Rondsperg sind positiv geschilderte männliche Aristokraten, deren humanes Denken und Handeln durchaus dem der positiv gezeichneten weiblichen Gestalten gleichkommt. (Übrigens: Üble Patriarchen gibt es im männlichen Gestaltenkosmos der Ebner in allen Klassen.) Von einem Feindbild »Mann« kann man bei unserer Autorin also nicht sprechen.

Obwohl Marie von Ebner-Eschenbach ja nicht als engagierte Vertreterin irgendeiner Frauenbewegung gilt, zeigen sich doch gewisse Affinitäten zwischen ihren emanzipatorischen Ansichten und jenen der ersten – bürgerlichen – Frauenbewegung. Letztere war, z. T. aus Überzeugung, z. T. wohl auch aus taktischen Gründen, gemäßigt in ihren Forderungen, von radikalen Flügelbildungen einmal abgesehen. Primär handelte es sich um eine Kulturbewegung, speziell um eine Bildungsbewegung, und auf diesem Gebiet wurden auch entscheidende Erfolge erzielt.

Der Komplex »Frauenbildung«, eingeschlossen das Recht auf Selbstbestimmung und das Ziel der geistigen Selbständigkeit, steht aber auch im progressiven Denken der Ebner zentral. Auch sie erkannte den Wert soziokultureller Institutionen wie Ehe und Familie an, aber – und das forderte auch die bürgerliche Frauenbewegung in ihren Programmen – sie plädierte für die Würdigung der Ehefrau als gleichwertige und -rangige Partnerin. Sie wünschte gleichfalls eine Änderung der konventionellen Anschauung, nach der Ehe und Familie nur für die Frau Möglichkeiten der Selbstverwirklichung und der Ausbildung der Menschlichkeit darstellten – sie sollten es für beide Ehepartner sein. Und ferner: Mütterlichkeit wurde ausgeweitet im Sinne der Caritas, womit auch das Bemühen um Abbau diskriminierender Vorurteile gegen die ledige, berufstätige Frau verbunden war. Man merkt deutlich an der Hierarchie der Frauengestalten bei Marie von Ebner-Eschenbach, daß der menschliche Rang nichts zu tun hat mit Ehe und Mutterschaft, immer aber mit den Primärwerten. Durchaus den Anschauungen Marie von Ebner-Eschenbachs entspricht die Forderung Helene Langes, einer der führenden Persönlichkeiten der ersten Frauenbewegung, feminine Werte und Leistungen in die bisher von Männern dominierte Gesellschaft zu integrieren:

Die Frau will nicht nur äußerlich die gleichen Möglichkeiten haben, zu wirken, am Leben teilzunehmen, sondern sie will in dies Leben ihre eigenen Werte tragen, sie will dadurch eine neue soziale und sittliche Gesamtanschauung schaffen, in der *ihre* Maßstäbe dieselbe Geltung haben wie die des Mannes [...]

Auch die starke Betonung von Praxis und Leistung, charakteristisch für die erste Frauenbewegung, ist bei Marie von Ebner-Eschenbach zu finden. Die Tagebucheintragung: »Ich selbst bin der Meinung, daß wir [...] durch unser Tun so manchen Irrtum, der über uns im Schwange ist, besiegen« und der Aphorismus: »Für das Können gibt es nur einen Beweis: das Tun« korrespondieren mit der Praxisorientiertheit der bürgerlichen Frauenbewegung, deren Vertreterinnen vor allem die Aktivität der Frau, ihre Selbständigkeit im Denken und Handeln fördern, ihre Individualität ausbilden und sie in ihrer Unabhängigkeit bestärken wollten. Insofern sind Ebner-Eschenbachs starke und aktive Frauengestalten Zielvorstellungen und (ihrer Meinung nach zu verwirklichende) Wunschbilder. Das Dominieren positiver Frauengestalten aus bäuerlichem und ländlich-proletarischem Milieu (aus dem sich Gutspersonal und Dienerschaft rekrutierten) hat allerdings nichts, wie gelegentlich suggeriert wird (F. Böttger), mit progressiver Sensibilität der Autorin für die kommende proletarische Revolution zu tun, sondern einerseits mit ihrer sozialen – nicht sozialistischen – Einstellung und andererseits mit der Übernahme des tradierten Gegensatzes Natur – Zivilisation, wobei dem ländlichen Bereich Wahrheit, Einfachheit, Natürlichkeit, dem städtischen künstliches Wesen, Scheinhaftigkeit und Heuchelei zugeordnet werden. Schon in den Gesellschaftsstükken fällt, wie besonders die ältere Ebner-Forschung betont hat, der Gegensatz Land – Stadt auf. Die positiven Gestalten unter den kritisierten Aristokraten sind Landadelige oder sehnen sich auf das Land zurück oder wurden auf dem Land erzogen. Sie repräsentieren den Adel, wie er sein soll: ohne Standesvorurteile, fleißig, mitfühlend, wahrheitsliebend, natürlich empfindend, politisch und sozial engagiert; alles in allem: »edle und gemeinnützige Ziele verfolgend«, wie es in einer der frühesten Erzählungen der Autorin (›Ein Edelmann‹, 1875) heißt.

Was hier immer wieder anklingt, macht ›Božena‹, entstanden in dieser Zeit des Übergangs von der dramatischen zur epischen Produktion (1875/76), vollends klar: Es geht natürlich nicht um eine generelle Verteidigung des Adels, auch nicht des Landadels. Der Akzent liegt auf dem Ländlichen/Natürlichen, Unverdorbenen, Echten, und es ist nicht immer ein lokalisierbarer Ort gemeint, sondern auch ein geistiger Bereich, dem bestimmte Personen angehören oder nicht. In der Titelgestalt der Božena freilich trifft beides zusammen: Die dörflich-rustikale Herkunft wird durch die Dominanz des Elementaren noch betont. Boženas ungewöhnliche Größe (»eine Riesin«) und außerordentliche Kraft (»hühnenhaft«, »Riesenfaust«) werden immer wieder erwähnt und durch Vergleiche (»Löwin«, »Bärin«) noch verstärkt. Assoziationen an Sagenhaft-Mythisches, Urbildlich-Archaisches rufen die Vergleiche mit Herrscherinnengestalten (Brünhilde, Libussa) hervor. Aber dieses Äußere ist natürlich Ausdruck einer inneren Haltung. Auch wenn Božena vorübergehend sich selbst untreu wird, ihre Verantwortung für Rosa vergißt und sich auf Schein und Lüge einläßt, so ist sie sich dessen doch bewußt und findet wieder zu sich selbst. Es ist daher nur folgerichtig, daß sie künftig in Rondsperg leben wird, in einem naturhaft-ursprünglichen Bereich. Es ist ganz offensichtlich, daß dieser Schauplatz die Sympathien der Erzählerin besitzt. Mit der Fahrt Regulas, Röschens und Boženas nach Schloß Rondsperg öffnet sich zum erstenmal der vorher engbegrenzte Lebensraum der Personen: Landschaft wird als belebter und erlebter Raum geschildert, und die Erzählerin tut alles, um dem Leser diesen Schauplatz anschaulich und plastisch vor Augen zu führen. Ganz im Gegensatz übrigens, wie die sorgfältige werkimmanente Untersuchung K. Binnebergs gezeigt hat, zum Schauplatz Weinberg: Hier ist die permanente Konzentration auf das Haus Heißenstein auffallend. Die Spaziergänge, Besuche, überhaupt die Ausgänge der Personen werden nie ausführlicher geschildert, einzelne Lokalitäten (Leihbibliothek, Gymnasium, Theater, auch das Gasthaus beim »Grünen

Baum«) werden wohl erwähnt, ihre Lage wird aber nie genauer angegeben, so daß sich kein breites und detailliertes Bild dieser mährischen Kleinstadt ergibt. Durch den kulissenhaften Eindruck, den Weinberg beim Leser hervorruft, wirkt das weite Landschaftspanorama Rondspergs um so befreiender, echter und »realistischer«. Dazu kommt, daß der geschilderte Weg nach Rondsperg und der Schauplatz Rondsperg selbst, deutlich autobiographische Züge tragen, natürlich nicht im Sinne der Identifikation – Rondsperg ist nicht Zdislawitz –, aber doch im Sinne einer liebevollen Erinnerung an eine Landschaft, deren Atmosphäre Kinder- und Jugendjahre der Autorin geprägt hat und der sie sich immer verbunden fühlte. Die emotionale Intensität, die im Rondsperg-Teil der Erzählung spürbar wird, geht z. T. auf diese Erinnerungssphäre zurück. Vor allem aber ist ganz unverkennbar, daß die positiven Gestalten der Landschaft noch völlig unentfremdet sind, ein spontan-natürliches Verhältnis zu ihr haben. Das wird schon im Weinberg-Teil klar: Rosa und später auch Röschen fühlen sich im Haus eingeschlossen, ein Zug, der freilich auch eine gewisse Ambivalenz aufweist. Rosa muß ihren Protest gegen beengende Konvention und väterliche Engstirnigkeit mit ihrem frühen Tod bezahlen; Röschens Wünsche finden im Erleben der Landschaft um Rondsperg Ziel und Erfüllung, also letztlich doch in einem umhegten, begrenzten, überschaubaren Raum. Denn als Ronald dem jungen Mädchen auf dem gemeinsamen Spaziergang scherzhaft vorschlägt, sie »über jene Berge dort« zu führen, lehnt sie ab. Dies ist ein Zeichen dafür, wie nahe sie Ronald schon steht, der ein »Landmann« und ein Landedelmann par excellence im Ebnerschen Sinn ist. Wir erfahren im Verlauf der Erzählung von seiner Sorge um die Erhaltung des Gutes, auf dem er, da die Beamten entlassen werden mußten, »Direktor, Rentmeister, Förster und Wirtschafter in einer Person« ist. Erschwert wird seine Aufgabe dadurch, daß er seinem Vater den Glauben an die unendlichen Ressourcen Rondspergs nicht nehmen will. Als er sich zum Verkauf entschließt, tut er das als redlicher Kaufmann und ohne Profitabsichten. Wie Albrecht Oversberg wäre auch er bereit, auf dem Gut, das einst ihm gehörte, weiter als Verwalter tätig zu sein, weil es ihm um das Land geht, dem er sich verbunden fühlt. Bei aller Emotionalität ist er aber auch verantwortungsbewußt und sieht Boženas Argumente gegen eine

Ehe mit Röschen ein. Ein ganz entscheidendes Indiz für die Beurteilung seines Charakters ist, daß er die Zeichen der Zeit erkennt. Signifikant dafür ist die Szene mit den Dorfbewohnern auf dem Spaziergang mit Röschen: Ronald fordert den Gruß des jungen Bauern nicht, weil er sich als Herr fühlt, sondern in erzieherischer Absicht. »Nicht meinetwegen«, sagt er zu dem unwilligen Burschen, »aber deinetwegen. Hut ab, mein Junge, wenn dein Vater und dein Großvater ihre Häupter entblößen, sonst stehst du einst mit dem Hut in der Hand vor deinen Kindern.« Aber auch der alte Graf Rondsperg trägt keineswegs negative Züge. Man hat ihm zwar eine »Sonderstellung« (K. Binneberg) zugesprochen, aber es überwiegen im Verlauf der Erzählung immer mehr die positiven Seiten. Daß er nicht umdenken kann, die Änderung der Verhältnisse nach 1848 nicht zur Kenntnis nehmen will, ist zwar bedenklich, aber sein hohes Alter mag das entschuldigen. Schwerer wiegt, daß er seiner Frau gegenüber wenig rücksichtsvoll, seinem Sohn gegenüber egoistisch und eigensinnig ist. Aber, und das entlastet ihn wieder, er ist aufgeschlossen für das Natürliche, Liebliche – das zeigt sich an seiner Einstellung zu Röschen. Wichtiger noch: die Art und Weise, wie er Božena gegenüber achtungsvoll auftritt, besonders in der Terrassenszene:

Der Graf – honneurs aux dames! – forderte sie auf, sich zu setzen, und als Božena diese Zumutung, als könne sie nur im Scherze gemeint sein, lächelnd ablehnte, nahm der alte Herr seinen Hut ab und legte ihn neben sich auf die Bank.

Dann die Werbungsszene, in der er, noch in seinen Illusionen befangen, Regula gegenübertritt. Schließlich offenbart die Verzeihungsszene mit Ronald, daß er imstande ist, sein Unrecht einzusehen. Alles in allem: Auch er gehört zum positiven Personal, das vorzugsweise dem Rondsperg-Schauplatz zugeordnet ist. Rondsperg steht natürlich für das oben schon erwähnte Ländliche, Ursprüngliche, Rustikale. Akzentuierung des Unverbildeten zeigt auch die Namensgebung von Boženas Schützlingen Rosa und Röschen (schon damals aus der Mode gekommene, eher bäuerliche Namen) auf der einen, positiven, Nanette und Regula/Regel auf der anderen, negativen Seite. An diesen vier Frauengestalten wird auch die Ambivalenz des Ebnerschen Bildungsbegriffes deutlich: Er meint, positiv verstanden, Ausbildung, Entwicklung eines bereits vorhandenen Humanen; er bedeutet, negativ gewendet, Entstellung, Deformation des Menschlichen. Immer aber ist dabei diese Kernzone des Menschlichen das Primäre. Röschens Wesen ist durch ihren seltsamen Bildungsweg nicht beeinträchtigt worden. Röschen bleibt auch, das zeigt ihre Reaktion auf den Homer-Vortrag Ronalds, offen für die Wirkung großer Dichtung, wobei sie, was wichtig ist, Lektüre ganz spontan auf ihre, wenn auch geringe, Lebenserfahrung bezieht. Ganz anders Nanette und Regula, bei denen Bildung bloß äußerlich bleibt. Immer dann, wenn Regula ganz natürlich reagieren müßte, verwendet sie Versatzstücke aus ihrem »Schatz« an Zitaten, Lesefrüchten und literarischen und historischen Exempeln. Die Kontrastbeispiele zu Rosa und Röschen drängen sich auf. Als wohldressiertes Mädchen sieht Regula nicht aus dem Fenster, verschwendet auf der Fahrt nach Rondsperg keinen Blick an die Landschaft, reagiert auf Natur bloß literarisch, mit Unbehagen, furchtsam, allenfalls sentimental; und all das ist eingebunden in eine eindeutige Kosten-Nutzen-Rechnung (Geld gegen Titel). Sie ist nicht nur Menschen und der Natur, sondern letztlich auch der Bildung entfremdet, weil sie keine innere Beziehung dazu hat und sie nur als Mittel zum Zweck benützt. Ob und wie Bildung integriert wird, ist ein wichtiges Indiz für die Beurteilung des Ebnerschen Personals. Jedoch: Bildung kann, muß aber nicht vorhanden sein, was man am deutlichsten an der Gestalt Boženas sieht; denn die Magd steht, obwohl sie zu den ungebildetsten Personen der Erzählung gehört, im menschlichen Rang am höchsten.

Eine ähnliche Ambivalenz wie dem Bildungsbegriff kommt auch dem Begriff des Geldes in der Geschichte zu. Negative Beurteilung erfolgt dort, wo das Besitzdenken alles beherrscht und Gefühle und Haltungen bestimmt, und das ist in großem Maß bei Heißenstein, Nanette und Regula der Fall. Andererseits wird auch ganz offensichtlich, daß die Art und Weise, wie der alte Graf Geld als »quantité négligeable« behandelt, zur gegenwärtigen katastrophalen finanziellen Situation der Familie beigetragen hat. Die Zeichen des Verfalls, die sich in Rondsperg bemerkbar machen, sind literarischer Reflex der damaligen ökonomischen Lage des Landadels, der sich nicht rechtzeitig umzustellen verstand. Ronald sieht die Dinge illusionslos, pocht nicht mehr auf verlorene Feudalrechte, sondern ist ein tüchtiger Verwalter. In diesem Fall ist seine Perspektive auch die der Autorin, denn ein guter Teil ihrer Adelskritik beruht auf dem Vorwurf des Drohnendaseins, das die zeitgenössische Aristokratie führte. Jedenfalls hält Ronald nichts von Profitgeschäften, und sogar seine nüchterne Schwester befürwortet Geschäfte nur, wenn »der Nutzen gleich groß für beide Teile ist«. Da die positiven Gestalten so denken, hat man mit Befremden zur Kenntnis genommen, welch hohen Stellenwert der Reichtum in Boženas Vorstellungswelt einnimmt. Unter den Wünschen, die sie für Rosa hat (»schön und reich und glücklich«), ist Reichtum offenbar sehr wichtig. Und wenn auch dieser Wunsch für Rosa nicht in Erfüllung geht, so doch für Röschen, und zwar nur durch die kräftige Hilfe Boženas. Aber verwundern kann dieser Zug nur den, der Božena – wie auch die anderen Frauengestalten aus dem bäuerlichen und proletarischen Milieu – zu idealisiert sieht und sie zu abstrakt als Verkörperungen eines sittlichen Prinzips auffaßt. Man kann, wie Binneberg, meinen, dieser Wunsch nach Reichtum für ihre Schützlinge sei eine der Schwächen der Magd, sie unterliege der zeitgenössischen Glorifizierung des Geldes, es handle sich dabei um einen Kunstgriff der Erzählerin, um Božena auch fehlerhaft und nicht allzu mustergültig zu zeichnen. Man kann diesen Zug aber vielleicht einleuchtender aus Boženas praktischem Denken herleiten, das auch andere Frauen aus dem Volk, man vergleiche nur ›Die Großmutter‹, charakterisiert. Božena ist zu sehr Realistin, um nicht den Wert des Geldes ermessen zu können. Sowohl ihre soziale Stellung als auch ihre Lebenserfahrungen haben ihr ständig die Bedeutung des Finanziellen vor Augen geführt. Wir hören von ihren »ansehnlichen Sparpfennigen«, die sie durch ihren Fleiß erworben hat und die sie manchem Bewerber noch begehrenswerter erscheinen lassen. Aber freilich: Reich ist sie bei allem Fleiß nicht geworden, und sie muß erleben, wie magisch die reiche Bauerntochter Eva, die »Dorfgräfin«, auch den Geliebten Bernhard anzieht. Schließlich ermöglicht ihr das ersparte Geld, die entflohene und enterbte Rosa zu unterstützen, und die Erfahrungen, die sie in Rosas mittellosem Haushalt gemacht hat, bestimmen ihre weiteren Entscheidungen so nachdrücklich, daß sie Ronalds – schon aufgegebenen, aber doch ausgesprochenen – Hoffnungen auf ihre Hilfe bei einer gemeinsamen Zukunft mit Röschen ein kategorisches Nein entgegensetzt: »Weil ich's schon einmal getan habe, tu ich's nicht wieder, Herr Graf.«

Ein Großteil der Aktivität, die Božena auszeichnet, geht auf diese praktische Gesinnung zurück, die auch praktisches Handeln zur Folge hat. Noch mehr: Zu dieser praktischen Einstellung paßt Boženas Menschenkenntnis und ihre reale Einschätzung einer günstigen Situation. Äußerst geschickt versteht sie es, Regula im geeigneten psychologischen Moment dort zu treffen, wo diese am verwundbarsten ist, nämlich in ihrer Eitelkeit, ihrem Geltungsbedürfnis, und sie so unter Druck zu setzen. Auch diese Tatsache der »Erpressung« paßt schlecht in das tradierte Bild von der »edlen Magd«. Allerdings: Božena macht dies nicht für sich, sondern für Röschen. Sie will überhaupt nichts für sich, ihre Stellung bleibt nach wie vor dieselbe. Weiters: Sie kämpft für eine gerechte Sache. Tatsächlich ist Regula die unrechtmäßige, Röschen die rechtmäßige Besitzerin des Heißensteinschen Vermögens. Božena fühlt sich nach Rosas Flucht und Enterbung schuldig, und alle ihre Handlungen sind von dem Zeitpunkt an, an dem sie ihre Schuld erkennt, Sühnehandlungen. Sie wird, wie viele Interpreten beobachtet haben, doppelt schuldig. Zunächst durch ihre Leidenschaft für den Schönling, Feigling und Heuchler Bernhard, dessen Geliebte sie wird, obwohl sie sich über seinen schlechten Charakter im klaren ist. Entscheidend aber für Božena ist, daß die Verwirrung, in die diese »Hörigkeit« sie stürzt, auch andere Menschen in Mitleidenschaft zieht, daß sie, wie sonst nie vorher, nur an sich und nicht an Rosa denkt. Es ist müßig, Spekulationen darüber anzustellen, ob Rosa zu Hause glücklicher geworden wäre als in ihrer kurzen Ehe mit Leutnant Fehse. Wie immer auch: Božena fühlt sich – subjektiv – schuldig, und ihre Reise nach Ungarn, ihre Hilfe für Rosa, ihre Sorge um Röschen, all dies ist für sie Sühneleistung für begangene Schuld. Auch ihre Aufopferung und jahrelange Demütigung lassen die Protesthaltung der Dienerin der Herrin gegenüber verständlich erscheinen. Man hat, ziemlich spitzfindig, Boženas Altruismus, ihre Selbstlosigkeit, angezweifelt, eben weil sie alle Opfer nur ihres Selbstverständnisses wegen bringt, also doch letztlich alles für sich und nicht für andere tut. Aber: Schuldig kann sich Božena überhaupt nur fühlen, weil sie ein so starkes Empfinden für Recht und Unrecht, für Verantwortung und Verantwortungslosigkeit hat. Auch von einem streng moralischen Standpunkt aus müßte also Boženas Handeln als selbstlos anerkannt werden, und von der Intention der Autorin her ist es gleichfalls so zu beurteilen, steht doch das soziale Verantwortungsbewußtsein im Wertekatalog Marie von Ebner-Eschenbachs an der Spitze. Gleichen Rang nimmt die Aufrichtigkeit ein. Und es ist ganz deutlich, daß Boženas Stärke und Überlegenheit zu einem Großteil auf ihrer Wahrheitsliebe beruhen. Eben weil sie aufrichtig gegen sich selbst ist, kann sie durch ihre Verfallenheit an Bernhard so verstört werden. Und weil sie aufrichtig gegen andere ist, kann sie überhaupt Regula unter Druck setzen. Dieser Mut zur Wahrheit offenbart sich am deutlichsten in der Bekenntnisszene, in der Božena Bernhards Behauptung nicht abstreitet, obwohl keine äußerliche Notwendigkeit dazu besteht. Dies macht ihre unangreifbare Stellung Regula gegenüber erst glaubwürdig:

»Schweigen Sie!« schreit Regula, »ich weiß nichts; ich will nichts wissen von einem Briefe – ich kann's beschwören: Ich habe keinen Brief gesehen . . . und – wer hat ihn gesehen?«

»Niemand«, antwortete Božena mit kalter Ruhe, »denn er ist unterschlagen worden und – verbrannt.«

»Ha!« Regula atmete auf, befreit von einer Zentnerlast. »So gibt es auch keinen unterschlagenen Brief! . . . Wer kann beweisen, daß es einen gab? Wer wird es glauben?«

Die Magd stand da, umflossen von einer wunderbaren, stillen, stolzen Majestät; ihre große Gestalt schien noch zu wachsen, ihr ganzes Wesen atmete Macht, und wie Erz klang ihre Stimme, als sie sprach: »Beweisen kann ich es nicht, aber ich werde es sagen und – mir wird man glauben!«

Mit schrecklicher Wucht fielen diese Worte auf die Seele Regulas. Ja, der wird man glauben!

Etwas spielt freilich bei Božena auch mit, das man in der neueren Forschung wohl bemerkt hat, dem man aber nicht weiter nachgegangen ist. Božena hat auch einen dunklen, beinahe fanatischen Zug. Man denke nur an die Stellen am Ende des zweiten und zu

Beginn des dritten Kapitels, die nicht mißzuverstehen sind. Hier spricht Božena gleichzeitig mit ihren Segenswünschen für Rosa Todeswünsche gegen Regula aus und denkt solche gegen Nanette mit.

[...] Sie sandte ihrem Herrn ein boshaftes Gelächter nach und streckte ihrer kleinen Rosa, die auf sie zuflog, die Arme entgegen. Sie hob ihren Liebling hoch empor [...] und rief jauchzend: »Er hat keinen Sohn – er wird keine Tochter haben als dich – du bleibst die einzige . . . Die dort – sterben!« – flüsterte sie liebkosend in des Kindes Ohr –, »du lebst, du wirst leben – und schön und reich und glücklich sein!«

Und dann heißt es weiter: »Den Befürchtungen der Ärzte und den Hoffnungen Boženas zum Trotze erholte sich Frau von Heißenstein; und auch ihr Sprößling [...] blieb am Leben.« Diese Szene zeigt wiederum, wie falsch eine Deutung der Erzählung nach dem Gut-Böse-Schema und eine zu starke Idealisierung Boženas wären. Die Handlungen der Magd sind nicht nur von sozialer Verantwortung bestimmt, sondern auch vom Emotionalen, ihrer Liebe zu Rosa, als deren Vermächtnis sie Röschen betrachtet. Beide sind ihre Kinder, auch wenn sie nicht deren leibliche Mutter ist, und Božena wünscht für ihr Kind Rosa, in einem Augenblick der innigsten Nähe, das Beste, selbst wenn es anderen Schaden bringt. Sie ist hier manchen Frauengestalten der Autorin ähnlich, ganz besonders der alten Bohuslava in der Erzählung ›Die Reisegefährten‹. Bohuslava, bezeichnenderweise mit einer »Löwenmutter« verglichen, wünscht für die Kinder des Pan Sylvester, vor allem für ihren Liebling Michaela, ebenfalls das Beste; ihr Haß gegen den tyrannischen Pan, der seine Kinder quält, geht so weit, daß sie dem Arzt, der den kranken Tyrannen behandelt, sehr unverblümt den Mord an seinem Patienten nahelegt.

In Boženas Parteinahme für Röschen, obwohl ja juristisch und moralisch gerechtfertigt, liegt möglicherweise doch auch ein Element dieser unbedingten Treue, die sogar zu Unrecht führen kann. Nur einer verkürzten Sehweise erscheint das Charakterbild Boženas als leicht zu erfassen; es ist vielschichtiger, als man auf den ersten Blick glauben könnte. An manchen Stellen werden sogar Züge erkennbar, die Božena als weibliche Vertreterin der traditionellen Helfer-Gestalten ausweisen, und vielleicht läßt sich auch der Märchenschluß, der dem Bewußtseinshorizont der »guten Fee« angemessen ist, von daher erklären. Was für Rosa nicht erreicht wurde, hat doch Röschen bekommen: Schönheit, Reichtum, Glück. Dazu würde auch, im säkularisierten Sinn verstanden, ihr Name passen: »Božena« – die »Gottesfrau«.

*Ingrid Cella*